Kinder des Mondes

Buch 1 in der Jugendreihe

'Erinnerung an die Zukunft'

von

Evadeen Brickwood

Aus der Jugendreihe „Erinnerung an die Zukunft", Buch 1
„Kinder des Mondes"
Der Originaltitel des Werkes lautet: „Children of the Moon", das erste
Buch in der „Remember the Future" Reihe
Übersetzung aus dem Englischen von Birgit Böttner

Erste Paperback-Auflage, 2015 Evadeen Brickwood bei CreateSpace
Zweite Auflage, 2016 Evadeen Brickwood in Südafrika

ISBN: 978-1-502-732644 bei CreateSpace
ISBN: 978-0-9946917-6-7 bei der National Library of South Africa

Cover Design by Yvonne Less, www.art4artists.com.au
Bildquellen: 'Depositphotos.com' lizensiert
Buch-Layout: Birgit Böttner
Landkarten-Illustration: Kerry Marshall
Südafrikanische Ausgabe gedruckt in Kapstadt
Marketing: Alphalogic International

Könnt ihr euch vorstellen auf einmal in der Vergangenheit zu leben? Nicht letztes Jahr oder bei den Römern, sondern vor richtig langer Zeit? Während eines Schulausflugs finden die cleveren Schüler Katherine, Trevor und Chryséis ein Zeitportal und gehen auf die Reise ihres Lebens. 12 000 Jahre in der Vergangenheit war alles ganz anders, oder etwa nicht? Sie stürzen sich in eine faszinierende Welt voller Abenteuer und entdecken eine vergessene Zivilisation. Dort treffen sie einen anderen Zeitreisenden und erfahren, dass sie in der Zukunft Positives bewirken könnten. Doch wer sind die Kinder des Mondes? Als es gefährlich wird fragen sie sich, ob das Ganze nicht ein großer Fehler gewesen war...

Für Peter, Franciska und Svenja,

die mit mir auf Zeitreise gingen

Besonderer Dank und Anerkennung

Ich möchte meiner Familie dafür danken, daß sie mich geduldig hinter geschlossenen Türen schreiben ließen; Peter Böttner und Phyllis Hyde für ihren Enthusiasmus, konstruktive Korrekturen und ständige Unterstützung.

Einen besonderen Dank auch an all meine Testleser (in keiner bestimmten Reihenfolge): Christopher Hojem, Kevin Richie, Michaela du Plessis, Andrew Nkadimeng, Nokuthula Vilakazi, Lyndall Kenyon, Susan Cooper, Michelle Edridge, Beverly Birchleigh, Barbara Powalka, Zai Whitaker und Phyllis Hyde.

Die Idee mit dem Zeitreisen wurde durch Videos von Interviews mit Prof. Thomas Bearden und Prof. Rupert Sheldrake und dem Roman 'Timeline: Eine Reise in die Mitte der Zeit' von Michael Crichton angeregt.

Es gibt zu viele Quellentexte, um sie alle hier zu erwähnen, aber ich möchte Sachbücher hervorheben, wie 'Die Spur der Götter' von Graham Hancock, das Oera Linda Buch, 'Aussaat und Kosmos' von Erich von Däniken und 'Verbotene Archäologie' von Michael Cremo. Einen besonderen Dank auch an Andreas Eschbach für seine Ratschläge und Graham Hancock für die Aufnahme meines Profils auf seiner Webseite.

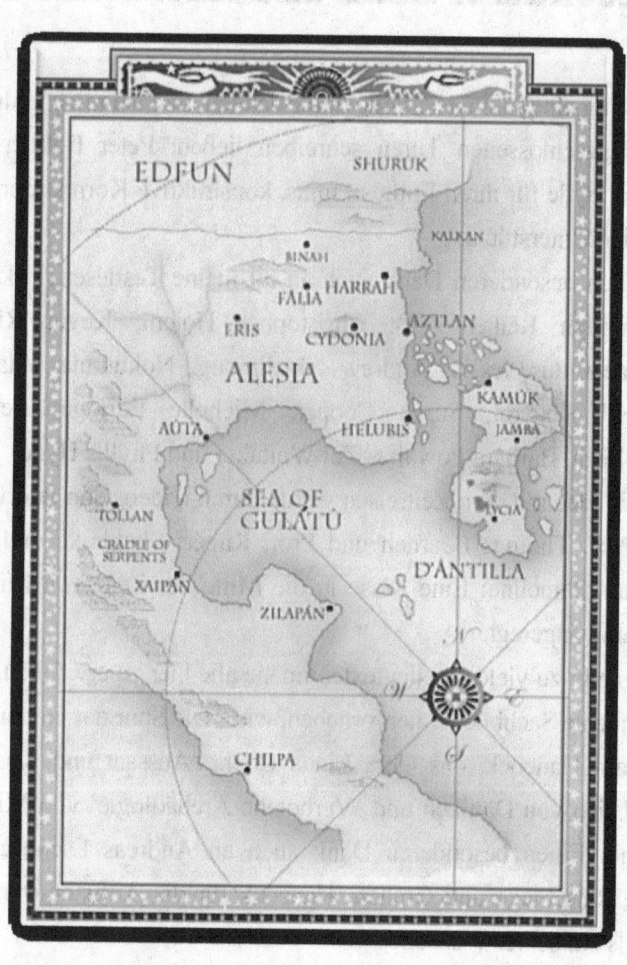

 **1** EIN SELTSAMER AUSFLUG

Ein blasser Halbmond betrachtete gelassen das bunte Treiben an der Gaststätte im Carter-Tal. Für einen Frühlingsmorgen war es kühl, aber das konnte sich schnell ändern. Auf dem Parkplatz wimmelte es nur so von ungeduldigen Schülern. Viele hörten der Rede Dr. Broadbents nur mit halbem Ohr zu. Einige gähnten. Wann ging's denn endlich los?

"Meine Damen und Herren, ich hoffe doch sehr, wir verstehen uns. Bitte denken Sie daran - auf keinen Fall in die Nähe des Abgrunds zu gehen. Immer schön auf dem Fußweg bleiben. Ich erwarte jeden von Ihnen zur Mittagszeit gesund und munter oben auf dem Hügel wiederzusehen."

Der Direktor der 'Pemberton Akademie für Fortschrittliches Lernen', einer bekannten Schule für begabte Kinder, wollte sichergehen, daß seine Anweisungen auch befolgt wurden.

"Also, bleiben Sie auf dem Fußweg... auch Sie da drüben!" Ein erschrockener Schüler sprang schnell wieder auf den steinigen Pfad zurück. "Denken Sie daran, was dem armen Tom Fraser passiert war..."

Allgemeines Gemurmel. Alle wussten natürlich, daß Tom Fraser hier vor drei Jahren von einer Felsenkante abgestürzt war. Zum Glück war dem armen Tropf nicht viel passiert.

"Na bitte," sagte Dr. Broadbent mit einem zufriedenen Ausdruck. "Die unteren Klassen gehen mit Dr. Naidoo und Herrn Van Straten. Die Oberstufe bitte hier zu meiner

Linken aufstellen. Sie wandern mit Frau Meyer und Dr. Wilkins."

Dr. Naidoo war so kurz gewachsen, daß sie im allgemeinen Durcheinander fast unterging. Sie versuchte sich mit schriller Stimme bemerkbar zu machen: "Victor und Brandon, kommt sofort wieder zurück."

Dr. Broadbent strich sich die spärlichen Haarsträhnen aus der glänzenden Stirn und teilte die Schüler in ihre Gruppen ein. Bald bewegten sich mehrere ordentliche Kolonnen den Hügel hinauf. Nur drei Siebtklässler bummelten hinterher.

Chryséis Cromwell schien sich das Fußgelenk verstaucht zu haben und setzte sich auf eine Holzbank. Ihre besten Freunde, Katherine und Trevor, setzten sich daneben und sahen zu, wie die anderen an ihnen vorbei liefen.

"Heh Faulpelze, was macht Ihr denn noch hier?" wurden sie gehänselt.

Chryséis verzog ihr Gesicht im vermeintlichen Schmerz, rieb sich den Fußknöchel und klagte, "Autsch, das tut vielleicht weh!"

Chryséis Cromwell war elf und hatte verschmitzte Sommersprossen auf der Stupsnase. Ihre sonst so kecken hellblauen Augen nahmen einen leidenden Ausdruck an und der blonde Pferdeschwanz wippte zitternd, wenn jemand zu ihr hinsah.

Katherine MacDougal war zwölf und recht hübsch mit ihren langen dunklen Haaren. Sie kam aus England und war, wie Chryséis meinte, viel zu schüchtern. Dagegen war die etwas jüngere Chryséis enorm selbstbewusst und hatte zu absolut allem eine Meinung. Der dritte im Bunde war der stille Trevor Huxley. Er war zwölf, genau wie Katherine, und hatte ein Stipendium für Pemberton.

Es war schwierig an einer so exklusiven Schule aufgenommen zu werden, aber es half, daß Trevor ziemlich schlau war. Seine Eltern hatten ihren begabten

Sohn nie so recht verstanden. Es war nur ein großer Vorteil kein teures Schulgeld bezahlen zu müssen. Und seit der Scheidung war es für alle das Beste, wenn er auf ein Internat ging.

Trevor war ein Träumer. In seiner bunten Gedankenwelt konnte er machen was er wollte. Mal schnell auf Sonnenstrahlen aus dem grauen Chicago in den afrikanischen Dschungel hinüberfliegen, zum Beispiel, oder sich eine Alternative zu Waschmaschinen ausdenken, oder im blauen Mittelmeer herumsegeln. Und wenn ihm danach war, ging er schon mal in Gedanken auf Zeitreise ins alte Rom. Sowas wie heute hatten die drei aber noch nie gemacht. Dafür gab es einen guten Grund.

Und so saßen sie eine Weile auf der Holzbank und warteten.

Es dauerte nicht lange, bis einer der Lehrer mit ernster Miene vor ihnen stand, um nach dem Rechten zu sehen. Darauf waren die Freunde natürlich längst vorbereitet. Trotzdem begann Katherine so nervös herumzurutschen, daß Trevor sie zweimal mit dem Fuß anstoßen musste. Würde Dr. Wilkins ihnen den verstauchten Knöchel abkaufen oder merkte er, was sie im Schilde führten?

"Und was ist das?" fragte der Lehrer. "Chry-se-is Cromwell, solltest du nicht bei deiner Gruppe sein?"

"Ich bin grade über den Stein da gestolpert," klagte Chryséis. "Es tut ziemlich weh."

Sie zeigte auf einen Stein am Boden. Der Lehrer blickte nicht mehr ganz so strafend drein und starrte auf die Stelle, konnte aber nichts Ungewöhnliches entdecken.

"Aha," meinte Dr. Wilkins und kratzte sich an der langen Nase. Zum Glück mochte er Chryséis. Ausgezeichnete Schülerin, und ihre Mutter, Professor Cromwell, schrieb immer so interessante Artikel für eine wissenschaftliche Zeitschrift, die er schon mal gern als leichte Bettlektüre las. Er beschloss Chryséis die Geschichte zu glauben und warf dem armen Mädchen einen aufmunternden Blick zu. Sie sollte in der kleinen Gaststätte bis zum Nachmittag auf die Rückkehr der anderen Schüler warten.

"Ihr beiden -" er winkte Katherine und Trevor zu sich. "Ihr kommt jetzt mal mit mir mit."

Oh nein, sie mussten unbedingt zusammen bleiben!

Laut Plan durften sie sich auch nicht in der Nähe von Gebäuden und Autos oder Menschen aufhalten. Elektromagnetische Störungen waren so ziemlich das Letzte, was sie bei ihrem Experiment brauchten. Je schneller der Lehrer ging, desto besser.

"Em, Dr. Wilkins," sagte Chryséis mit tapferer Stimme. "Ich wäre ja so gerne beim Picknick auf dem Hügel dabei. Vielleicht sollten wir einfach langsam weitergehen. Meine Freunde werden mir schon helfen. Es tut auch nicht mehr so sehr weh." Sie stellt sich auf wackelige Beine und lächelte. Es funktionierte!

Dr. Wilkins gab ihnen die Erlaubnis, hinter den anderen herzulaufen. "Na gut," sagte er und schärfte Trevor und Katherine ein, gut auf Chryséis aufzupassen. Dann lief er schnell seiner Gruppe hinterher, um Frau Meyer dabei zu helfen ein paar Schüler auf den Pfad zurückzuscheuchen.

Dr. Wilkins drehte sich kurz um und sah, wie Chryséis sich auf Trevors Arm stützte und erwartungsgemäß humpelte. Dann ging er an die Spitze seiner Gruppe und war bald hinter einer Felswand verschwunden.

"Puh, na endlich!" sagte Katherine erleichtert.

Chryséis bückte sich und massierte ihr Fußgelenk. Sie erholte sich in Rekordzeit. "Ich werde wirklich noch ganz lahm davon, wenn das noch lange so weitergeht... was machen wir jetzt?"

Trevor blieb stehen und besah sich den Hügel. Er zeigte auf ein paar Felsen. "Seht ihr da drüben auf der rechten Seite, wo sich der Weg gabelt?"

"Ja... und?!"

Trevor hatte den richtigen Ort schon vorausgeplant.

Ideal für ihre Zwecke. Leider auch genau am Abgrund, aber das ließ sich eben nicht ändern.

"Wir sollen doch nicht so nahe an den Abgrund gehen," sagte Katherine sofort. Ihr Magen schmerzte vor Aufregung. "Was ist, wenn wir erwischt werden? Und was ist mit Tom Fraser?"

"Was soll denn mit dem sein? Der ist doch immer über seine eigenen Füße gestolpert," sagte Chryséis.

"Ja aber..."

"Mann Katie, wenn wir noch länger warten, können wir das Ganze vergessen."

"Wir passen schon auf," meinte Trevor einfach und begann loszulaufen. "Die anderen können uns hier nicht sehen. Zumindest nicht bis sie ganz oben auf'm Hügel sind. Und bis dahin sind wir längst wieder auf'm Fußweg."

"Weiß ich doch," meinte Katherine und beeilte sich, die beiden einzuholen. "Aber was machen wir, wenn sich da oben kein Portal öffnen will?" Sie war immer noch skeptisch, obwohl sie sich wochenlang vorbereitet hatten.

"Ach hör' schon auf." Trevor wollte endlich zur Sache kommen und zwar heute noch! "Irgendwo muss sich hier doch eine Zeitschleife finden lassen!"

"Ja, wahrscheinlich," murmelte Katherine und trottete hinterher.

"Immerhin hab' ich letzte Woche schon eine Zeitschleife im Schulgarten gefunden, oder?" sagte Trevor.

Klar, das hatte sie nicht vergessen. Schließlich hatte Trevor es ihnen haarklein erzählt. Mehrmals. Es war seine Aufgabe gewesen, den Zeitportal-Sucher nachts im Schulgarten zu testen - und was für ein Test das gewesen war!

Erst erschien ein schimmernder, holografischer Vorhang, die immer größer wurde. Besser konnte Trevor die Krümmung im Zeit-Raum Kontinuum nicht beschreiben. Und dann hatte sich bei diesem 'Vorhang' eine Vortex aufgetan. Die soll sich gedreht haben wie 'ne Waschmaschine im Schleudergang - und dann war Trevor reingesprungen. Einfach so!

Auf der anderen Seite wollte er so ein großes 'Ding' gesehen haben, mit glänzenden Schuppen und dampfendem Atem. Es lag ausgestreckt vor ihm. Unheimlich!

Trevor hatte einen Mordsschrecken bekommen, als das 'Ding' sich auf einmal wellenförmig bewegte. Er drückte sofort auf den 'Zurück'-Knopf und war, genau wie erwartet, zum gleichen Zeitpunkt zurückgekehrt an dem er losgereist war. Das vermeintliche Ungetüm konnte die drei nicht davor abschrecken, es nochmal zu versuchen. Immerhin war es 'ne richtige Zeitreise gewesen, egal wie kurz. Im Labor hatten sie sich dann ein paar Sicherheitsvorkehrungen ausgedacht. Und heute war es Zeit für das erste gemeinsame Experiment. DAS Experiment.

Sie kletterten querbeet über Stock und Stein, bis sie vor einer steinernen Plattform standen. Sie war auf drei Seiten von Felsen geschützt und vom Weg aus völlig unsichtbar. Die vierte Seite war zum Tal hin offen. Genau was sie brauchten.

"OK, wir sind da," verkündete Trevor.

"Denn mal los!" Chryséis holte tief Luft und sprang leichtfüßig auf die Felsplatte. Trevor und Katherine machten es ihr nach. Trevor ließ seinen Rucksack zu Boden gleiten und nahm dann ein unscheinbares Objekt heraus. Es sah aus wie eine flache Metallbirne, die bequem in seine Hand passte. Chryséis hatte den Zeitportal-Sucher gleich ZPS getauft, und so hieß das Gerät jetzt halt.

Die drei waren mit Recht stolz auf ihr Werk. Es hatte einige Mühe gekostet den ZPS so gut hinzukriegen. Es hatte alles mit Katherines Physikprojekt begonnen. Genauer gesagt Quantenphysik, und zwar mit der Vakuum-Batterie. Die endlose Energiequelle. Erst war es

Katherine gar nicht in den Sinn gekommen, diese Energiequelle zum Zeitreisen zu benutzen. Das war Trevors Idee gewesen und alles hatte sich dann irgendwie von selbst ergeben.

Es sollte den perfekten Beweis dafür liefern, daß die endlose Energiequelle auch funktionierte. Klar war das Projekt ungewöhnlich - aber soweit so gut. Das Experiment würde dieses Jahr bestimmt alle anderen Physikprojekte in den Schatten stellen.

Auf der rechten Seite hatte der ZPS eine Reihe schwarzer Knöpfe. Sie waren dazu da, die gewünschte Ziel-Epoche anzuwählen. Mit drei größeren, roten Knöpfen auf der linken Seite ließen sich Zeitreferenzen speichern. Als Erstes würden sie natürlich die Zeit der Abreise speichern. Eine Sicherheitsvorkehrung, die der Prototyp nicht gehabt hatte. Danach konnte ein anderer Knopf auf eine bestimmte Zeit eingestellt werden, die ihnen gefiel. Eine Art Abkürzung.

Dann war da noch ein großer weißer Knopf genau in der Mitte. Wenn man ihn drückte, wurde das Zeitportal geortet und dann aktiviert. Nach einer erfolgreichen Zeitreise zeigte ein kleiner Bildschirm oben die Anzahl der gereisten Jahre an. Im Moment war der Stand auf '0'.

Unter jedem der schwarzen Knöpfe befand sich ein winziger Aufkleber mit Zahlen. Die Zielepochen. Der Aufkleber unter dem obersten roten Knopf trug den Zeitpunkt der Abreise. 21. Februar 2015.

"Hier, ich hab' für jeden 'ne Kopie vom ZPS gemacht. Jede mit einer integrierten Vakuum-Batterie. Hier... und hier." Trevor gab jedem der Mädchen ihren eigenen Zeitportal-Sucher. Die Geräte sahen identisch aus und waren in durchsichtige Plastikfolie eingewickelt. "Hab' sie in Sandwichtüten gepackt, damit sie nicht nass werden."

„Ach so - hab' mich schon gewundert," sagte Katherine. "Das hast du gestern noch alles hingekriegt?"

"Gute Idee, Trev. Falls wir im Meer landen sollten oder

so," witzelte Chryséis und ließ den ZPS in ihre Jackentasche gleiten.

"Genau. Wenn wir einen verlieren oder der hier kaputt geht, haben wir noch die anderen als Reserve," meinte Katherine.

"Der oberste rote Knopf ist die erste Zeitreferenz für heute. Das wisst ihr ja. Auf den müssen wir nachher alle gleichzeitig drücken, wenn's losgeht," fuhr Trevor mit ernsthafter Miene fort.

"Klar. Jetzt brauchen wir nur noch die VUUs. Ein virtueller Unsichtbarkeits-Umhang für jeden von uns."

Chryséis öffnete ihre vordere Rucksacktasche. Schmale Haarreifen aus schwarzem Plastik kamen zum Vorschein. Mit einem winzigen Kästchen oben drauf und einem flachen Knopf an der Seite.

Die VUUs waren das Beste überhaupt.

Chryséis und Katherine hatten sich das nach Trevors fast missglückter Zeitreise ausgedacht. Man wusste schließlich nie, was einen so alles erwartete. Das Prinzip war einfach und hatte etwas mit der Biegung von Lichtwellen zu tun. Falls es gefährlich wurde, drückte man einfach auf den flachen Knopf - und verschwand sofort.

Trevor hatte seinen VUU morgens schon aufsetzen wollen, aber das wäre aufgefallen. Ein Junge mit 'nem Haarreifen beim Schulausflug!

Sie hatten auch beschlossen, die VUUs im Zeitportal ausgeschaltet zu lassen. Das Risiko, daß was schiefgehen könnte mit den Frequenzen, war einfach zu groß.

"Verflixt nochmal." Die Haarreifen hatten sich ineinander verfangen und Chryséis mühte sich ab, sie aus der Tasche zu bekommen. Katherine sah ihr besorgt zu.

"Mach schnell, Chris! Das dauert zu lange."

"Ja, ja."

Zu guter Letzt half sie ihr dabei die Plastikreifen zu entwirren. "Na bitte," meinte Chryséis triumphierend. Jeder setzte einen Haarreifen auf. Ganz vorsichtig, um den flachen Knopf an der Seite nicht zu berühren.

"Jetzt kann's endlich losgehen!" sagte Chryséis aufgeregt. Sie bemerkte nicht, wie blass Katherine geworden war. '*Zeitreise*' - auf einmal klang das Wort wie ein bedrohliches Echo in Katherines Kopf. Ihr Mund war so trocken. Sie schluckte, aber der Kloß im Hals wollte nicht weggehen. Ausgerechnet jetzt bekam sie Panik!

Und zu allem Überfluss schoss ihr auch noch eine sehr beunruhigende Frage durch den Kopf: Konnte man prähistorische Luft eigentlich einfach so einatmen oder war das gefährlich? Der Gedanke war verrückt. Das ganze Experiment war verrückt. Gefährlich sogar!

Katherine schluckte verzweifelt und kämpfte gegen den unwiderstehlichen Drang an davonzulaufen. Dafür war es jetzt zu spät. Sie konnte ihre Freunde doch nicht im Stich lassen.

Trevor hatte schon den großen weißen Knopf seines ZPS aktiviert und war dabei, eine geeignete Stelle zu finden. Mal peilte er diesen Fels an, mal jenen. Er hatte das unbestimmte Gefühl, daß gleich etwas passieren würde. Und tatsächlich, das graue Gestein vor ihm begann plötzlich zu schimmern. Ein Vorhang wie damals im Schulgarten. Ein Portal zum Raum-Zeit Kontinuum! "Ich hab's ja gewusst!" rief er.

Katherine starrte wie gebannt auf die vibrierende, schimmernde Stelle. Eine Zeitschleife... das musste eine Zeitschleife sein!

"Los, jetzt alle zusammen." Auf Trevors Signal hin pressten sie den obersten roten Knopf durch das Plastik hindurch, um die heutige Zeitreferenz einzuloggen. Geschafft. Der erste Schritt war gelungen.

"Ich aktiviere das jetzt. Macht euch fertig."

Die Mädchen hielten sich an der Hand und Trevor drückte zum zweiten Mal auf den großen, weißen Knopf.

 **2** ## EIN AUFREGENDES NEUES SCHULJAHR

Am Ende der Winterferien war das Experiment im Carter-Tal noch reine Zukunftsmusik.

Wie so oft hatte Walt, der Hausmeister, Katherine und andere Schüler vom Flughafen in Etheridgeville abgeholt. Zeitreisen war so ziemlich das letzte woran Katherine dachte, als sie sich auf dem Rücksitz des altmodischen, schwarzen Volvos zurücklehnte. Sie sah verträumt auf die vorbeihuschende Landschaft und versuchte Privesh und Hendrik zu ignorieren, die sich lauthals über irgendeinen öden Sport unterhielten.

Sieht fast so aus wie in England, dachte sie sehnsüchtig, wenn nur die grauen Moosbärte an den Eukalyptusbäumen nicht wären. Sowas hatte sie in England nie gesehen. Und der Himmel war eigentlich auch viel zu blau. Ein einsames Wölkchen wanderte auf die linke Seite und drängte sich zwischen die Bäume, als der Wagen in die Straße beim breiten Schultor einbog. Ah, da war noch eine zweite Wolke, nicht weit von der ersten entfernt. Schon besser.

Katherine seufzte und lehnte sich wieder ins weiche Lederpolster zurück.

Die Ferien waren wie immer viel zu kurz gewesen. Schon jetzt vermisste sie ihre sanfte französische Mutter und Dad und Tante Trudie und das große Haus in Oxfordshire. Tante Trudie, Mutters jüngere Schwester, war immer so nett und lustig.

Ihre beiden jüngeren Brüder Graham und Frederick vermisste sie nicht besonders. Die waren verwöhnt und ließen sie nie in Ruhe.

Dad war oft auf Geschäftsreise. Der Geruch von

Ledermöbeln und Zigarren erinnerte Katherine immer an ihn. Wenn Dad mal zuhause war, saß sie am liebsten auf seinem Schoss und lauschte seiner tiefen, klangvollen Stimme. Er erzählte gern, was er auf seinen Reisen alles so erlebt hatte. Wie die faszinierende Geschichte von der Hochzeit in Pakistan, zu der er eingeladen war.

'Die Braut war in einen rot-goldenen Sari gewickelt und der Bräutigam trug einen Schleier aus Goldlametta vor dem Gesicht,' hatte er berichtet. 'Die Frauen im Dorf tanzten im Kreis herum, mit Wasserkrügen aus Metall auf dem Kopf.'

Dad war auch auf einem bemalten Elefanten geritten! Katherine versuchte sich das alles vorzustellen, als sie den Geruch der Ledersitze schnupperte. Dieses Mal war Dad nur für drei kurze Tage nach Hause gekommen. Dann musste er wieder nach Hong Kong fliegen.

Wäre alles einfacher, wenn ihre Eltern kein Geld hätten? Katherine dachte oft an den Luxus einer normalen Kindheit, ohne endloses Internatsleben und all das. Das Leben war wirklich unfair. Warum durfte sie nicht so aufwachsen wie alle anderen Kinder? Na ja, wie fast alle anderen Kinder. Auf Pemberton gingen viele Kinder mit reichen Eltern.

Hinter gepflegten Rasenflächen am Ende der Straße, erschien das große, rot-weiße Schulgebäude mit seinen ungeheuer vielen Dächern und Türmchen. Katherine fragte sich zum x-ten Male, wer sich das wohl ausgedacht hatte.

Es gab eine Unmenge von Blumenbeeten, Büschen und schattigen Bäumen in Pemberton. Die üppige Vegetation hielt zwei Gärtner das ganze Jahr über auf Trab. Als der Wagen am grünen Golfplatz vorbeischnurrte, schimmerten hier und da plätschernde Springbrunnen und ein paar Teiche durch die Botanik.

Die Sportanlagen von Pemberton konnten sich auch sehen lassen. Schade nur, daß Katherine sich kein bisschen für Sport interessierte.

Dann hatten sie auch schon die Tennisplätze hinter sich gelassen und der Wagen schlängelte sich die alte Allee zwischen hohen Eukalyptusbäumen entlang. Walt steuerte den schwarzen Volvo die breite Auffahrt hinauf. Ein vertrauter Buckel in der Straße riss Katherine aus ihren Träumereien. Ein rotes Eichhörnchen mit buschigem Schwanz lief geschwind den Stamm eines alten Baumes rauf- und runter, als sie den kiesbedeckten Parkplatz erreichten. Direkt vor der breiten Eingangstreppe.

Überall liefen Kinder zwischen den geparkten Autos umher und gutgekleidete Erwachsene standen schwatzend neben aufgestapelten Gepäckstücken.

Ein gewohnter Anblick.

Die Schulzeitung behauptete immer stolz, daß Pemberton-Schüler aus allen Ecken und Enden der Vereinigten Staaten, aus Europa und so weit entfernten Ländern wie Korea, Südafrika und Neuseeland kamen. Die Akademie genoss weltweit einen ausgezeichneten Ruf.

Ein schluchzender Junge von etwa acht Jahren war anscheinend neu an der Schule und hängte sich an seine mittlerweile ungehaltene Mutter.

"Mama, ich will nicht hierbleiben. Bitte lass uns gehen..."

Sie schimpfte halb flüsternd mit ihm und versuchte seine Finger von dem teuren, hellrosa Designer-Kostüm zu klauben.

"Lester..., hör' sofort auf damit. Nein, hör' auf... bitte - es reicht jetzt!"

Sie versuchte gleichzeitig auf Woody Kranichs Mutter, einer bekannten Modejournalistin aus Kalifornien, einen guten Eindruck zu machen. Lester setzte sich ergeben auf seinen Designerkoffer und sah unglücklich drein.

Katherine selbst hatte heute in der ersten Klasse der Boeing zwischen London und New York ein paar heimliche Tränen vergossen. Als sie dann endlich in Etheridgeville landeten, waren die Tränen schon lange wieder getrocknet. Sie verstand, daß ihre Eltern nur die beste Ausbildung für sie wollten. Und sie konnten es sich leisten. Dagegen konnte man nichts machen.

Der Volvo kam zum Stehen. Die großen Türflügel oben auf der Treppe waren einladend geöffnet. Neben der Eingangstür aus dunklem Holz war ein poliertes Messingschild angebracht: 'Pemberton Akademie für Fortschrittliches Lernen'.

"So, da wären wir," sagte Walt. Seine Stimme war rau wie ein Reibeisen. "Raus mit euch. Ich hole zackzack euer Gepäck aus dem Kofferraum und bringe es in die Eingangshalle."

Walt war ein netter Mensch mit drahtigen, grauen Haaren. Er war schon seit Ewigkeiten Hausmeister und Chauffeur in Pemberton - sogar noch länger als die wohlbeleibte Köchin Mrs. Hadley - und beaufsichtigte das Personal. Walt war stolz auf seine wichtige Stellung. Er schätzte Dr. Broadbent und hatte ein weiches Herz für die Schüler. Naja, für die meisten zumindest.

Solange sie nicht in seinen gepflegten Blumenbeeten herumtrampelten oder mit dem Wasserschlauch Springbrunnen spielten. Wasser war heutzutage schließlich teuer. Einfach zu schlau für ihr eigenes Wohl sind viele von ihnen, dachte er und öffnete den Kofferraum. Einfach zu schlau für ihr eigenes Wohl.

Katherine und die beiden Jungs sprangen auf den knirschenden Kies. Es war ihr mittlerweile in den wollenen Kleidern zu warm geworden. Solche Klamotten eigneten sich mehr für's kühle britische Wetter als das warme Georgia. Gleich darauf war ihr das nicht mehr wichtig. Katherine hatte nämlich Chryséis und Trevor entdeckt.

Trevor stand nicht weit entfernt mit ein paar Jungs zusammen. Sie erzählten sich, was sie in den Ferien gemacht hatten. Chryséis hielt die Hand ihrer Mutter, die wie immer farbenfroh gekleidet war. Die meisten Kinder wären lieber im Boden versunken, als vor allen anderen die Hand ihrer Mutter zu halten, aber Chryséis war es egal was andere Leute dachten. Prof. Cromwell war etwas exzentrisch, aber sonst richtig nett und nicht so spießig wie die meisten anderen Eltern.

Die drei Freunde interessierten sich für Quantenphysik und die weltweite Klimaveränderung und waren unter den zehn besten Schülern ihrer Klassenstufe. Dieses Jahr kamen sie alle in die siebte Klasse. Siebte Klasse - das hörte sich schon so erwachsen an!

*

Trevor war froh, nach den schier endlosen Ferien wieder in der Schule zu sein. Genau im Gegensatz zu Katherine.

Die ersten zwei Wochen war er bei seinem Vater in der engen, ungemütlichen Wohnung in Chicago gewesen. Mr. Huxley sprach nie besonders viel und die meiste Zeit hatte Trevor in der Gesellschaft seines neuen Computers verbracht. Es war zu kalt um nach draußen zu gehen und die wenigen Freunde, die er dort noch hatte, waren verreist.

Trevor wusste, dass sein Vater es gut meinte, aber sie waren einfach Lichtjahre voneinander entfernt. Als sich seine Eltern scheiden ließen, war Trevor drei Jahre alt gewesen. Seine geliebte Großmutter kümmerte sich um ihn, als er sich als kleiner Junge den Arm brach. Sie ging oft mit ihm spazieren und erzählte die tollsten Geschichten.

Aber dann war sie vor zwei Jahren in einem besonders kalten Winter an einer Lungenentzündung gestorben. Trevor fühlte sich damals so einsam, als hätte er seine gesamte Familie verloren.

In Chicago war auch Vaters neue Freundin Peggy-Sue gewesen, die immer etwas verwirrt aus ihrem übertrieben geschminkten Gesicht blickte. Peggy-Sue arbeitete in einer Kneipe um die Ecke, wo Dad sie kennengelernt hatte.

Offenbar hatte er nicht sehr weit nach einer Freundin suchen müssen. Trevor konnte sich mit der kichernden Peggy-Sue überhaupt nicht unterhalten und war ihr die meiste Zeit aus dem Weg gegangen.

Als er Chicago endlich verlassen durfte, konnte er keine Hamburger und billige Einkreme mehr sehen. Vater und Peggy-Sue waren bestimmt genauso erleichtert gewesen, als er mit dem Bus Richtung Iowa davonfuhr.

Trevor hörte die ganze Fahrt über mit Kopfhörern Musik und machte sich auf den Besuch in Iowa gefasst. Seine Mutter hieß nun Mrs. Hadwen und war auf dem Lande viel glücklicher als in der Großstadt. Es kostete ihn einige Überwindung sie 'Mutti' zu nennen und ihr einen Kuß zu geben.

Er kannte sie nicht besonders gut. Sie redete immer nur sowas wie nahrhafte Mahlzeiten und sauberen Hemden und hatte ihm gleich drei blöde Hemden zu Weihnachten gekauft. Ihr neuer Mann war ein gutmütiger, dicklicher Farmer, der genauso wenig zu sagen hatte wie Trevor's Vater. Trevor's Halbbruder, Gerry Junior, war zweieinhalb und hatte schon etwa ein Dutzend Wutausbrüche am Tag. Eine totale Nervensäge.

Trevor zog es vor, in den brachliegenden Kornfeldern und Hügeln spazieren zu gehen, um dem Trubel im Haus zu entkommen. Er hatte hier letzten Sommer seinen Geheimplatz entdeckt. An einer plätschernden Quelle, die zwischen zwei Felsen hervorsprang. Dort saß er stundenlang auf einem flachen Stein, spielte mit den Kieselsteinen und dachte in Ruhe nach oder er las ein Buch. Aber im Winter war es dafür viel zu kalt.

Trevor fühlte sich im milden, südlichen Klima um einiges wohler. Am liebsten mochte er den duftenden Rosengarten auf dem Schulgelände. Er saß dann auf der Holzbank unter wiegenden Birken und machte seine Hausaufgaben. Sogar im Winter.

Seit er sich letztes Jahr mit Chryséis Cromwell und Katherine MacDougal angefreundet hatte, saßen sie oft zusammen unter den Birken. Die beiden gingen ihm nicht auf die Nerven wie die meisten Mädchen. Manchmal sahen sie auch nur den bunten Blumen, Vögeln und Libellen zu und unterhielten sich stundenlang.

Oh ja, Trevor war froh wieder in Pemberton zu sein. Er war morgens mit dem Bus angekommen und seine kurzen, braunen Haare waren noch ordentlich gekämmt. Die beiden Mädchen hatte er schon gesehen. Aber es wäre uncool gewesen, vor den ganzen Jungs loszurennen, um sie zu begrüßen.

"Klar, ich kann's auch kaum abwarten bis die Baseball-Saison wieder anfängt," sagte er stattdessen zu Joh LeGrange, der dauernd nur über Baseball redete.

"Ich würde lieber Cricket spielen," meinte Ben.

Ben Harper aus Rockingham, Australien war einer der reichsten Kids an der Schule. Er fuhr fort, ihnen haarklein jede Einzelheit von irgendeinem Segeltrip zu erzählen, während Trevor aus dem Augenwinkel die beiden Mädchen beobachtete. Die winkten sich lebhaft zu.

Katherine sah aus wie eine Dame. Chryséis dagegen hatte blonde Zöpfchen und trug einfache Jeans und ein pinkes T-shirt. Pink war ihre Lieblingsfarbe.

Die Cromwells hatten ihr erstes Kind nach einer obskuren Figur aus der griechischen Geschichte genannt. Aus dem 'Trojanischen Krieg'.

Die historische Chryséis hatte ziemliches Glück gehabt. Sie war von griechischen Soldaten gefangen worden, hatte aber bald unbeschadet ihre Freiheit wiedererlangt. Das war recht ungewöhnlich in der griechischen Mythologie. Die Eltern der modernen Chryséis hatten Griechisch studiert und waren von der Geschichte inspiriert gewesen. Ihre jüngeren Geschwister hießen Jason und Cassiopeia, oder einfach nur Cassie. Das waren auch so altertümliche Namen.

Katherine und Trevor verbrachten so manches Wochenende im Stadthaus der Cromwell Familie. Es lag halb versteckt in einem herrlich überwucherten Garten, in einer Gegend wo gepflegte Rasenflächen und gerade

Blumenbeete an der Tagesordnung waren. Trevor hatte sich dort von Anfang an wohl gefühlt.

Die Familie war so unkompliziert, und er liebte Mrs. Cromwells selbstgebackenes Maisbrot und Gumbo. Sie hatten erstaunlich viel Zeit für einander und beim Abendessen wurde lebhaft durcheinander geredet. Im Haus gab es helle, fröhliche Farben und Möbel aus Fichtenholz, die herrlich nach Bienenwachs dufteten. An den Wänden hingen gerahmte Bilder und es gab überall faszinierende Sachen zu bestaunen.

*

"Hi Katie, hier!" rief Chryséis und ließ die Hand ihrer Mutter los.

Katherine rannte quer über den Parkplatz und zwickte Trevor im Vorbeilaufen ganz frech am Arm. Das war ungewöhnlich für die sonst schüchterne Katherine. Er griff lachend nach ihrem Arm, sie war aber zu schnell für ihn. Trotz des engen Rocks und wollenen Twinsets. Der weiße Kies knirschte unter ihren Sohlen, als sie übermütig über den Rasen jagten. Sie kamen lachend vor Chryséis zum Stehen.

"Hi ihr beiden, schön euch wiederzusehen," sagte Chryséis in ihrem breiten Südstaatenakzent.

"Hallo Freundin," lachte Katherine noch ganz außer Atem. "Hallo Mrs. Cromwell!" Chryséis ' Mutter begrüßte die Kinder und unterhielt sich weiter mit anderen Eltern.

"Hey Chris, hast du mein letztes E-Mail gekriegt? Ich hab's gestern noch schnell in Oxford abgeschickt."

"Was, welches E-Mail? Das von Freds Dünnpfiff?"

Katherine nickte. "Ja, habe ich gekriegt. Echt ätzend."

Katherines Brüder waren, ihrer Meinung nach, verzogene Blagen. Ihr eigener, jüngerer Bruder Jason war dagegen unproblematisch und spielte lieber den ganzen Tag mit seinen Freunden draußen im Garten.

"Wir konnten überhaupt nichts in Marseille

unternehmen. Es war ja sooo langweilig." Katherine seufzte bei der bloßen Erinnerung. "Fred ist 'ne richtige Plage. Immer kriegt er was, wenn wir verreisen."

Klar. Die Aufmerksamkeit seiner Mutter, dachte Chryséis.

Katherine sprach noch immer mit einem deutlich britischen Akzent. Einige amerikanische Kinder meinten, sie sei gerade mit den ersten Siedlern in der Neuen Welt angekommen.

"Haste während der Ferien was interessantes gelesen?" wandte sich Chryséis an Trevor.

"Was?"fragte er zerstreut. Holly Benson, der Klassentyrann, stand dicht bei ihnen. Hinter Prof. Cromwell. Trevor mochte sie nicht besonders und es war unwahrscheinlich, dass sie sich über die Ferien gebessert hatte.

Sie hatte ein hübsches Gesicht und dunkle Locken. Wenn man sie nicht kannte, konnte das leicht täuschen. Holly Benson mochte keine Schüler, die ein Stipendium hatten, was immer der Grund dafür sein mochte. Sie warf ihre dunklen Locken in den Nacken und musterte scheinbar gleichgültig die Neuankömmlinge.

Am liebsten hätte Holly ja Chryséis zur Freundin gehabt. Mr. Cromwell kam aus einer alt eingesessenen Familie und war Vorsitzender von Etheridgevilles Industrie- und Handelskammer. Gute Familie, wie Hollys Dad sagte.

Der Klassentyrann stand hinter Prof. Cromwell, die sich jetzt mit ihren Eltern unterhielt. Sie hatte die drei Freunde entdeckt, wie sie lachten und schwatzten. Warum musste sich Chryséis sich mit einem Typen wie Trevor Huxley aus Chicago abgeben? Er war so gewöhnlich. Wie der es wohl geschafft hatte nach Pemberton zu kommen!

Mr. Bensons Firma spendete jedes Jahr eine ansehnliche Summe an die Schule. Da konnte er wohl erwarten, dass seine Tochter mit den Kindern gleichwertiger Familien zur

Schule ging. Und was Katherine anging - was war eigentlich so besonderes an ihr, dass Chryséis das englische Mädchen als beste Freundin vorzog?

"Hey Trevor, ich habe dich gefragt, ob du 'n interessantes Buch gelesen hast," wiederholte Chryséis.

"Ach so. Ich war eigentlich mehr im Internet," gab Trevor gelangweilt zu.

"Typisch."

"Diese neue Astronomie-Webseite ist einfach toll. Da gibt's 'nen Screensaver mit ganz tollen Bildern von Planeten und Galaxien und Info über schwarze Materie."

Trevor fühlte sich in der virtuellen Welt des Internets zuhause. Von Computerspielen mal ganz abgesehen.

"Und was sonst noch?" fragte Katherine.

Bevor er etwas erwidern konnte, sagte Chryséis begeistert, "Ihr müsst unbedingt 'Entfernte Resonanz' lesen. Das neue Buch von Professor Herbert Shelton. Es geht darum, dass wenn was auf der einen Seite der Erde passiert, jemand auf der anderen Seite ziemlich genau die gleiche Idee haben kann, und..." Holly Benson hatte sich unbemerkt neben ihren Vater, Harold J. Benson III, gestellt. Direkt vor die drei Freunde.

"Herbert Shelton? Habe ich schon vor ewigen Zeiten gelesen. Gutes Buch," unterbrach sie mit wichtiger Miene. "Wahrscheinlich zu teuer für dich, was Trevor?"

Trevor rollte mit den Augen und Katherine erschrak.

"Wupps, wo kommst du denn auf einmal her?"

"Ach komm Holly. Wer hat dich denn gefragt?" sagte Chryséis ärgerlich. Holly schien nie mitzubekommen, wenn sie unerwünscht war! Prof. Cromwell merkte, wie sich die Stimmung vereiste und kam ihnen zuhilfe.

"Hallo Holly, nett dich zu sehen Kleine," sagte sie schnell und blickte auf ihre Uhr. "Mrs. Benson, Mr. Benson es wird Zeit zu gehen. Auf Wiedersehen."

Sie wusste zu gut, wie ihre Tochter reagieren konnte und bugsierte die Kinder die Stufen zur Eingangshalle hinauf. Bevor Mr. Benson Gelegenheit hatte, sie weiter über die Vor- und Nachteile eines Karibikurlaubs zu belehren.

"Schaut, drinnen ist schon alles vorbereitet," sagte sie.

Chryséis zog mit Trevors Hilfe einen kleinen, blauen Koffer hinter sich her.

"'Habe Herbert Shelton schon vor ewigen Zeiten gelesen'... blahblah. Wen will sie eigentlich beeindrucken? Pah!" murmelte sie dabei vor sich hin. Sie hatte schon jetzt die Nase voll von Holly, und die Schule hatte noch nicht mal begonnen.

Kurz darauf hielt Dr. Broadbent seine Rede. Seine Ansprachen waren oft mit kleinen Wortspielen gespickt, die dazu dienen sollten, seine jungen Zuhörer wachzuhalten. Heute war seine Rede eher zahm.

"Guten Tag, meine Damen und Herren, liebe Eltern und andere anwesende Erwachsene..."

Dr. Broadbent sprach die Schüler immer mit 'Damen und Herren' an. Er war ein ziemlich cleverer Mann von etwa fünfzig Jahren, mit rötlichen Wangen und einer Halbglatze. Das wahre Bild eines Schuldirektors.

Einer der Achtklässler und entfernter Cousin Hollys, Bradley Benson, stieß einen kleineren Jungen unsanft zur Seite und Dr. Broadbent hörte auf zu sprechen, bis die Ordnung wieder hergestellt war. Zu Anfang des Schuljahres war er noch gut gelaunt. Die geräumige Eingangshalle füllte sich langsam.

"...und so betreten wir wieder die heiligen Hallen des Lernens. Ich möchte auch unsere geschätzten Lehrkräfte willkommen heißen - die sich sicher irgendwo im Gebäude verstecken. Alle Eltern und auch unsere neuen Schüler. Möge Ihr Aufenthalt in Pemberton genauso erfolgreich sein, wie..." Er sprach noch zehn unendliche Minuten lang. Danach gab es Häppchen am Buffet, bevor die Eltern sich wieder auf den Weg machten. Dann ging's gleich wieder in den Alltag über.

Die kleine Privatschule hatte nur zwei Klassen pro Stufe. Katherine, Trevor und Chryséis waren diesmal in der gleichen Klasse. Allerdings auch Holly und ihre zur Zeit beste Freundin Natascha Manning.

"Na prima!" stöhnte Chryséis.

"Ach komm', das lässt sich nicht ändern," flüsterte Trevor.

"Das werden wir ja sehen."

Wenigstens war jetzt Dr. Wilkins ihr Klassenlehrer. Ein eifriger, wenn auch oft langweiliger Lehrer, der es gut mit einem meinte. Leider ließ er sich leicht aus der Fassung bringen. Die achte Klasse brach noch immer in wildes Gekicher aus, wenn der Streich von letztem Oktober zur Sprache kam. Anscheined hatte das Ganze was mit einem Furzballon zu tun.

Nach dem eiligen Abendessen wurden die Schlafräume eingeteilt. Kleidung, Bücher und andere Habseligkeiten wanderten lautstark aus vollgestopften Taschen und Koffern in gähnend leere Schränke und Schreibtische.

Die Jungs waren im Ostflügel des Schulgebäudes. Die Mädchen im Westflügel. Bald ertönte Schwatzen und Gelächter in den Gesellschaftsräumen.

"Habt ihr Vanessa gesehen? Nein diese neue Frisur!"

"Ich habe gehört, dass sich Bobbys Eltern scheiden lassen ..."

"Nein!"

"Ich nehme dieses Jahr Japanisch als neue Sprache dazu..."

Chryséis teilte sich ein Eckzimmer im zweiten Stock mit Katherine und Sally Holfield, einem neuen Mädchen aus Missouri. Sie war kein Morgenmensch und mochte keine grelle Morgensonne. Deshalb stellte sie zufrieden fest, dass die Fenster nach Westen zeigten. Hollys Zimmer befand sich zum Glück in der ersten Etage.

Trevor hatte seine Sachen schon vor Stunden ausgepackt und saß lesend auf einer Bank draußen.

Chryséis lehnte sich aus dem Fenster und winkte.

"Hallo Trevor!"

Es war nicht gerade cool, einem Mädchen in ihrem Schlafraum zuzurufen. Trevor winkte nur kurz und nahm sich dann wieder sein Buch, 'Die Libelle' von H.A. Humphries, vor. Ein anspruchsvoller Roman über einen chinesischen Jungen während der Ming Dynastie. Trevor hatte nur noch 74 Seiten vor sich und wollte das Buch heute noch zu Ende lesen.

Katherine verstaute ihre Socken in der untersten Schublade und gab Sally freundschaftliche Ratschläge. Sally Holfield war noch ganz befangen, weil sie auf so eine berühmte Schule ging. Sie glaubte mit den anderen nicht mithalten zu können.

"Du musst wissen, dass unsere Snobs sich ab und zu die Neuen vornehmen. Also kannst du etwas Schikane von denen erwarten." Sie wusste, wovon sie sprach.

"Das ist aber gemein!"

"Ja, aber lass' die einfach nicht an dich 'ran. Wir sind ja auch noch da."

"Trevor gab Holly Benson letztes Jahr solange die kalte Schulter, bis sie von allein aufgab. Als Opfer ist er total hoffnungslos." Chryséis grinste.

"Wer ist denn Holly Benson?"

"Ach, eine der Prinzessinnen in unserer Klassenstufe. Steinreich."

"Glaub' mir, mit der willst du nichts zu tun haben," meinte Katherine. Die Mädchen hatten schon ihre Pyjamas an, weil um neun Uhr das Licht ausgemacht wurde. Der Wecker auf Katherines Nachttisch zeigte 20.37 Uhr an. Sie hatten noch ein wenig Zeit.

Sally putzte sich die Zähne und kämmte sich dann die Haare vor der Spiegelkommode, die sich alle drei teilten.

"Warum macht Holly denn sowas? Ist sie immer so fies?" fragte Sally ihr Spiegelbild stirnrunzelnd. Sie wollte sich gerne mit allen hier anfreunden und wer war dieser

Trevor?

Sally kämmte ihr hellbraunes Haar zu einem Pferdeschwanz nach hinten, dann wieder in die Stirn. Schick wie bei einem Filmstar. Katherine hängte ein Poster ihrer Lieblingsgruppe, der Mädchenband 'Bliss Five', über ihrem Bett auf.

"Sally, kannst du mir bitte das Klebeband da geben?" Sie zeigte auf den Tisch, während sie versuchte das Poster hoch zu halten.

"Holly ist ein verwöhntes Blag. Das ist los mit ihr," sagte Chryséis unverblümt. Sie sagte oft was ihr gerade in den Sinn kam. Das war nicht immer sehr taktvoll.

Sally gab Katherine wortlos das Klebeband und setzte sie sich wieder vor den Spiegel. Sie machte sich daran Haarbürste und Spangen in ihre Schublade zu räumen.

Chryséis glitt in eine andere Jogastellung, bei der sie ihre Beine kerzengerade nach oben strecken musste. Als Katherine in Pemberton anfing, hatte Chryséis sie vor Holly gerettet und sie waren beste Freundinnen geworden.

Wenn Holly Benson überhaupt jemanden respektierte, dann war es Chryséis.

Irgendwie brachte sie es einfach nicht fertig sie zu ärgern. Holly ging seit langem einem Streit mit der schlagfertigen Chryséis lieber aus dem Weg. Bald ging in der 'Pemberton Akademie für Hochbegabte' alles seinen gewohnten Gang.

Zumindest fast alles.

 **3**   **WAS, ZEITREISEN?**

"Es muss jetzt einfach klappen, es muss einfach!" Katherine hätte sich die Haare ausraufen mögen. Werkzeuge, Plastik- und Metallteile lagen in wildem Durcheinander auf dem Arbeitstisch verstreut herum.

"Was mach' ich bloß falsch?"

Sie arbeitete an einer endlosen Energiequelle - nach dem Prinzip der Quantenmechanik. Professor Helbert hatte alles so toll in seinem Buch beschrieben und Quantenmechanik war sowieso ihr Lieblingsfach. Die Formel selbst war nicht das Problem, aber sobald sie versuchte die Differentialen einzustellen, ging überhaupt nichts mehr. Sie nahm einen winzigen Schraubenzieher von ihrem Notizblock und rechnete die Formel nochmal durch.

"Oh!!!" Sie warf den Schraubenzieher auf den Tisch zurück. Der prallte ab und fiel klirrend zu Boden. Katherine rollte die Augen und bückte sich, um ihn aufzuheben.

Christopher Higgins schlich ängstlich an ihrem Labortisch vorbei. Er war ein kleiner Bursche mit vorstehenden Zähnen und ziemlich brillant für sein Alter. Als Katherine plötzlich wieder hinter dem Labortisch auftauchte, ließ er vor lauter Schreck seine Hefte fallen und starrte sie an.

"Christopher!"

Der Viertklässler beeilte sich, seine Papiere aufzuheben. "Sorry," stieß er hervor und eilte zum anderen Ende des Labors. Katherine seufzte. Jetzt hatte sie bestimmt den Ruf weg, gemein zu sein. Auch das noch.

Sie setzte sich und stützte ihr Kinn mit der Hand auf. Alles stand ihr hier zur Verfügung, aber diese dämliche Vakuum-Batterie ließ sich einfach nicht zum Funktionieren bringen.

Das naturwissenschaftliche Labor der Schule war Dr. Broadbents ganzer Stolz. Dank der großzügigen Spende eines ehemaligen Schülers, hatte die Schule das Labor ultramodern ausgestattet. Cecil Whitby hinterließ der Pemberton Akademie vor fünf Jahren die Hälfte seines Vermögens. Wegen der guten Erinnerungen, die er an seine Schulzeit in den sechziger Jahren hatte. Nach gründlichen Renovierungsarbeiten wurde das Labor feierlich in den "Whitby Flügel' umbenannt. Das Ganze konnte es jetzt bestimmt mit einem NASA-Labor aufnehmen.

Katherine sah durch die halbgeöffneten Jalousien zu, wie Walt den beiden Gärtnern das korrekte Schneiden von Hecken erklärte. Sie fand die Hecken noch ganz gut beschnitten. Nichts verkehrt damit. Mit ihrem Projekt dagegen war alles verkehrt.

"Na, brauchst du Hilfe?" Katherine flog herum und sah Trevor ins Gesicht, der auf einmal neben ihr stand.

"Tut mir leid, wollte dich nicht erschrecken. Ich dachte du brauchst vielleicht... Hilfe." Er bereute seine Bemerkung sofort.

"Meine Güte, Trevor, willst du vielleicht, dass ich 'nen Herzanfall kriege?" ging die frustrierte Katherine auf ihn los. "Und wieso brauche ich Hilfe?"

"Na... natürlich nicht. Ich wollte nur fragen ob ich dir mit was helfen kann. Aber anscheinend kommst du gut allein klar." Er wusste, dass sie sich nicht so leicht aus der Ruhe bringen ließ. Also musste es was ernsthaftes sein. Er wartete.

"Sorry, das hat nichts mit dir zu tun." Katherine fuhr sich mit der Hand durch die offenen Haare und steckte sie gleich wieder hinter die Ohren. "Ich begreif' nur nicht was mit dem blöden Ding verkehrt ist!"

Sie zeigte auf das halbfertige Gerät und Trevor begriff sofort. "Professor Helberts Vakuum-Batterie. Die endlose Energiequelle! Hmm, gutes Projekt. Ziemlich ehrgeizig. Ich kenne keinen, der es richtig hingekriegt hat."

"Du kannst mich gleich dazu zählen." Katherine warf einen strafenden Blick auf ihre widerspenstige Kreation. "Am liebsten würde ich alles auf den Boden werfen und es zu einem Pfannkuchen trampeln!"

"Autsch, Chryséis färbt wohl langsam auf dich ab, was?"

"Hmm," brummte Katherine.

Laut Professor Gaylord Helberts Theorie, basierte die Vakuum-Batterie darauf, dass sich zwei Pole innerhalb eines Vakuums berührten und dabei endlos viel Energie erzeugten. Im Prinzip. Die Formel war dazu da, die dabei erzeugten elektromagnetischen Wellen auf eine Reihe unterschiedliche Schwingungsstufen einzustellen. Dann konnte man die Batterie für eine Menge nützlicher Dinge aktivieren. Theoretisch jedenfalls.

"Zu dumm, dass Chryséis ein anderes Projekt hat. Eine Theorie über das Zeitkontinuum. Dabei geht's um schwarze Löcher im Weltall. Aber alleine schaffe ich das nicht." Da bitte - sie hatte es zugegeben.

Mittlerweile fand Katherine schwarze Löcher im Weltall auch attraktiver. " OK, lass mal sehen was man da machen kann. Hast du das Vakuum nachkontrolliert? Wo sind die Zahlenwerte...?"

Es war ihr gar nicht eingefallen, Trevor zu fragen. Normalerweise tat er sich bei Projekten immer mit anderen Jungs zusammen. "Bist du sicher?" fragte sie zögernd.

"Ja doch." Er liebte es Probleme zu lösen.

"Na gut. Hier sind die Ausdrucke von der 'Q-Mechanics' Webseite. Soweit macht alles noch Sinn. Die beiden Pole machen Kontakt und das Einstellen der harmonischen Schwingungen sollte eigentlich ein

Kinderspiel sein —"

Sie arbeiteten den ganzen Nachmittag gemeinsam an der Lösung und waren stolz auf ihre Fortschritte. Als die Schulglocke zum Abendessen rief, hatte die Batterie immerhin schon eine Reihe von Tests überlebt.

Katherine war jetzt um einiges besser gelaunt.

"Wir sollten uns den Anschluss nochmal genauer ansehen. Ein Adapter wäre ganz gut," sagte Trevor.

"Wenn du keine anderen Pläne hast, können wir das Projekt ja jetzt zusammen machen," wagte sich Katherine vor. Trevor war begeistert.

"Eigentlich hatte ich vor mit Dan Atkins zu arbeiten, aber wir konnten uns einfach nicht auf ein Thema einigen. Er macht jetzt was mit Ben Harper, glaube ich. Ok, dann sind wir also Projektpartner." Sie schüttelten sich spontan die Hand.

"Klasse. Jetzt brauchen wir nur noch 'ne Anwendung, um die Batterie der Klasse vorzuführen."

"Eins nach'm andern. Erst muss die Batterie einwandfrei funktionieren."

"Ja, ich weiß Auf der Q-Mechanik Webseite war nicht viel zu dem Thema, aber wir können uns ja mal Gedanken darüber machen."

"Hmm Ok, aber jetzt habe ich erstmal Hunger."

Christopher Higgins war schon dabei seinen Arbeitstisch aufzuräumen und Sophie Baxter, eine Karatemeisterin aus der zehnten Klasse, war noch im Chemielabor. Sie goss schnell noch irgendeine rote Flüssigkeit in ein Reagenzglas und wartete auf die Reaktion. Sie würde auch bald zusammenpacken. Es war Zeit zu gehen.

"Vielleicht sollten wir morgen in der Bibliothek vorbeischauen. Ich glaube da stand was in dem einen Kapitel - in 'Anwendungsgebiete des Elektromagnetismus in der Modernen Wissenschaft'."

"Klar, können wir machen." Katherine verstaute ihre

Werkzeuge ordentlich in der Schublade. Sie schloss ab und stopfte die Notizen in ihre Schultasche.

"Das geht ja besser als ich dachte. Wie wäre es mit einem Geschichtsprojekt wenn wir hiermit fertig sind? Frühe chinesische Dynastien..." begann Trevor.

"Ne, Trevor. So einfach war's nun auch wieder nicht! Wir haben noch 'ne Menge zu tun. Chinesische Geschichte kann erstmal warten."

Am nächsten Tag trafen sie sich wie vereinbart vor der Bibliothek. Im Vorraum wurde lautstark geschimpft und verschreckte Schüler versuchten sich am massiven Schreibtisch vorbei zu schleichen.

"Mr. Booth!" Die verärgerte Stimme der Bibliothekarin durchschnitt die sonst übliche Stille. "Wir sprechen hier von Verantwortungsbewusstsein!" Sie sprach jede Silbe betont aus. "Zwei Bücher in zwei Wochen!"

Miss Epplestein, von allen nur 'Apfel' genannt, machte eine effektive Pause bevor sie weiter schimpfte. "Und Sie sagen, die Bücher sind einfach verschwunden? Ich werde das melden müssen. Wenn Sie denken, dass das Eigentum der Schule unwichtig ist—"

'Apfel' hatte den Spitznamen dank ihrer rundlichen Form und roten Wangen geerntet. Aber wie jetzt konnte sie sich schon mal von einer sanften, hilfsbereiten Bibliothekarin in eine zornige Buchgöttin verwandeln, wenn ihre geliebten Bücher 'verschwanden'. Dann ging man ihr besser aus dem Weg.

Samuel Booth, ein dünnes Kerlchen von einem Sechstklässler, mit ebenso flammend-roten Ohren wie Haaren, stand kleinlaut vor ihr. Die Szene war ihm ungeheuer peinlich. Er konnte fühlen wie die Augen der anderen Schüler ihn durchbohrten. Aber 'Apfel' hatte natürlich recht. Sam hatte die dumme Angewohnheit seine Schmöker überall herumliegen zu lassen.

'Apfel' war noch nicht fertig mit ihm. "Haben sie überhaupt eine Ahnung, Mr. Booth, wie viel ihre Schule jedes Jahr für diese Bücher ausgibt?"

Katherine und Trevor schlichen sich mit ein paar anderen Schülern an dem großen Schreibtisch vorbei. Trevor wollte nicht erkannt werden. Das gleiche war ihm nämlich auch schon mal passiert!

In der 'Physik' Abteilung suchten sie nach einem ziemlich großen Buch. Laut Bücherverzeichnis sollte es hier auf dem Regal unter dem Buchstaben 'B' stehen. "Schau dir das an." Katherine zeigte auf einen dünnen Band. "Hast du schon mal was von 'Die Außerirdische Intelligenz' von Meredith Baker-Maitland gehört? Ich frage mich was das wohl sein soll..."

"Ein Buch von Nicola Tesla steht auch am verkehrten Platz!" Sie hatte sämtliche Bücher über den berühmten Physiker aus dem 19. Jahrhundert gelesen, der seiner Zeit weit voraus gewesen war. Er hatte es zum Beispiel fertiggebracht, eine Glühbirne so zu konstruieren, dass sie ohne Stromanschluss leuchtete.

Dummerweise hatte damals niemand seine ungeheuren Erfindungen so richtig ernst genommen und sein Wissen ging verloren. Kein Wissenschaftler war seitdem imstande gewesen, das Geheimnis von Nicola Tesla's Glühbirne zu lüften.

Man hatte nur eine ungefähre Ahnung, dass die dazu notwendige Energie sich 'drum herum' befunden hatte.

"Ah, ich hab's," sagte Trevor. "Hier bitte: die 'Anwendungsgebiete des Elektromagnetismus in der Modernen Wissenschaft' von Professor Thomas Barber, 1989, Pillory Press. Jemand hat das Buch blöderweise unter 'D' statt 'B' gestellt." Der Wälzer plumpste auf den niedrigen Tisch neben dem Regal.

Sie setzten sich und studierten das Inhaltsverzeichnis. In der Bibliothek wurde stiller. Miss Epplesteins Ärger schien verraucht zu sein.

"Das wurde auch Zeit," seufzte Katherine. "Wahrscheinlich kann man Sam mittlerweile vom Boden auflesen. Ich hoffe ich werde nie so ein teures Buch verlieren wie dieser Schussel."

Trevor hörte kaum zu. Er war dabei die richtige Stelle zu finden.

"Ok, wo stand das noch...? 'Gravitationswellen', 'Elektromagnetische Wellen'," murmelte er vor sich hin.

"...reguläre Variationen von einem beliebigen Punkt im Raum breiten sich zu anderen Punkten mit der Geschwindigkeit c aus. Mit Hilfe von Modulationen können Informationen auf die Trägerwelle übertragen werden. Na gut, das wissen wir ja schon..."

"Ich glaube das hier könnte was sein: 'Harmonien im Elektromagnetismus', Kapitel dreizehn," sagte Katherine.

Sie lasen den Abschnitt genau durch.

"Schau dir das an, Katie!" Trevors Zeigefinger stach auf einen komplexen Paragraphen im dreizehnten Kapitel ein. Er las den Text vor.

"...In einem geeigneten Gelände, falls möglich ohne Störung durch größere elektromagnetische Felder und mithilfe einer ausreichenden Energiequelle, kann ein Zugang zum Raum-Zeit Kontinuum hergestellt werden. Vorausgesetzt, dass besagte Energiequelle auf gleichmäßig hohem Niveau gehalten werden kann, ...siehe Illustration 11a... besteht die Möglichkeit, dass sich ein Zeitportal öffnet. Eine sichtbare Verzerrung im Raum-Zeit Kontinuum präsentiert sich im Allgemeinen als Vortex (!), die eine rotierende Überlappung von Zeitperioden darstellt, und diese unter bestimmten Umständen zu überbrücken vermag. Die Faktoren Zeit und Geschwindigkeit können durch die Anwendung folgender Formeln stabilisiert werden..."

"Mensch, das bedeutet ja, dass Zeitreisen zumindest möglich ist," sagte Katherine verwundert. "Willst du das mit der Batterie anstellen?"

"Klar, wenn's möglich ist... warum nicht?" meinte Trevor.

"Als ob du das schon immer gewusst hast, Einstein!"

"Oh, schon 'ne ganze Weile."

"Wirklich - aber da gibt's natürlich einen Haken. Die

Energiequelle muss kontinuierlich sein und ausreichend. Und so wie ich das verstehe, autsch!" Das schwere Buch glitt vom Tisch und eine Ecke bohrte sich in Katherine's Bein. Sie rieb sich die schmerzende Stelle am Oberschenkel und hievte es auf den Tisch zurück, aber Trevor war zu vertieft, um sich darum zu kümmern.

"Das stimmt natürlich... ausreichend... es muss ausreichend sein, aber das ist relativ. Wir müssen einfach nur die Kapazität der Vakuum-Batterie verbessern und stabilisieren."

"Genau darum geht's doch, Kinder," Katherine imitierte grinsend eine beliebte Redeart von Dr. Wilkins. "Traut euch was zu!" Für einen langen Augenblick sagten sie nichts, dann sank die Idee ein. "Was genau meinst du eigentlich Trevor... mit Zeitreisen?"

"Wir können versuchen ins Raum-Zeit-Kontinuum einzusteigen," sagte er langsam. "Solange wir eine unendliche Energiequelle haben sind wir ja schon halbwegs soweit, oder?"

"Naja, so ungefähr jedenfalls."

"Warum eigentlich nicht?"

"Oh, lass mal sehen — wir haben kaum Zeit das vorzubereiten! In drei Wochen ist der Vortrag fällig. Und dann - geht's ja auch nur um Zeitreisen! Verrückte Idee. Wir brauchen 'ne Menge Maßtabellen und Informationen über existierende Geräte - und dann..."

"Ich weiß aber, dass wir das können! Wir müssen die Vakuum-Batterie nur irgendwie mit dem Zeitportalsucher kombinieren, den ich mir letztes Jahr schon ausgedacht habe." Er blätterte wieder im Buch herum.

"Was hast du dir ausgedacht?" Katherine war ganz überrascht.

Und so erzählte ihr Trevor, wie er mit neun Jahren einen Vortrag gehört hatte. Ein Student von Professor Barber hatte im vollbesetzten Auditorium der Universität über verschiedene Aspekte des Raum-Zeit Kontinuums gesprochen. Trevor war zwei Stunden lang zwischen den Physikstudenten gesessen und hatte konzentriert zugehört. Danach hatte er sich weitere Informationen geholt und dann einen Zeitportalsucher gebaut.

"Was, und das sagst du mir erst jetzt?"

"Naja, ich dachte ihr lacht mich aus. Ich hab's auch nur einmal ausprobiert," sagte Trevor. "Um ehrlich zu sein, hatte ich Angst vor der flimmernden Vortex. Ich war ja erst neun."

"Aber sowas ist doch wichtig - eine flimmernde Vortex? Echt?"

"Ich habe das nie jemandem gezeigt. Das Projekt über Pyramiden auf der ganzen Welt war sicherer. Wusstest du, dass es welche in der Wüste Gobi geben soll, die unter Tonnen von Sand begraben sind? Ich glaube aber nicht so recht an die 150 Meter hohe Pyramide in der Sargasso See."

Katherine konnte sich noch vage an sein Geschichtsprojekt erinnern. "Trevor, du schweifst vom Thema ab."

"Komm', wir machen 'ne Kopie davon." Er hob das schwere Buch auf und trug es zur Kopiermaschine.

Der bloße Gedanke, sich ins Raum-Zeit Kontinuum zu begeben und vielleicht nie wieder aufzutauchen, jagte Katherine einen kalten Schauer über den Rücken. Der Gedanke an Zeitreisen war zwar aufregend – aber gleichzeitig auch der helle Wahnsinn.

Trevor war schon erstaunlich. Er hatte doch tatsächlich eine Zeitmaschine erfunden! Was war eigentlich ein Zeitportalsucher genau? Ihr schwirrte der Kopf.

Zeitreisen - war sowas denn wirklich möglich?

▷▷▷ 4 EINE FANTASTISCHE IDEE

"Mensch, ist ja echt 'n Ding! Wie weit seid ihr denn damit?" staunte Chryséis. Sie hatte gerade von dem Projekt erfahren, und der Möglichkeit einer Zeitreise. Die Idee faszinierte sie. "Zeitreisen mit 'ner Vakuum-Batterie? Ach kommt schon..."

"Ehrlich gesagt... ich bin ziemlich sicher, dass es klappt, aber ich habe das Gerät noch nicht richtig getestet. Arbeite schon 'ne Weile dran." Trevor redete über das Thema als sei es ganz selbstverständlich.

"Hmm, ein Zeitportalsucher?"Chryséis hörte sich nicht sehr überzeugt an.

"Ja doch. Er zeigt unregelmäßige elektromagnetische Felder an. Schwachstellen im Raum-Zeit Kontinuum, sowas wie Verzerrungen... wie ein Zeitportal eben..."

"Ja natürlich."

"Im Ernst. Mit der Vakuum-Batterie kann man sogar 'ne Vortex aktivieren. Die Batterien, die ich bisher hatte, waren einfach nicht stark genug," sagte Trevor. "Ich kann das ganze heute Abend mal testen. Dann wissen wir Bescheid." Er ließ sich nicht so leicht aus der Ruhe bringen.

Von der anderen Seite des Teichs her ertönte gedämpftes Quaken. Die drei saßen unter den Birken am Teich und ließen ihre Füße im Wasser baumeln. Das Wasser war aber noch nicht warm genug, und sie setzten sich bald wieder auf die Holzbank im Rosengarten. Das gab Chryséis Zeit zum Nachdenken.

"Wahnsinn. Das ist schon 'n ziemliches Projekt! Meint ihr das kann klappen – das mit der Vortex?"

"Ja."

"Dann lass' uns das machen. Ich bin mit dabei," sagte Chryséis spontan. Sie malte sich schon alles mögliche aus. Vielleicht würde sie eines Tages Sokrates die Hand schütteln, oder Napoleon treffen. Ok - Napoleon nicht unbedingt, kein so netter Kerl.

"Was ist eigentlich mit deinem Projekt, Chris? Das mit den Schwarzen Löchern im Weltall," fragte Katherine. "Hält dich das nicht auf Trab?"

"Was, und ihr habt den ganzen Spaß? Ich bin sowieso fast fertig. Das Planetarium in der Stadt leiht mir ein Video für die Präsentation," erklärte Chryséis. "Ich warte nur noch auf Daten aus Texas. Über Musiknoten, die die Schwarzen Löcher abgeben. Das Tippen geht dann ruckzuck." Chryséis dachte einen Augenblick nach. "Also dann, ich bin dabei. Ich kann mir doch sowas wie Zeitreisen nicht durch die Lappen gehen lassen."

Als es dunkel wurde, schlich sich Trevor in den Schulgarten hinaus. Das war eigentlich nicht erlaubt, aber er konnte sich nicht mit so unwichtigen Details abgeben.

Die Versuche waren nicht gleich erfolgreich. Zwischen Schulgebäude und Golfplatz war absolut nichts zu machen. Das konnte an den Störungen liegen, die von elektrischen Geräten und Stromleitungen ausgingen.

Weiter draußen beim Golfplatz bekam Trevor endlich ein bescheidenes Flimmern zu sehen. So wie damals. Aber diesmal hatte er keine Angst.

Wenn es eine Verzerrung im Raum-Zeit Kontinuum war - ein Zeitportal - dann wollte er es genau wissen. Trevor ging näher an den Golfplatz und versuchte es dort nochmal.

Er peilte mit dem Instrument verschiedene Stellen an, dann zwischen eine Gartenbank und einen Azaleenbusch. Diesmal wuchs das Flickern zu einer ansehnlichen Vortex an. Das musste es sein! Ohne lange nachzudenken, sprang Trevor in den Wirbel hinein.

Aber was war das? Trevors Augen weiteten sich vor Schreck.

Es konnte keine Minute gedauert haben, dann landete er wieder unsanft auf dem weichen Rasen. Das flimmernde Hologramm wurde schwächer und verschwand schließlich ganz. Er hatte etwas Scheußliches gesehen – auf der anderen Seite. Riesig, mit glänzenden, grünen und goldenen Schuppen... oder waren es Federn gewesen? Und es hatte gedampft. Waren da auch lange Zähne gewesen? Dann hatte sich das Ding bewegt, nur ein Zucken, nur eine Welle unter den Schuppen. Trevor war es auf einmal egal gewesen was das 'Ding' war.

Er hatte auf den 'Zurück' Knopf gedrückt und die wirbelnde Vortex verschluckte ihn erneut. Er saß wieder auf dem weichen Rasen. Er war in Sicherheit!

Leider hörte er nicht wie Natascha Manning ihr Fenster im ersten Stock öffnete.

"Mr. Huxley, ich muss schon sagen. Um diese Zeit noch auf dem Schulgelände herumzuspazieren. Was haben Sie sich bloß dabei gedacht?" Die Hausmutter fuchtelte aufgeregt mit den Armen.

"Tut mir echt leid. Ich brauchte einfach frische Luft zum Nachdenken." Die Notlüge rollte ihm erstaunlich leicht von der Zunge.

Genau wie Hausmeister Walt, hatte die Hausmutter ein großes Herz für Kinder. Die armen Dinger wussten oft nicht wohin mit ihrer ganzen Klugheit. Aber es gab Hausregeln aus gutem Grunde. Und die mussten befolgt werden, sonst wurde alles im Handumdrehen zum reinsten Chaos.

"Sie kennen doch die Hausregeln, Mr. Huxley," seufzte die Hausmutter und Trevor nickte.

Für die nächsten drei Tage wurde er dazu verdonnert, die hintere Veranda und den Weg zum Golfplatz zu fegen. Nach dem Abendessen und vor Einbruch der Dunkelheit. Sehr zum Vergnügen von Holly und Natascha. Endlich war der Junge mit dem Stipendium mal so richtig heruntergeputzt worden.

"Heh, Huxley! Leidest du etwa an Schlafwandeln? Oder

hattest du 'n Rendezvous auf dem Golfplatz?" lachte Natascha und zwinkerte Chryséis böse zu.

Trevor ignorierte sie und beeilte sich zum Mathematikunterricht zu kommen. Ein paar Fünftklässler, die herumstanden, grinsten sich eins. Endlich mal ein Skandal! Natascha war eine blasse Kopie von Holly Benson. Ihre Haare waren heller als die von Holly, aber genauso ringel-lockig. Sie schüttelte ihre Locken genauso wie Holly und sprach auch so wie sie.

Chryséis knirschte mit den Zähnen. Ihr werdet euch noch wundern, dachte sie und sah ärgerlich zu dem Mädchen hinüber. Mal sehen wer hier zuletzt lacht!

Die allgemeine Aufmerksamkeit wurde dann aber von Trevor auf zwei andere Jungs gelenkt, die mit einem Baseball eines der Küchenfenster zertrümmerten.

Die Hausmutter verurteilte sie dazu, das Schwimmbad eine Woche lang sauberzumachen. Ihre beliebteste Strafe für rowdy-haftes Verhalten.

Seit Natascha Trevor bei der Hausmutter angeschwärzt hatte, war das Projekt komplett zum Stillstand gekommen. Jetzt konnten die drei endlich über Trevors Abenteuer reden. Sie mussten aber noch vorsichtig sein. Holly würde mit Sicherheit alles sabotieren, wenn sie von dem nächtlichen Experiment erfuhr.

"Bist du sicher, dass es Schuppen waren?"

Sie saßen im Gemeinschaftszimmer auf dem zweiten Stockwerk und behielten die Tür im Auge. Alle anderen waren noch unten im Speisesaal.

Chryséis verlangte zum hundertsten Male die kleinsten Einzelheiten der Testreise, obwohl sie jedes mal ein kribbelndes Gefühl in der Magengrube bekam.

"Bin mir nicht sicher. War zu dunkel. Vielleicht auch sowas wie Federn," meinte Trevor ergeben. Je mehr er darüber nachdachte, desto weniger konnte er sich daran erinnern was wirklich passiert war. Vielleicht hatte er nur geträumt. Er wusste aber noch genau wie er sich in der

Vortex immer wieder im Kreis drehte. Kein Traum also.

"Hört sich ganz wie 'n Dinosaurier an." Katherine sprach aus was alle dachten.

"Ja, vielleicht."

"Das muss dann 'ne ziemlich lange Reise gewesen sein," sagte Chryséis.

"Kann sein. Ich habe einfach nur den Knopf gedrückt und bin rein gesprungen, bevor die Vortex sich wieder schließen konnte." Trevor musste gähnen. Warum war das alles so wichtig?

"Ohne vorher die Zeitspanne zu wählen?"

"Ja, ohne vorher die Zeitspanne zu wählen."

"Das müssen wir unbedingt verbessern."

"Ja."

"Und du sagst, es war heiß und roch ganz grässlich?"

Katherine konnte das Thema einfach nicht lassen. Wenn Zeitreisen sich so ausnahm, war das ein Problem. Dinosaurier - das musste man sich mal vorstellen!

"Katie, ich weiß das nicht mehr so genau. Es dauerte ja nur 'ne Minute oder so. Hört jetzt endlich auf mit der Fragerei."

Aber seine wissenschaftlichen Kollegen wollten die Sache noch lange nicht ruhen lassen.

"Heh, wir haben hierfür schließlich auf Nachtisch verzichtet," protestierte Chryséis. "Nur mal so zum Sagen... was würde passieren, wenn wir in die Frühgeschichte reisen und dort einem Dinosaurier begegnen ...oder einem Höhlenmenschen?"

Es war besser sich mit Fakten auseinanderzusetzen. "Oder wir landen mitten in einem Ozean oder in einem Vulkan?"

"Was?" fuhr Katherine auf. Sie aß an einer Tafel Schokolade und spielte mit dem Papier herum, um ihre Nerven zu beruhigen.

"Wir brauchen ja nicht so weit zurückgehen. Außerdem gibt's ja Bücher über Erdgeschichte und 'ne Menge DVDs." Trevors Interesse war wieder geweckt.

"Wenn's ein richtiger Knaller sein soll, müssen es schon ein paar tausend Jahre sein. Sonst ist es ja langweilig. Wir forschen einfach nach, bevor wir reisen. Musst du dauernd das blöde Schokoladenpapier zerknüllen?" Katherine stopfte das Papier in ihre Jackentasche.

"Wir stellen Zeitreferenzen ein, nicht nur den Ausgangspunkt." Trevors Blick fiel auf die Wanduhr. "Sorry Leute, ich muss gehen Walt wartet sicher schon mit dem Besen auf mich." Sprach's und eilte die Treppe hinunter.

"Wir müssen aufpassen. Wenn Holly von der Sache Wind bekommt, sind wir geliefert." Chryséis verzog ihr Gesicht als hätte sie in eine Zitrone gebissen.

"Vielleicht lässt sie Natascha schon hinter uns her spionieren."

"Was sollen wir machen, nur herumsitzen?" fragte Katherine.

Ein paar Viertklässler kamen mit ihren Hausaufgaben herein. Sie schenkten den großen Mädchen keine Aufmerksamkeit und fingen an japanische Vokabeln zu lernen.

"Nein. Trevor fegt, also gehen wir zwei in unsere gute alte Bibliothek. Wir können mit Meeren und Vulkanen anfangen," flüsterte Chryséis.

Sie fanden ein paar DVDs in der Bibliothek, die sie sich später anschauen wollten und brachten sie auf ihr Zimmer im zweiten Stock.

"Komm' wir geh'n zum Teich runter," schlug Chryséis vor. "Wenigstens können wir da sicher sein, dass wir Holly nicht treffen. Sie kann Wasser nicht ausstehen."

Die beiden Freundinnen setzten sich an den Rand des Teichs und zogen ihre Turnschuhe aus.

"Dinosaurier sind eklig." Katherine schüttelte sich.

"Weiß ich nicht, habe noch nie einen lebendig gesehen," meinte Chryséis. Wie wär's damit... wir können ja mal nachschauen..."

"Was? Was nachschauen?"

"Na, wie man sich unsichtbar machen kann."

"Oh Ok. Unsichtbar machen," Katherine dachte nach. "Neue Richtung. Ich glaube ich habe da mal was drüber gelesen, in einer Zeitschrift."

"Was für 'ne Zeitschrift?"

"Ich hab's, es war in 'Science Today', der Dezember Ausgabe. Irgend ein Erfinder in Kansas hat sich da was Cleveres ausgedacht. Mit Lichtwellenbeugung. Keiner nimmt das so richtig ernst, aber ist ja egal. Wir können's ja mal ausprobieren."

"Auf jeden Fall ist es sicherer, wenn man sich unsichtbar machen kann... wenn es sein muss," sagte Chryséis. "Falls es einem alten Neandertaler einfällt, uns zum Frühstück zu futtern. Oder einer riesigen Dinosaurierdame mit grün-goldenen Schuppen, wenn wir zu nahe an ihr Nest rankommen..."

"Oh ja, wir wollen ja nicht als Neandertaler-Müsli enden. Du hast vielleicht 'ne Fantasie."

"Ich mein's ernst, Chris," sagte Katherine und bekam eine Gänsehaut.

Chryséis hörte auf zu lachen. "Ich auch. Ein virtueller Unsichtbarkeitsumhang muss her. Werde mir nochmal die Ausgabe von 'Science Today' ansehen. Wird nicht lange dauern." Sie trockneten ihre Füße an dem langen Gras ab, nahmen die Schuhe in die Hand und gingen barfuß zum Schulgebäude zurück.

In den nächsten Tagen machten die drei Freunde endlich Fortschritte. Sie recherchierten die Idee mit dem Unsichtbarkeits-umhang. Die Sache war dann überraschend schnell in die Tat umgesetzt. Chryséis bot sich mutig als Versuchstier an. Sie mussten nur sichergehen, dass am Nachmittag alle zur Imbisszeit hinten auf der Veranda waren. Die beste Zeit für so ein Experiment.

"Du wirst uns noch verraten mit deinem ständigen Gezappel," sagte Chryséis zu Katherine. "Was ist, wenn Holly Benson was mitkriegt?"

Gegen Nervosität half ihrer Meinung nur eins. "Komm' mach's mir nach."

Chryséis machte gerade die Brücke auf dem Fußboden des Schlafraums. Eine ihrer bevorzugten Jogastellungen. Ihr umgekehrtes Gesicht sah ganz komisch aus, wenn sie redete. "Ne keine Lust," sagte Katherine. "Warum sollte sie was 'rausfinden?"

"Du kennst doch Holly. Wenn die Lunte riecht, lässt sie so schnell nicht locker. Wo bleibt denn Trevor?"

Jemand klopfte an die Tür. Dreimal lang und zweimal kurz. Das Geheimzeichen.

"Aah, da ist er auch schon." Chryséis entrollte sich.

"Seid ihr fertig?" flüsterte Trevor ungeduldig.

Er hatte keine Lust im Mädchenflügel erwischt zu werden und für den Rest des Jahres die hintere Veranda zu fegen. "Kommt, macht hin. Wir wollen nicht auch noch das Abendessen verpassen."

"Warum denkst du dauernd ans Essen?" fragte Katherine irritiert.

"Ich mag keine Schokolade."

"Hört auf zu streiten. Geh' schon mal vor, Trev, wir kommen gleich."

Sie trafen sich auf dem selten benutzten Flur im obersten Stockwerk, wo nur Sportgeräte und Küchensachen aufbewahrt wurden. Niemand würde sie hier vermuten. Zumindest nicht für eine Weile. Aber sie mussten sich beeilen.

"Das soll der Unsichtbarkeitsmacher sein?" Katherine war nicht gerade überzeugt.

"Ja sicher, dieser Erfinder in Kansas hat in einem Interview alles ganz genau beschrieben. Das ist das logischste Design."

Ein dünner Haarreif mit dem kleinen Kästchen obendrauf und einem Knopf zum ein- und ausschalten. Fertig zum testen.

"Ok, dann geht's los!" Trevor setzte Chryséis den Prototyp vorsichtig auf die Haare und drückte den Knopf. Sie war augenblicklich verschwunden. Katherine und Trevor hielten den Atem an. "Unglaublich."

"Gewöhne dich dran Freundin. Du musst ja auch lernen damit umzugehen," sagte eine Geisterstimme direkt neben Katherine, der fast die Augen aus dem Kopf fielen.

"Du meinst, wenn der Dinosaurier uns auffressen will?" Trevor schnappte mit seinen Händen spielerisch in Richtung Stimme. "Klar, immer auf Nummer sicher gehen," gackerte der Geist.

"Mach' bitte keinen Unsinn, Chris," warnte sie Katherine. "Wir sehen dich in zehn Minuten im Labor wieder. Viel Glück!"

Sie öffnete den Notausgang zur hinteren Treppe. Es war der schnellste Weg zum 'Whitby Flügel'. Trevor folgte ihr.

"Unsinn? Ich doch nicht."

Chryséis schlich sich vorsichtig die Haupttreppe hinunter. Immer an der Wand lang, jemand könnte plötzlich um die Ecke geschossen kommen und in sie hineinlaufen. Das war das letzte was sie brauchen konnte.

Alles ging gut. Im Erdgeschoss schlich sich Chryséis langsam den Gang entlang. Erst an der Bibliothek und dann am Büro vorbei.

Nur ein paar Nachzügler waren noch schnell auf dem Weg zur Veranda, bevor der Sport anfing. Niemand konnte sie sehen. Chryséis spazierte jetzt frech in Richtung Lehrerzimmer weiter und schlängelte sich dann durch die halbgeöffnete Tür.

Jemand sprach hinter den Bücherregalen am anderen Ende des langen Zimmers. Sie hörte Flüstern und gedämpftes Gelächter und schlich sich weiter nach vorn. Chryséis bemühte sich kein Geräusch dabei zu machen. Sie schielte hinter einem der Regale hervor, um besser sehen zu können. Gerade als Mr. Hunter und Miss Gould, zwei neue Referenten, begannen sich leidenschaftlich zu küssen. Chryséis bekam einen Riesenschreck und stolperte über einen der Schreibtische.

Die jungen Lehrer fuhren auseinander. Mr. Hunter stand

in Beschützerpose vor der verlegenen Miss Gould.
"Ist da jemand?" Er machte ein paar mutige Schritte nach
vorne und wäre fast mit Chryséis kollidiert. Sie drehte sich
um und flüchtete zum Ausgang. Dann stieß sie zu allem
Überfluss auch noch mit dem großen Fußzeh gegen den
Türrahmen als sie schon fast um die Ecke war. Das tat
vielleicht weh! Tränen traten ihr in die Augen, aber sie
versuchte keinen Laut von sich zu geben.

Erst als Chryséis oben auf der Treppe ankam, prüfte sie,
ob die Luft rein war und schaltete das Unsichtbarkeitsgerät
aus. Sie biss sich auf die Unterlippe und versuchte so
normal wie möglich weiterzulaufen. Ihr Zeh schmerzte
immer noch ganz fürchterlich. Sie brachte es aber irgendwie
fertig Mr. Van Straten zu grüßen, der auf dem Weg zum
Lehrerzimmer war.

Als sie endlich im 'Whitby Flügel' ankam, hatte sie sich
einigermaßen von dem Schmerz erholt. Trevor und
Katherine warteten schon vor dem Labor und sie erzählte
den beiden was ihr zugestoßen war.

Chryséis flüsterte so gut es ging, da noch einige andere
Schüler herumstanden. Es war nicht der beste Platz um
Geheimnisse auszutauschen. Doch statt der wohlverdienten
Sympathie musste sie Spott über sich ergehen lassen.
Chryséis drohte an, ihre Geschichte nicht zu Ende zu
erzählen, aber dann musste sie auch kichern. Wer hätte das
gedacht... Mr. Hunter und Miss Gould!

Holly Benson schoss ihnen düstere Blicke vom Laborsaal
aus zu. Natürlich, wieder dieser Trevor Huxley und seine
beiden Freundinnen, dachte sie gereizt.

"Unglaublich! Könnt ihr nicht mal leise sein, wenn andere
arbeiten wollen?"

Sie sah sich nach Unterstützung um, aber es schien sonst
niemanden zu stören. Holly fragte sich, was die drei im
Schilde führten. Wohl nichts Gutes. Was war denn so
ungeheuer lustig? Na - sie würde es schon herausfinden.

Aber der Tag endete nicht sehr angenehm für Holly.

Abends fand sie zu ihrem unendlichen Entsetzen einen schlüpfrigen Frosch unter ihrer Bettdecke. Als Hollys Fuß das kühle, feuchte Tierchen berührte, stieß sie einen markerschütternden Schrei aus, den man im ganzen Mädchenflügel hören konnte.

Sie schlug die Decke zurück und der Frosch hüpfte mit großen Glupschaugen auf und ab, als er versuchte zu entkommen. Das Tierchen landete bald unsanft im Blumenbeet unter Hollys Fenster und hopste erleichtert in sein nasses Zuhause im Teich zurück.

Holly war außer sich vor Wut.

Alles was die verdutzte Hausmutter tun konnte, war kichernde Mädchen wieder in ihre Betten zu schicken.

Zwei Siebtklässlerinnen klatschten sich in ihrem Zimmer im zweiten Stock ab und grinsten verschwörerisch. "Gut gemacht."

Holly verdächtigte bald diesen Übeltäter, bald jenen. Aber Holly sollte nie herausfinden, wer ihr den scheußlichen Streich gespielt hatte.

▶▶▶**5** LETZTE VORBEREITUNGEN

Es war mal wieder Mittagszeit im Speisesaal. Da heute ein Feiertag war, hatte die Köchin Mrs. Hadley etwas besonders Leckeres zubereitet: Krebse. Und gebratene Hühnchen, wenn man eine Allergie gegen Krustentiere hatte.

"Na Holfield, wie hoch ist denn dein Intelligenz-Quotient?" wand sich Holly Benson schnippisch an die Neue.

Seit dem Streich mit dem Frosch, war sie noch giftiger als sonst. Sally wurde ganz rot im Gesicht - genau die Farbe des Krebses auf ihrem Teller. Sie hatte auf einmal keinen Hunger mehr.

"Lass sie zufrieden Benson," knurrte Chryséis warnend ohne vom Essen aufzusehen. Alle wussten was Holly vorhatte.

"Was ist denn mit dir los, Cromwell? Kann ich nicht mal 'ne einfache Frage stellen ohne vorher deine Erlaubnis zu kriegen?" schmollte Holly.

Es war schon eine Last mit Chris und Katie. Immer mussten sie einem den Spaß mit den Neuen verderben. Holly versuchte es mit einem Lächeln in Sallys Richtung.

"Ehmm, 144," sagte Sally fast unhörbar und starrte gebannt auf einen faszinierenden Fleck im Tischtuch.

Sie wollte keinen Ärger. Vielleicht war Holly ja gar nicht so gemein, wie Chryséis und Katherine gesagt hatten. Sie lächelte sogar! Warum konnten sie nicht einfach alle Freunde sein? Aber ein Lächeln konnte Chryséis nicht überzeugen.

"Du machst sie unsicher, Benson. Wie wäre es denn mit 'ner netten Unterhaltung, statt gleich mit deinem

Intelligenz-Quotienten anzugeben? Ach ja... das ist ja nicht dein Stil." Chryséis' Stimme wurde ganz albern und atemlos. Ein paar Mädchen kicherten.

"Was ist denn schon dabei, wenn man über seinen Intelligenz-Quotienten reden will?...Pah!" Es war zwecklos sich mit Chryséis anzulegen. Holly konnte sich schon ausmalen, wie die Diskussion enden würde. Zu dumm. Wahrscheinlich genetisch bedingt, dachte sie boshaft, man musste sich ja nur ihre komische Mutter ansehen.

Andere Schüler waren auf die Szene aufmerksam geworden und blickten in ihre Richtung. Viele hielten Holly für einen schrecklichen Snob, aber Holly wusste natürlich woran das lag. Ihre überragende Intelligenz ließ sie eben ein ganz klein wenig arrogant erscheinen. Das war ganz normal, sagte ihr Vater immer.

Das Mittagessen setzte sich in aller Ruhe fort, bis Dr. Broadbent eine Wanderung ins Carter-Tal ankündigte. Der Ausflug war für Samstag in zwei Wochen geplant. Dieses Wochenende fand schon der alljährliche Tag des Schulsports statt. Jauchzen und etwas leiseres Murren.

Schon wieder Tag des Schulsports? Katherine und Chryséis sahen sich an. Die Schule hatte doch gerade erst wieder begonnen! Die Sportfanatiker konnten es wie immer kaum abwarten.

"Mens sana in corpore sano, meine Damen und Herren. Nichts ist besser als frische Luft und schmerzende Muskeln, um trübe Gedanken aus den grauen Zellen zu vertreiben." Dr. Broadbents Stimme drang wie eine scharfe Klinge durch den allgemeinen Lärm, als er begann von den Vorzügen des Teamsports zu schwärmen.

Trevor hörte nicht hin. Er war mit seinen Gedanken ganz woanders. Als guter Tennisspieler hatte er kein Problem mit Sport, aber ein Sporttag passte ihm nicht in den Kram. Sie wollten doch nochmal den ZPS testen.

Trevor musste jetzt zwar nicht mehr die hintere

Veranda und den Gartenweg fegen, aber nächste Woche waren für jeden Tag Klassenarbeiten angesetzt. Keine Zeit also. Und dann war da noch Holly.

Das Projekt musste schon in drei Wochen fertig sein und es gab noch so viel zu tun. Plötzlich hatte er eine Idee. Der Ausflug ins Carter-Tal war ideal!

Am Samstag goss es in Strömen. Der Tag des Schulsports musste abgesagt werden. Alle Wettkämpfe wurden auf ein Wochenende im April verschoben.

Die Schüler standen in ihren Sportklamotten herum und wussten nichts mit sich anzufangen. Die meisten hingen in kleinen Gruppen auf der hinteren Veranda herum und sahen sich den Regenguss an. Andere saßen in Gemeinschaftsräumen und sahen fern.

Chryséis , Katherine und Trevor hatten mit einer Gruppe Schülern im 'Paraguay Café' an der Ecke Church- und Baileystraße heiße Schokolade getrunken. Ihre Englischlehrerin, Dr. Naidoo, hatte nichts dagegen gehabt, dass sie im Café neben dem Kino warteten. Alle anderen Schüler und Lehrer sahen sich die nächsten zwei Stunden den neuen Film 'The Caterpillar Club' an.

Eine ausgezeichnete Gelegenheit, den Unsichtbarkeit-Umhang nochmal zu testen. Etwas riskant war es schon, aber es gab kaum mehr eine andere Gelegenheit. Außerdem wollten sie herausfinden wie sich das ganze hier unter anderen Bedingungen anließ. Das Café war auch fast leer.

Die Mädchen hatten die VUUs schon im dunklen Foyer des Kinos aufgesetzt und schlichen unsichtbar hinter Trevor ins Café. Die mysteriösen nassen Fußspuren auf dem blanken Holzboden waren zum Glück nicht von den anderen nassen Fußspuren zu unterscheiden.

Trevor postierte sich an einem Bistro Tisch direkt am Fenster und bestellte heiße Schokolade und ein Stück Karottenkuchen. Zwei einsame Rucksäcke saßen auf den beiden anderen Stühlen am Tisch.

"Meine Freunde kommen gleich," erklärte er der Kellnerin. Er sollte ja hier auf Chryséis und Katherine warten. Aber sie bereuten fast ihr gewagtes Unternehmen, als sie sich gerade unsichtbar auf den Weg zur Toilette machen wollten. Eine Frau stürmte eilig durch die Schwingtür zwischen Gang und Caféstube... und streifte Katherine mit der Hand.

Die bekam einen ordentlichen Schrecken. Katherine hielt sich an Chryséis fest, die fast den Keks fallenließ, den sie sich frech von der Theke genommen hatte.

Die Frau schaute kurz auf. "Oh!" sagte sie im Vorbeigehen und sah in ihre Richtung und Katherines Herz machte einen Sprung. Sie war maßlos erleichtert, als die Frau sich einfach an ihren Tisch setzte.

Die beiden tasteten sich vorsichtig den Gang entlang und zwängten sich durch die Türöffnung in den Toilettenraum.

Dort warteten sie an die Wand gedrängt zwischen den Handtrocknern. Endlich verließen zwei Frauen den Raum, nachdem sie sich geschminkt und gekämmt hatten. Die Mädchen schalteten ihre VUUs aus.

"Puh, das hätte schiefgehen können!" Katherines Augen waren noch immer so groß wie Untertassen.

"Meinst du die Frau hat was gemerkt?" fragte sie.

Chryséis antwortete nicht gleich. Sie war ziemlich blass unter ihren Sommersprossen. Sie begann sich die Hände zu waschen, falls jemand herein kam.

"Ich glaube nicht, sie war in ihrer eigenen Welt."

"Was machen wir, wenn sie zurückkommt, um nachzusehen?"

"Warum sollte sie das denn tun?" Ein Mädchen kam herein und brauchte offenbar dringend die Toilette. Also gingen die beiden. Sie konnten später reden.

Es wurde sowieso Zeit, dass sie sich bei Trevor zurückmeldeten. Katherine fing zu kichern an, als sie sich neben ihn setzte. Sie konnte gar nicht wieder aufhören.

"Wie ist es denn gelaufen?" flüsterte Trevor und sah Katherine verwirrt an.

"Nerven," seufzte Chryséis. "Jemand war bei der Schwingtür in sie reingelaufen."

"Oh fantastisch, hat er was gemerkt?"

"Nein, ich glaub' nicht. Es ist die Frau da drüben..."

Sie zeigte leicht mit dem Kinn ihre Richtung. Die Frau sah gerade zum Kellner auf, der ihr die Rechnung brachte. Ganz normal.

"Sie scheint okay zu sein," stellte Trevor fest.

Katherine kicherte noch ein wenig, als der Kellner die heiße Schokolade vor sie hinstellte. Dann sahen sie Bradley Benson draußen am Fenster vorbeigehen, was sie sofort verstummen ließ. Er winkte ihnen ungewohnt freundlich zu und lief dann weiter. Sie winkten zögernd zurück.

"Hat Holly den geschickt, um uns nachzuspionieren?" Chryséis runzelte die Stirn.

"Wer weiß, aber es gab ja wohl nichts zu sehen." Zumindest hoffte Trevor das.

Wieder zurück in Pemberton, hatte sich Katherine von ihrem Kicheranfall wieder einigermaßen erholt. Die Freunde gingen schnurstracks auf die hintere Veranda hinaus. Ein Tisch wurde gerade frei.

Katherine lehnte sich seufzend in dem gepolsterten Bambus Sessel zurück und sah auf den Regen hinaus. Auf den Tischen stand Eistee, der für den Sporttag bestimmt war. 'Zu gut zum Verschwenden,' hatte die Köchin Mrs. Hadley gesagt. Die Schüler waren gleicher Meinung. Ihr Eistee war sogar noch besser als ihre berühmte Limonade.

Katherine sah nachdenklich auf den Regen hinaus.

"Könnt ihr euch vorstellen wie das wäre, wenn das ganze Wasser auf einmal herunterkommt? Ich meine statt langsam abzuregnen," fragte sie.

"Das wäre wie 'ne Springflut, die unsere ehrwürdige Schule und uns auf Nimmerwiedersehen fortschwemmen würde." Chryséis rollte mit den Augen. Katherine hatte schon manchmal verrückte Ideen.

"Hmm, ich bin froh, dass Mutter Natur sich um solche Sachen kümmert."

"Und ich erst!" stimmte Trevor zu.

"Ich muss heute dank des Regens kein Tennis gegen die ganzen Asse spielen. Vielen Dank Natur, vielen Dank auch —" Chryséis verbeugte sich im Scherz vor dem Regen.

Genau wie Katherine hatte sie wenig für Sport übrig. Es war ja ganz Ok, ab und zu mal schwimmen oder am Strand spazieren zu gehen. Und da war natürlich auch Joga.

Aber damit hatte es sich auch schon. Auf dem Tennisplatz hin und her zu hetzen oder sogar Hockey zu spielen, war nicht ihr Ding.

"Eigentlich wäre mal 'n bisschen Bewegung nicht schlecht," sagte Trevor und fügte klagend hinzu, "ich arbeite schon zwei Wochen nonstop an dem Projekt."

"Das machen wir alle, Trev. Wir kriegen noch genug Bewegung wenn's losgeht." Chryséis rollte sich träge auf ihrem Stuhl zusammen und nahm noch einen Schluck Eistee. "Die Idee mit der Zeitreise gefällt mir immer mehr."

"Mittlerweile ist das mehr als nur 'ne Idee," verbesserte sie Trevor.

"Wie können wir aber sicher geh'n, dass uns die Vortex nicht irgendwo in die Zukunft schickt?" Katherine zitterte ein wenig bei dem Gedanken. "Vor allem, wenn man an Hungersnöte und die Umweltverschmutzung und so was denkt."

Es drängten sich jetzt mehr Schüler durch die Verandatüren nach draußen. Sie setzten sich an die niedrigen Tische und schwatzten. Katherine angelte nach einem saftigen Stück Orange von der Glasplatte. Sie mochte diese gelegentlichen Regenschauer - um einiges angenehmer als der endlose Nieselregen und feuchte Nebel auf den britischen Inseln. Sie hatte aber trotzdem Heimweh und vermisste vor allem das englische Essen.

Zum Glück schickte ihre Mutter öfter mal ein

Essenspaket mit so guten Sachen wie den Marmite-Brotaufstrich, Weihnachtsplätzchen, Sardellenpaste und Branston Pickle.

"Mach' dir keine Sorgen, die Zeitspannen sind schon eingestellt. Außerdem ist es einfacher in die Vergangenheit zu reisen als in die Zukunft," sagte Trevor und streckte sich ausgiebig.

Er konnte nicht verstehen, warum Katherine sich so anstellte. War doch alles unter Kontrolle. Außerdem hatte er das Ganze ja schon mal mitgemacht. Trevor schob die unangenehme Erinnerung an grüne, sich bewegende Schuppen beiseite und trank hastig von seinem Eistee.

"Wir können den Zeitpunkt unserer Abreise als Langzeit-Referenz einspeichern. Dann nehmen wir uns Zeit für das Experiment. Keiner wird was merken. Wir kommen ja genau zum gleichen Zeitpunkt wieder."

"Immerhin haben wir schon zwei VU-Tests geschafft. Und der letzte ZPS-Test ist dann nächste Woche. Kinderspiel."

"Wenn du meinst..."

"Was ist denn ein Zeppe Eff?" Bradley drehte sich grinsend zu ihnen um. Ausgerechnet der!

Chryséis behielt die Nerven und sagte leichthin, "Was zum Essen, du Schlaumeier. Kümmer' dich gefälligst um deinen eigenen Kram."

"Ja, ja, schon gut," sagte Bradley und ging mit der Glaskanne in die Küche, um Nachschub zu holen.

Katherine konnte gerade noch ein Kichern unterdrücken. "Ich glaube nicht, dass der noch was anderes gehört hat. Viel zu laut hier draußen," versuchte Trevor sie zu beruhigen.

"Also gut... Arbeitsbesprechung," sagte Chryséis jetzt leiser. "Die Sache mit dem Unsichtbar machen ist gebongt. Jetzt steht das Experiment beim Schulausflug an. Was nehmen wir in die Vortex mit?"

"Ganz schön gruselig: in die Vortex," sagte Katherine

schaudernd. "Was ist, wenn die Vakuum-Batterie nicht genug Saft abgibt und wir da nie wieder rauskommen? Werden unsere Skelette sich dann immer weiter darin drehen? Für immer?"

"Katharine MacDougal! Haste noch alle Tassen im Schrank? Da ist nix verkehrt mit der Batterie. Kriegst wohl Muffensausen oder was? Wissenschaftler können sich keine Panik leisten."

"Ja, Ok," sagte Katherine kleinlaut. Sie hörte sich aber nicht überzeugt an.

"Hör auf zu spinnen, wir haben Wichtigeres zu tun," schimpfte Chryséis weiter.

"Eigentlich brauchen wir nicht viel mitzunehmen. Nur ein paar Sachen. Notproviant, Schlafsäcke und so was," wechselte Trevor das Thema.

"Das ist'n guter Anfang. Chris, schreib' doch einfach mal 'ne Liste auf," stimmte Katherine zu.

"Klar, warum nicht," Chryséis schrieb auf eine Serviette. "Wenn es am Wochenende nicht klappt, haben wir schon mal gepackt und versuchen's eben später."

"Kommt gar nicht in die Tüte. Wir machen das jetzt im Carter- Tal, wie geplant."

Trevor fragte sich einen Moment lang, ob das in so kurzer Zeit wirklich machbar war. Dann entspannte er sich wieder. Klar, warum nicht?

"Ist ja gut. Am Wochenende dann. Wir brauchen Proviant, wenigstens 'ne Kleinigkeit zu essen und zu trinken. Irgendwelche Ideen?"

Der Regen ließ nach und die Sonne blickte hier und da unter der Wolkendecke hervor. Bradley Benson lachte laut auf. Er saß mit Holly und zwei anderen Mädchen am Tisch nebenan. Die drei Freunde erschraken, aber Bradley schenkte ihnen keine Aufmerksamkeit.

"Der macht mich noch ganz nervös," sagte Chryséis.

"Ach, ignoriere ihn doch einfach," brummte Trevor.

"Da wir gerade von Proviant reden—" meinte

Katherine. "Ich habe gerade ein Essenspaket von zuhause bekommen. Habt ihr Lust auf Toast mit Sardellenpaste?"

"Nein Danke, Königliche Hoheit, das ist mir zu britisch. Ich kann ganz gut ohne sowas auskommen. Wie man sich an den Geschmack von ekliger Sardellenpaste gewöhnen kann... und an diesen braunen Hefeaufstrich erst."

"Oh, vielen Dank! So schlimm kann es wohl nicht sein, wenn fast jeder in Großbritannien das mag!"fuhr Katherine auf.

Es war zwecklos ihre Freunde von der Schmackhaftigkeit englischer Leckerbissen zu überzeugen. "Und überhaupt, was ist mit ekligem amerikanischen Essen?"

Trevor schaffte es gerade noch einen Streit über Essen zu verhindern. "Ich glaube ich hol' mir 'ne Tüte Chips. Was ist mit euch, wollt ihr auch was? Thai Chilli oder Saure Sahne mit Frühlingszwiebel?"

"Thai Chilli für mich, bitte."Chryséis hatte eine Vorliebe für ungesunde Snacks.

"Ok, dann nehme ich auch Thai Chilli," quiekte Katherine immer noch beleidigt. Sie murmelte etwas von Ignoranz und verwöhnten Amerikanern, aber dann schmeckten ihr die Kartoffelchips auch.

Später am Abend suchte Trevor wieder ein Zeitportal im Schulgarten. Er hatte den Mädchen nichts davon erzählt. Nach der Sache mit Natascha waren sie sicher dagegen. Aber was war wenn Katherine recht behielt und sich nichts tun würde? Er musste das herausfinden. Allein.

Ein paar schwach oszillierende Wellen erschienen, aber keine Spur von einer Vortex. Er war einfach zu nahe am Schulgebäude - was sich nicht vermeiden ließ.

Trevor gelang es die Schwingungen für etwa eine halbe Minute aufrecht zu erhalten. Dann war er überzeugt davon, dass im Carter-Tal alles glattgehen würde.

Während der Woche gaben Katherine und Trevor im Labor dem Gerät noch den letzten Schliff und Chryséis stellte eine Liste auf.

Ganz oben drauf schrieb sie: Wasserflaschen aus Plastik...
und Getränkedosen, die leer auch nützlich waren. Dann der
Essensproviant: abgepackte Granolaschnitten, Erdnüsse,
Minisalamis und eine Tüte getrockneter Früchte. Chryséis
schrieb Feuerzeuge und Streichhölzer auf; Zahnbürsten,
Tabletten zur Wasserdesinfektion und Aspirin. Was gegen
Bauchschmerzen und antiseptische Creme. Labello vielleicht,
Unterwäsche zum Wechseln und Sandalen. Einen alten
Discman, mit dem man aufnehmen konnte und drei Musik
CDs. Wenn die verlorengingen war's nicht so schlimm.

Einen Palmtop-Minicomputer und einen Memorystick
(die Vakuum-Batterie konnte jetzt zum Aufladen
angeschlossen werden), und eine winzige Digitalkamera.
Ein Schweizer Taschenmesser wäre auch ganz gut... und
die kleinsten, leichtesten Sherpa-Schlafsäcke, die sie finden
konnten. Sonnenbrillen, Hüfttaschen, Plastiktaschen,
Papiertaschentücher. Sie las sich die Liste mehrmals durch.

War das Overkill für einen Kurztrip? Vielleicht, aber
man konnte ja nie wissen. Einen Frisbee - oder besser
vielleicht noch eine Plastikplane, die sich ganz klein
zusammenfalten ließ. Ein elektrischer Stunner zur
Selbstverteidigung wäre auch nicht schlecht, oder besser
noch - Pfefferspray! Aber sie waren zu jung, um sowas
selbst zu kaufen. Chryséis schrieb 'Brauchen Hilfe'
daneben. Sie kürzte und änderte die Liste bis sie damit
zufrieden war.

Nach dem Abendessen schauten sie sich die Liste
nochmal gemeinsam an. Sie machten letzte Änderungen
und begannen heimlich zu packen. Die Mädchen konnten
ihre Packerei leider nicht vor Sally Holfield verbergen.

"Was wollt ihr mit dem ganzen Kram nur für einen
Tagesausflug?" wollte sie wissen. Chryséis musste sich
blitzschnell was ausdenken.

"Um auf alles gefasst zu sein," antwortete sie kurz
angebunden.

"Auf was?"

Chryséis zuckte nur mit den Schultern und drückte noch einen Frisbee in ihren Daypack. Sally sah verdutzt zu. Hochbegabte Kinder machten wohl oft solche komische Sachen, dachte sie und sagte nichts mehr.

Aber die ganze Aufregung zeigte bei Chryséis unerwünschte Nebenwirkungen. In der Nacht hatte sie einen ihrer seltenen Schlafwandelanfälle. Sie kam bis zum Fenster am Ende des Ganges, drehte sich wieder um und kehrte zum Zimmer zurück. Chryséis verwechselte fast einen Flurschrank mit der Zimmertür.

Sally und Katherine schliefen fest und merkten nichts vom Schlafwandeln. Sie wunderten sich am nächsten Morgen nur, warum Chryséis auf dem Teppichläufer vor ihrem Bett schlief.

Ein anderer Zwischenfall war ernster. Sally entdeckte auf Chryséis ' Nachttisch einen hübschen Haarreif mit einem schwarzen Kästchen obendrauf. Der virtuelle Unsichtbarkeitsapparat!

Sie setzte ihn auf und bewunderte sich im Spiegel. Sally strich ihr hellbraunes Haar zurück und drückte dabei fast auf den Aktivierungsknopf. Chryséis kam zur Tür herein und stand da, stumm vor Schreck. Als Sally den entsetzten Ausdruck auf dem Gesicht ihrer Zimmergenossin sah, übergab sie ihr den Haarreif wortlos und rannte mit hochrotem Kopf aus dem Zimmer.

Am nächsten Tag kamen Katherine und Chryséis gerade aus dem Speisesaal und waren auf dem Weg zu ihren Schließfächern.

"Wie konnte ich nur so dumm sein? Er lag auf meinem Nachttisch!"

"Komisch, dass Sally einfach an deine Sachen geht."

"Meinst du Holly steckt dahinter?"

"Neh, ich glaube sie wollte einfach nur hübsch aussehen."

"Nochmal Glück gehabt!" grummelte Chryséis. "Wir müssen jetzt vorsichtiger sein. Holly hängt überall 'rum und beobachtet uns. Hast du eigentlich Trevor gesehen?"

"Oh, der ist unten beim Golfplatz und mal schnell in eine Vortex rein gesprungen."

"Was?" Chryséis starrte Katherine erschrocken an.

"Nein, reg' dich ab. Ich mache nur Spaß. Trev ist in seinem Zimmer und zieht sich um. Er hat gleich Tennis."

"Ich dachte... heh, Frechheit! Ich hätte dir das fast geglaubt." Sie gab ihrer Freundin einen freundschaftlichen Stoß und beide mussten lachen.

"Fast? Hah!"

"Ja, fast. Denk nur an die vielen grünen Schuppen, die er diesmal zu sehen bekommen hätte..."

Holly und Natascha kamen ihnen entgegen und Chryséis konnte gerade noch Nataschas Schulter ausweichen. Sie wechselten eisige Blicke.

"Ich frag' mich was die schon wieder zu lachen haben," sagte Natascha boshaft.

"Na, wir werden es bald 'rausfinden," erwiderte Holly. "Sally sah heute Morgen ziemlich unglücklich aus. Ich werde ein wenig mit ihr reden. Sie lässt sicher mit sich verhandeln."

Sie verdächtigte die beiden, den Froschstreich gespielt zu haben und wollte es ihnen heimzahlen.

"Guter Plan. Rache ist Blutwurst," zischelte Natascha und die beiden stolzierten davon.

Trevor war allein im Zimmer und packte schnell seine Sachen. Craig und John interessierten sich zwar mehr für ein gutes Tennismatch oder ein Schachspiel, aber Vorsicht war die Mutter der Porzellankiste. Er hatte nicht viel Zeit.

War Unterwäsche wirklich notwendig? Ja, war sie. Wo hatte er nur die Digitalkamera hingelegt? Ach ja, Chryséis hatte sie schon eingepackt. Von Hollys und Nataschas Plänen wussten sie noch nichts.

Am Freitagabend war alles fertig gepackt und dann war es auch schon Samstag. Beim Schulausflug lief alles wie am Schnürchen. Zu guter Letzt standen die Zeit-

Astronauten auf der steinigen Plattform direkt beim Abgrund. Vor ihnen schimmerte es und die Luft bewegte sich in Wellen. Die Wellen bewegten sich schneller und schneller und begannen sich zu drehen. Trevor kannte das schon. Er war stolz, dass er das Ganze richtig berechnet hatte. Hier gab es kaum Störungen.

"Ich aktiviere jetzt die erste Zeitspanne. Macht euch fertig."

Chryséis und Katherine fassten sich an der Hand. Trevor war es gelungen, Zeitspannen in einem Zeitraum von etwa 10 000 bis 50 000 Jahren zu integrieren. Das hatte sich bei der Formel so ergeben. Ein riesiger Sprung in die Vergangenheit. Sie konnten aber ziemlich sicher sein, dass es auf der anderen Seite keine Monster gab oder Vulkane oder einen Ozean. Ziemlich sicher.

Katherine versuchte tapfer zu sein. Es war schwierig genug gewesen, England zu verlassen und jetzt so weit weg in die Vorgeschichte reisen? Ihr Vater hatte eine Postkarte geschickt. Aus Lagos in Nigeria. Das war auch ziemlich weit weg, oder? Sie konnte aber keine Postkarte schicken.

Sie tröstete sich damit, dass sie ja nur für kurze Zeit fort sein würde. Und außerdem kamen sie ja wieder genau zum Zeitpunkt der Abreise wieder in die Gegenwart zurück.

Als aber das Zeitportal erschien, verließ sie der Mut. Katherine starrte auf die rotierende Vortex, die sich beim Felsen auftat.

Eine richtige Vortex!

 6   EIN PORTAL IN DIE VERGANGENHEIT

Holly Benson beobachtete ihre drei Rivalen wie sie sich vom Fußpfad entfernten und zwischen den Felsen verschwanden. Sie schützte eine schwache Blase vor und schlich hinter ihnen her zur Plattform.

Das hätte sie sich ja gleich denken können! Ha, auf frischer Tat ertappt! Eins zu null für Holly! Dachte sie boshaft.

Chryséis und ihre Freunde brachen ganz klar Dr. Broadbents Regel vom Abgrund wegzubleiben. Sie waren viel zu nahe am Felsrand. Holly hielt einigen Abstand, damit sie ja nichts merkten. Sie duckte sich hinter einem großen Felsbrocken, als Trevor auf einmal in ihre Richtung blickte. Er hielt etwas in der Hand, sie konnte aber nicht sehen was es war.

Holly war jetzt so nahe bei ihnen, sie hätte leicht Katherines Arm berühren können, wenn sie das gewollt hätte. Sie hatte Natascha natürlich in ihren Plan eingeweiht. Später würden sie aus Sally den Rest herausbekommen. Sie wollte sich gerade umdrehen und einen der Lehrer rufen, als etwas Unglaubliches passierte. Etwas ganz und gar unglaubliches!

Sie wusste nicht recht, ob sie ihren Augen trauen sollte. Das war doch nicht möglich: Trevor sprang in den Felsen hinein!

"Oh nein, ich will nicht!" Katherine war ganz starr vor Angst und Chryséis zog sie einfach herum und mit sich in die Vortex hinein. Für einen aufmunternden Plausch war es zu spät. Sie mussten hinein.

Holly stand mit offenem Mund da. Die beiden verschwanden auch plötzlich im Felsen! Genau wie Trevor. Ein Zittern ging durch den Fels. Dann war es still. Sie lauschte, ob sie Stimmen hören konnte, aber alles was sie hörte war Vogelgezwitscher.

Sonst nichts.

*

Im Wirbel der Vortex konnte Chryséis auf einmal keinen Laut mehr von sich geben. Ein Strudel zog sie tiefer in die Vortex hinein und sie drehten sich immer wieder im Kreise herum. Es war unmöglich zu sagen wie lange das so ging.

Da war ein hoher, pfeifender Ton, ein Rauschen, und bevor sie es sich versahen, hatte die Vortex sie wieder ausgespuckt. Einfach so.

Trevor saß wie betäubt vor dem Portal und starrte auf die schimmernde Öffnung. Seine Finger hielten das ZPS verkrampft fest. Die elektromagnetischen Schwingungen wurden schwächer und pulsierten weiter auseinander. Dann waren sie ganz verschwunden und mit ihnen das Portal. Da war nur noch gewöhnlicher grauer Stein. Nichts als grauer Stein.

Chryséis und Katherine saßen nicht weit von ihm. Gut.

Auf den ersten Blick hatte sich nichts verändert. Die gleiche steinige Plattform dieselben grauen Steine. Trevor sprang auf. Seine Knie fühlten sich wie Pudding an und er wäre fast wieder hingefallen. Es gelang ihm sich aufrecht zu halten. "Ich glaube wir sind gar nicht gereist, wir müssen einen Fehler gemacht haben!" rief er enttäuscht.

Aber sie hatten keinen Fehler gemacht.

Die Zeitreisenden sahen sich um. Die Umgebung war nicht mehr genau gleich. Sie hatte sich sogar ziemlich verändert. Der Felsvorsprung lehnte sich nun weiter über den Abhang hinaus, was die Plattform verlängerte.

Ein paar Zedern und dieses dichte Gestrüpp waren vorher nicht dagewesen und sie versperrten jetzt den Blick ins Tal. Es war auch um einiges wärmer. Das hieß, sie mussten durch die Zeit gereist sein! Es gab keine andere Erklärung dafür.

"Is' ja sagenhaft!" staunte Chryséis.

"Wir haben's geschafft. Wir haben's wirklich geschafft!" Trevor war sehr zufrieden mit sich. "Und gar keine Monster."

Chryséis blickte auf ihre Armbanduhr. Es waren ganze sieben Minuten vergangen - seit dem Sprung in die Vortex. Dann sah sie wie blass Katherine aussah. "Was ist los mit dir?" fragte sie.

"Bitte lasst uns wieder zurückgehen!" rief Katherine mit flehendem Blick. "Bitte!"

"Was? Katie, wir haben's geschafft. Es funktioniert!" sagte Trevor begeistert. "Wir können doch nicht einfach so wieder umkehren. Wir müssen uns doch wenigstens mal umsehen."

Chryséis stand energisch auf. "Wir wären ja schöne Wissenschaftler, wenn wir gleich wieder abhauen würden."

"Mensch, wir haben gerade bewiesen, dass Zeitreisen funktioniert. Du solltest stolz darauf sein. Unser Projekt wird der absolute Hammer!"

Trevor sah Katherine an. Sie fühlte sich offenbar nicht wohl, so wie sie zitterte. Das dunkle Haar klebte ihr im Gesicht. "Bist du okay, Katie?" Er begann sich zu sorgen. "Wir sind alle in Ordnung und wir bleiben ja nicht lange hier."

Katherine schlug die Hände vors Gesicht. Heulte sie etwa? Trevor kniete sich hin und legte die Hand auf ihre Schulter. Er strich ihre feuchten Haare mit einer brüderlichen Geste nach hinten und sagte zuversichtlich: "Es wird uns schon nichts passieren."

"Wir sind aber so furchtbar weit weg von zuhause. Was ist, wenn wir nie wieder zurückfinden?"

"Unsinn. Natürlich finden wir wieder zurück. Wir sind

gar nicht so weit weg... genau am gleichen Fleck wie vorher. Der Referenz-Zeitpunkt ist auch gespeichert, das weißt du doch. Wir können jederzeit wieder zurück."

"Dann lasst uns gleich gehen. Wir haben unseren Beweis, dass es funktioniert. Was wollt ihr denn noch? Wir wissen doch überhaupt nicht, ob das gefährlich ist!" stieß Katherine hervor. "Überhaupt nicht."

Damit hatte Trevor nicht gerechnet. Würde sie gleich in Tränen ausbrechen? Fragte er sich.

"Ich habe Angst," flüsterte sie.

"Vielleicht hat sie einen Schock oder sowas." Trevor sah hilflos zu Chryséis hinüber.

War das eine Nebewirkung des Zeitreisens? Was jetzt? Katherine atmete zu schnell. Von zu viel Sauerstoff konnte man bewusstlos werden. Seine Gedanken überschlugen sich. Sie musste in eine Papiertüte atmen, aber sie hatten keine Papiertüte. Ging es auch mit einer Plastiktüte?

"Katherine MacDougal, reiß' dich gefälligst zusammen!" sagte Chryséis irritiert. "Das war doch von Anfang an so geplant. Wir wollen nur ein wenig die Vorzeit hier erforschen, Fotos machen und so."

"Ich weiß, aber ich dachte, es klappt nicht."

"Ach wirklich? Es hat aber geklappt. Du kannst doch jetzt keinen Rückzieher machen."

Chryséis tat es sofort leid, dass sie so grob gewesen war. Katherine war nun mal so. Sie nahm ihre Wasserflasche und hielt sie ihr unter die Nase.

"Hier, trink was," sagte sie sanfter. "Ja, so ist's gut."

Katherine holte tief Luft und trank das kühle Wasser. Sie bekam wieder Farbe und atmete ruhiger. Trevor war erleichtert.

"So ist es gut, Katie, langsam atmen." Chryséis nahm tiefe Atemzüge mit ihrer Freundin. Eigentlich ging es ihr dabei auch gleich besser. Es ist aber auch warm hier! Dachte sie. "Geht's dir besser?"

"Ja, viel besser."

"Ich zieh' meine Jacke aus. Ist euch nicht auch zu heiß?" Chryséis blieb im linken Ärmel stecken und schüttelte ihren Arm.

"Ziemlich warm. Vielleicht ist hier Sommer."

"Hmm, sollte eigentlich auch Frühling hier sein."

Katherine schälte sich aus ihrer Windjacke und Trevor warf seinen Anorak auf seinen Rucksack. Chryséis stand auf und streckte sich ausgiebig.

"Ich will mal nachsehen, was da hinter den Bäumen ist." Sie zeigte auf die Zedern beim Abhang. "Bin gleich wieder da."

"Warte ich komme mit," rief Trevor und eilte ihr nach. "Wahrscheinlich sieht's noch genauso aus wie im Carter-Tal."

"Seid vorsichtig!" rief Katherine hinterher.

Chryséis brummte etwas Unverständliches. Sie bemerkte die fette, bunte Eidechse nicht, die auf dem rauen Zedernstamm neben ihnen saß. Die räkelte sich faul in der warmen Mittagssonne, als die beiden Zeitreisenden ins Tal hinunter spähten.

"Was ist das denn?!" Trevor war sprachlos. Er stand nur mit offenem Mund da und traute seinen Augen kaum.

"Ach komm' - das kann doch nicht wahr sein! Ich glaub' ich träume," lachte Chryséis unbehaglich.

"Was denn? Gibt's da was zu sehen?" Katherine wollte wissen, was es mit dem Tal auf sich hatte. Was konnte da unten bloß so spektakuläres sein?

"Du l i e b e Güte! Komm' schnell her." Chryséis stand wie angewurzelt da. "Ich krieg' die Motten!"

Trevor hatte seine Sprache wiedergefunden. "Wow, seht euch das an!"

"Ach komm' schon, das gibt's doch gar nicht!" Chryséis kriegte sich gar nicht wieder ein.

"Was? Was gibt's doch gar nicht?"

Katherine schob einen nadeligen Zweig zur Seite. Durch die plötzliche Aktivität an ihrem Baum, war die fette Eidechse aus ihrem Nickerchen erwacht und schlängelte sich weiter den Stamm hinauf. Von ihrer höheren Warte aus schielte sie nach einer saftigen, grünen Fliege und hatte sie im nächsten Moment auch schon verschlungen.

"Es gibt Straßen da unten... und Häuser. Das ist 'ne richtige Stadt. Keine Spur vom Naturreservat!" rief Trevor.

"Ha ha, sehr witzig. Hört auf 'rumzuflachsen. Lasst mich mal sehen!"

Katherine drängte sich zwischen ihre Freunde - und wäre fast vom Felsvorsprung gefallen. Das Tal hatte sich wirklich verändert!

Da unten war zweifellos eine Stadt. Oder zumindest sah es so aus wie eine Stadt.

Katherine schloss ganz fest die Augen und öffnete sie wieder. Die Häuser und Straßen waren immer noch da. Sie rieb sich die Augen. Immer noch da!

"Wahnsinn, vielleicht ist es ja nur ein Traum," flüsterte Trevor und fuhr sich mit der Hand durch die Haare.

"Was - träumen wir etwa alle gleichzeitig den gleichen Traum?" fragte Chryséis.

Vor ihnen lagen sanfte Hügel, genau wie vorher, nur dass das Tal jetzt einer Stadt am Mittelmeer glich! Die unberührte Landschaft des Naturparks im Carter-Tal, die sie schon seit Jahren kannten, war verschwunden.

Oder es gab sie noch nicht. Das kam ganz auf den Standpunkt an.

Dort wo die Sumpfniederung und das Vogelschutzgebiet gewesen waren, die sich schlängelnde Landstraße und die Schilder zur gemütliche Gaststätte... da standen jetzt weiße und ockerfarbene Villen. Echte Häuser, umgeben von grünen Wiesen und schönen Gärten mit Blumen und Büschen!

Die Stadt war entlang breiter Straßen angelegt, an denen Bäume standen, die blau und orange blühten. Die gepflasterten Straßen durchschnitten die Länge und Breite des Tals so weit wie man blicken konnte. Rechts fielen sie zur Küste hin etwas ab. Auf der linken Seite verloren sie sich in der Distanz.

Schimmernd-blaue Vögelchen jagten sich verspielt um einen Springbrunnen aus Marmor herum und versuchten dem Sprühnebel zu entkommen. Ganz so wie es moderne Spatzen auf einem modernen Marktplatz getan hätten.

Da war doch tatsächlich ein Springbrunnen!

"Oh nein, das gibt's doch nicht. Eine Stadt im Carter-Tal!" Katherine konnte gerade noch ein hysterisches Kichern unterdrücken. "Das gibt's doch gar nicht," wiederholte sie. "Trevor zwick mich mal! Autsch, doch nicht so stark. Vielen Dank auch!"

Sie sah Trevor grimmig an und rieb einen roten Fleck

an ihrem Unterarm.

"Sorry, du hast gesagt ich soll dich zwicken," meinte Trevor abwesend. Er versuchte in den Hügeln vertraute Merkmale zu finden. Die Hügel sahen zwar mehr oder weniger so aus wie vorher. Nur grüner irgendwie.

"Seht euch das Haus am Hang da drüben an." Trevor zeigte auf eine kleinere Version der griechischen Akropolis. Nur, dass es u-förmig war, mit Säulen und einem großen Innenhof. In der Mitte des Hofes glitzerte ein großes, wassergefülltes Becken mit sprühenden Fontänen. Aus der Ferne sah das Becken so groß aus wie ein olympisches Schwimmbecken.

Rechts davon befand sich eine Art Amphitheater. Daneben lagen zwei Sportfelder und rechts davon eine Reihe kleinerer Gebäude.

"Das ist sicher ein Tempel," sagte Katherine und korrigierte sich sofort. "Das ist doch ausgeschlossen! Wir sind schließlich... in Amerika... das von Columbus entdeckt wurde." Sie seufzte ergeben.

Chryséis starrte auf angeblichen Tempel, als könnte sie ihm dadurch sein Geheimnis abluchsen. "Ich krieg' das einfach nicht in meinen Kopf rein."

"Die Leute hier scheinen jedenfalls Wasser zu mögen." Trevor hatte noch mehr Springbrunnen und künstliche Wasserfälle in der Stadt entdeckt.

"Nicht mal Pemberton kann da mithalten," sagte Katherine. "Nein, nicht mal Pemberton."

"Wo sind eigentlich die ganzen Einwohner?" fragte Trevor auf einmal.

"Ja, das ist komisch.Wo sind die denn alle?" Chryséis versuchte eine Bewegung zu entdecken. "Meinst du, das da unten gibt's nur in unserer Fantasie?"

"Sowas wie ein Hologramm?"

"Warum denn nicht?"

Auf einmal bewegte sich etwas auf der Straße unten. Eine Frau in einem langen lavendelfarbenen Kleid ging unter einem der Tore hindurch. Ein kleines Mädchen folgte ihr auf unsicheren Beinchen.

Die Frau nahm das Kind auf den Arm und ging auf ein gelbes Haus zu, wo Kletterpflanzen die Mauern bedeckten. Das kleine Mädchen versuchte sich los zu strampeln und die Frau setzte sie auf den Boden.

Sie begann mit irgendwem auf der linken Seite zu sprechen, der hinter einem blühenden Baum verborgen war. Die drei Zeitreisenden starrten ganz fasziniert auf die Szene.

"Also, das ist echt genug für mich," sagte Trevor.

"Ja, das sind echte Menschen."

Die Frau drehte sich um und blickte den Hügel hinauf. Die Kinder duckten sich instinktiv. Sie lachte und drehte sich wieder um.

"Schaut mal wie die Dächer unten bis fast an die Felsen reichen," sagte Katherine schwach.

Sie kauerten sich noch mehr ins Gebüsch hinein und blickten vorsichtig auf die Dachziegel und steinigen Gärten. Nur ein paar Meter vom Abgrund entfernt.

"Puh, was soll das denn sein? Wo sind die Dinosaurier und Höhlenmenschen?"

"Hier bestimmt nicht."

"Ich brauche Wasser." Katherine setzte sich auf einen modrigen Baumstumpf. Sie kramte in ihrem Rucksack herum und fand die Wasserflasche. Nach einem langen Zug fühlte sie sich besser.

"Wir müssen sparsam mit unserem Proviant umgehen," warnte Chryséis. "Es kann 'ne Weile dauern bis wir was neues finden."

"Und was ist mit den ganzen Springbrunnen da unten?"

"Stimmt auch wieder. Es gibt 'ne Menge Wasser hier."

Katherine band sich die Haare zu einem Pferdeschwanz zusammen. Trevor setzte sich neben sie und wischte sich mit dem Ärmel über die Stirn. Je höher die Sonne aufstieg, desto wärmer wurde es.

"Was machen wir jetzt?" fragte Chryséis. "Wir können ja nicht einfach in die Stadt rein spazieren und nach der nächsten Jugendherberge fragen."

"Hah, stell dir das vor," grinste Trevor. "Die Leute hier sprechen bestens Englisch und zeigen uns sofort wo's lang geht."

"Oh ja, und unsere Klamotten werden gar nicht auffallen," sagte Chryséis gereizt.

"Was ist denn mit dir los?"

"Daran haben wir nicht gedacht... wie wir uns verständigen sollen."

"Das wird schon irgendwie funktionieren."

"Meinst du die Leute sind Indianer? Wir sind doch immer noch in Amerika, oder?" Die drei sahen sich an.

"Wahrscheinlich," meinte Katherine. "Sehen mir aber nicht wie Indianer aus. Mehr wie alte Griechen."

"Wo sollen denn auf einmal alte Griechen herkommen? Vielleicht sind wir ja in einem anderen Land."

"Die Häuser sind auch nicht gerade aus Adobe-Lehm," sagte Katherine, dann erhellte sich ihr Gesicht. "Aber wir sind ja schließlich an der Ostküste und nicht im Wilden Westen."

Chryséis versuchte es mit Logik. "Genau. Wir sind aber sicher nicht in Europa gelandet. Denkt doch mal nach: dieselben Hügel und Felsen. Das ist doch noch alles wie vorher." Eine leichte Brise sorgte vorübergehend für Kühle und die Kinder genossen den Moment.

"Wie man's nimmt."

"Du weißt was ich meine."

"Vielleicht sind wir in einem parallelen Universum," schlug Trevor vor.

"Quatsch."

"Ne, glaub' ich auch nicht," meinte Katherine.

"Wieso nicht? Wir können uns an nichts orientieren. Was wissen wir denn schon über diese Epoche oder übers

Zeitreisen?" Trevor stand auf und begann hin und her zu laufen. Er tat das manchmal, wenn er nachdenken musste. "Vielleicht ist das ja - Atlantis."

"Atlantis? Ach Trevor, die Existenz von Atlantis ist ja noch nicht mal bewiesen. Zuletzt habe ich gehört, dass es irgendwo im Mittelmeer versunken ist."

Die drei Freunde kamen in Fahrt. Sie fühlten sich bei solchen Diskussionen am wohlsten. Irgendwie half es dabei, sich an diesem fremden Ort zurechtzufinden.

"Das muss aber eine uralte Siedlung sein. In der Neuzeit gibt es keine Spuren mehr davon. Und wir sind noch in unserem guten alten Amerika. Ganz schön weit hergeholt, das mit Atlantis."

"Also dann doch die alten Griechen?" Was für 'ne verrückte Diskussion, dachte Katherine.

"Das kann nicht dein Ernst sein. Stellt euch die Schlagzeilen vor: 'Griechische Siedlung im Carter-Tal entdeckt, aus dem soundso Jahrtausend...'," Chryséis unterbrach sich. "Nein, das können keine Griechen sein. Verkehrte Epoche."

"Welches Jahrtausend ist es denn eigentlich?" fragte Katherine ängstlich.

Sie hatten total vergessen auf dem ZPS nachzuschauen.

"Mal sehen. Ich hatte nur die erste Harmoniestufe aktiviert. Das sollte uns etwa 10 000 bis 13 000 Jahre zurückgeschleudert haben," sagte Trevor. "Die Anzeige steht auf genau 11 752 Jahren. Willkommen in der Vorzeit, meine Damen und Herren!" sagte er und versuchte mehr schlecht als recht Dr. Broadbent zu imitieren. Es war gar nicht so komisch, aber sie lachten trotzdem.

"Mann, sind wir wirklich so weit gereist?"

"Stellt euch Dr. Broadbent bei einem Schulausflug in die Vergangenheit vor!"

Sie lachten noch mehr. Dann wurden sie wieder ernst.

Das hieß, sie befanden sich ungeheuer weit in der Vergangenheit. 11752 Jahre. Das hieß, sie waren tatsächlich fast 12 000 Jahre in der Vergangenheit.

Dr. Broadbent befand sich dagegen mit allen anderen so weit in der Zukunft, dass sie sich die Distanz kaum vorstellen konnten.

Die beiden anderen ZPS Instrumente zeigten das gleiche an. Die Schriftzüge 11752 Jahre in der Vergangenheit leuchteten auf allen ZPS auf. Es musste also wahr sein. Puh! "Immerhin funktionieren die Geräte," sagte Trevor schwach.

"Viel zu früh für die alten Griechen, aber zu spät für Dinosaurier. Aber vielleicht kriegen wir ja trotzdem noch 'n paar wilde Tiere und attraktive Neandertaler zu sehen," witzelte Chryséis.

"Red' nich' so'n Stuss. Neandertaler wohnen doch nicht in Villen."

"Ja..."

"Gab's da nicht 'ne riesige Flut? Am Ende des Pleistozän wurden doch überall Küstengebiete überschwemmt. Das Polareis war am Schmelzen," sagte Katherine.

"Ich glaube du hast recht," stimmte Trevor ihr bei. "Manche sagen, dass Meteoriten 'ne Verschiebung der Kontinente und Überschwemmungen verursacht haben. Könnt ihr euch noch an die Sendung über das Blaue Loch von Belize erinnern?"

Die beiden anderen nickten.

Das Blaue Loch von Belize war eine enorme, uralte Höhle mit Stalaktiten und allem drum und dran, die vor der südamerikanischen Küste versunken war. Etwa in dieser Epoche! Sie hatten sich das noch auf dem Adventure-Sender angesehen.

"Es ist auf jeden Fall ziemlich heiß hier." Katherine machte ihre Jacke an den Trägern ihres Rucksacks fest und zog die Sandalen an, die sie mitgebracht hatte.

"Dann kann's ja jeden Moment losgehen. Lasst uns auf das große Ereignis warten." Chryséis verbarg ihre Furcht gern hinter zynischen Bemerkungen.

"Meinst du wir sind in Gefahr?" Katherine zitterte ein wenig.

"Ach was, sie macht doch nur Spaß." Trevor klopfte ihr auf die Schulter.

"Ging das mit den Überflutungen nicht erst vor 10 000 Jahren los?"

"Wahrscheinlich. Gut, dann haben wir ja noch etwas Zeit."

"Ja, nur ein paar tausend Jahre."

"Genau." Eine Pause entstand. Sie fühlten sich alle erschöpft von der Fachsimpelei. Das war mittlerweile alles Wirklichkeit. "Jetzt wo wir das geklärt haben, können wir vielleicht einen Plan machen?" fragte Chryséis.

"Was denn für einen Plan?"

"Ich sage, wir gehen uns diese Stadt mal genauer ansehen. Um klarzustellen, dass das keine Fata Morgana ist. Falls uns jemand über den Weg läuft, versuchen wir einfach so normal wie möglich dreinzuschauen."

"Ha, wie übt man denn sowas wie normal dreinschauen?"

"Improvisieren. Vielleicht verstehen wir sogar etwas von der Sprache. Zumindest, wenn es Algonquin oder so was ist." Chryséis war vor kurzem auf einem Kurs für indianische Sprachen gewesen.

"Ok, dann du bist die Expertin. Du kannst für uns übersetzen."

"Kann ich machen," sagte Chryséis mutig.

"Gut. Dann sollten wir uns eine Story ausdenken, warum wir hier sind. Wir brauchen eine, falls wir angesprochen werden und falls wir was verstehen. Kinder, die alleine herumlaufen, sind vielleicht nicht so üblich," sagte Trevor. Noch ein Problem!

"Warum haben wir nicht schon lange an sowas gedacht."

"Man kann ja nicht an alles denken."

"Also gut, wir sagen einfach, dass wir uns verlaufen

haben... dass wir mit unseren Eltern hier sind... wir wohnen bei Freunden und... wir haben vergessen wo."

"Das reicht. Den Rest sollen sie sich selbst zusammenreimen."

"Und wir sind lange weg, bevor die mitkriegen was Sache ist," sagte Trevor.

Katherine war nicht so optimistisch. "Was ist aber, wenn sie unfreundlich sind? Wenn es ihnen egal ist, wo wir herkommen und sie uns gefangen nehmen."

"Du meinst, sie stecken uns in ein Gefängnis?"

"Zum Beispiel."

"Dann machen wir uns unsichtbar, bevor sie uns einsperren können. Wir rennen schnell hierher und reisen zurück," meinte Trevor.

"Wir testen die Dinger einfach nochmal. Drückt auf den Knopf," befahl Chryséis.

Die Unsichtbarkeitsgeräte funktionierten einwandfrei.

"Und... ausschalten." Sie erschienen wieder, einer nach dem anderen.

"Das klappt also noch." Trevor hob seinen Rucksack vom Boden auf.

"Warte, Ich will noch Fotos machen, bevor wir gehen." Chryséis nahm ihre Digitalkamera heraus. "Stellt euch da drüben hin. Nein, nicht gegen die Sonne."

Dann knipste Katherine ein Foto von Chryséis an einen Baum gelehnt und vor dem Tal. Im Hintergrund war der etwas unscharfe Tempel zu sehen.

"Jetzt ihr beiden. Lehnt euch gegen den Baum da. Ja, so ist's gut. Lächeln." Chryséis schielte auf den winzigen Monitor. Klick.

"Wir müssen die Reise wie richtige Forscher dokumentieren," meinte Trevor.

"Wozu denn? Uns wird doch eh niemand glauben." Katherine hatte nicht ganz unrecht.

"Und was ist mit dem Projekt?" fragte Trevor. "Außerdem dokumentieren Wissenschaftler ihre

Experimente immer."

"Oder... wir schreiben irgendwann mal ein Buch darüber," schlug Chryséis strahlend vor.

"Ganz genau!"

"Wir wechseln uns ab und machen Notizen über all die komischen Dinge hier." Chryséis steckte die Kamera ein. "Deswegen habe ich schließlich den Mini-Computer mitgebracht."

Allein der Gedanke an 'komische Dinge' machte Katherine wieder nervös. Am besten nicht zu viel darüber nachdenken. In diesem Augenblick fiel etwas Weiches, sich-windendes oben aus dem Baum.

"Igiiiittt!" schrie Chryséis vor Schreck und schüttelte sich.

Was war bloß dieses grün-rote Ding, das sich nicht abschütteln ließ? Chryséis kreischte noch mehr, als ihr ein dünner Schwanz ins Gesicht schlug. Die fette Eidechse hatte auf dem hohen Ast das Gleichgewicht verloren und hielt sich mit scharfen Krallen an ihrer Schulter fest. Schütteln half da nichts. Katherine quiekte aus Sympathie mit.

"Sschusch!" zischte Trevor. "Macht nicht so'n Krach!"

"Das ist ja sooo eklig!" Chryséis schloss ihre Augen.

"Halt mal still."

Trevor hob die widerspenstige Eidechse von ihrer Schulter und setzte sie auf den Boden, wo sie geschwind im Gebüsch verschwand. "Ist doch nur 'ne Eidechse."

"Nur 'ne Eidechse? Die ekligste Eidechse aller Zeiten," flüsterte Chryséis ärgerlich und wischte sich die Schulter als ob sie so ihren Ekel loswerden konnte.

"Sie hat sich verdrückt. Viel wichtiger ist, ob euch jemand gehört hat."

Sie lauschten, aber alles blieb ruhig.

"Bist du sicher sie ist weg?" Chryséis beobachtete das Gebüsch misstrauisch.

Dann sah sie wieder nach oben, als ob die Eidechse wie durch Zauberei wieder auf sie fallen könnte. Na das konnte ja heiter werden! Was hier wohl noch auf uns wartet? Dachte Chryséis und schüttelte sich. Dann hatte sie sich wieder gefangen. Es war ein Experiment. Ein wissenschaftliches Experiment!

"Ja. Können wir jetzt bitte gehen?" Trevor konnte es kaum abwarten mehr von dieser unglaublichen Stadt zu sehen.

"Na los denn, lasst uns geh'n." Chryséis holte tief Atem und hob ihre Sachen auf.

"Es wird doch alles gut geh'n oder?" murmelte Katherine.

"Klar, alles wird gut geh'n," sagte Chryséis und ging den anderen mutig auf dem steinigen Fußpfad voran.

DIE ERSTE BEGEGNUNG

Die Zeitreisenden mussten nicht weit gehen. Auf halber Strecke sahen sie jemanden unter einem Nadelbaum sitzen. Ein Junge von etwa dreizehn Jahren schüttelte Pinienkerne aus Zapfen in einen Weidenkorb.

Als er sie kommen hörte, sprang er auf und ließ vor lauter Schreck den Korb fallen. Er hatte hier oben Vögel oder Eichhörnchen erwartet, nicht Wanderer.

Die Kinder waren nicht weniger erschrocken und blieben stehen, bereit sich sofort aus dem Staub zu machen. Sollten sie so schnell wie möglich zur Plattform zurücklaufen oder sich lieber unsichtbar machen? Dafür war es aber zu spät!

"Schelanti. Seid gegrüßt, ihr guten Leute. Ihr habt mich ein wenig erschreckt!" sagte der Junge in einer unverständlichen Sprache und lächelte.

Der prähistorische Junge sprach mit ihnen!

Er machte eine elegante Handbewegung, berührte mit der rechten Hand erst sein Herz und dann seine Stirn. 'Schelanti' bedeutete 'Ich wünsche dir all das was ich mir selbst wünsche'. Eine formelle Begrüßung, die überall in der 'Bekannten Welt' verwendet wurde.

Was sollten sie bloß tun? Meinte er es gut mit ihnen? Wohl schon, sonst würde er ja nicht so nett lächeln. Da sie kein Wort von dem was er sagte verstanden, lächelten sie einfach auch und warteten ab.

Er sah eigentlich ganz normal aus, der Junge. Wenigstens nicht wie ein Höhlenmensch. Er trug immerhin Kleider. Ein langes hellblaues Hemd mit Seitenschlitzen und Taschen über einer langen Hose in der gleichen Farbe. Die Säume am Hemd waren mit einer türkisen Linie verziert.

Er war groß für sein Alter und gutaussehend. Mit hellem Haar und sonnengebräunter Haut, was seine grauen Augen fast durchsichtig erscheinen ließ.

"Oh je," hauchte Katherine, "ein sprechender Mensch."

Sie starrten den Jungen an. Was machte man in so einer Situation? Sollten sie vielleicht doch lieber fortlaufen?

"Schelanti," wiederholte der Junge. "Ihr braucht keine Angst zu haben. Woher kommt ihr denn?"

Komisch, dass die Kinder sich vor ihm zu fürchten schienen. Was machten sie überhaupt am helllichten Tage auf dem Hirtenhügel? Sollten sie nicht in der Schule sein? Alun selbst war vom Unterricht an der Zitadellschule befreit worden, weil er bei den Hochzeitsvorbereitungen helfen musste. Die Hochzeit seines Bruders Kheton fand in drei Tagen statt und es gab noch viel zu tun.

"Was hat er gesagt?" flüsterte Trevor während er versuchte weiter zu lächeln.

"Weiß ich nicht. Wahrscheinlich 'Hallo' oder sowas," erwiderte Chryséis genauso leise.

Katherine konnte sich endlich wieder bewegen und drückte dem irritierten Trevor ihren Zeigefinger in den Rücken. "Mach den Mund zu!" zischelte sie.

"Autsch," sagte Trevor leise und schloss seinen Mund.

"Wir sollten ihn zurückgrüßen," schlug Chryséis kaum hörbar vor. Gute Idee!

Sie ahmten unsicher die Gesten nach, die der Junge gemacht hatte und sagten "Hallo."

"Alloh? Wo stammt ihr denn her? Seid ihr zu Besuch hier?" erkundigte der Junge sich neugierig. "Geht ihr denn auch auf die Zitadellschule?"

Er stoppte sich. Das waren zu viele Fragen auf einmal! Die Kinder waren nicht stumm, aber offensichtlich Fremde. Wenn sie nicht gut Alesisch sprachen, brachte er sie damit bloß durcheinander.

Chryséis erkannte das lateinische Wort für Schule und

begann zu nicken. Sie konnte nur hoffen, dass sie nicht zustimmte ihn zu heiraten oder sowas ähnliches.

"Ich glaube er möchte wissen, ob wir zur Schule gehen," übersetzte sie mutig drauflos. Es fiel ihnen nichts Besseres ein als wieder zu lächeln.

"Ich habe euch noch nie an der Zitadellschule gesehen," redete der Junge weiter. "Ihr scheint unsere Sprache nicht gut zu beherrschen. Also seid ihr nicht aus Alesia?"

Trevor schnitt eine Grimasse und machte Gesten, die seiner Meinung nach universell verständlich waren: mit den Schultern zucken und den Handflächen nach oben gerichtet. Dazu machte er ein fragendes Gesicht.

"Wo sind wir?" fragte er in langsamem, deutlichen Englisch und zuckte mit den Schultern. Der Junge schien zu begreifen.

"Oh, ihr habt euch wohl verlaufen?"

Sie konnten nur hoffen, dass er verstanden hatte. Die Kinder nickten und zeigten schulterzuckend auf das Tal.

"Ah, mirá Vallé Sydonia!" sagte der Junge stolz und winkte mit seinem Arm in Richtung Tal. "Der südliche Vorort unserer stolzen Stadt Sydonia. Die Hauptstadt des Landes Alesia. Ich heiße euch willkommen."

Er verbeugte sich förmlich. Die Kinder verbeugten sich auch. Alun hoffte, dass dies ihr Problem löste, aber die Zeitreisenden waren verwirrt. Hatte der Junge gerade den Namen dieser mysteriösen Stadt erwähnt?

"Hat er gesagt, dass das hier Alesia ist?" fragte Trevor.

"Ich denke er sagte Tal von Sydonia." Chryséis ' Kopf tat schon weh vor lauter Konzentration. "Den Rest habe ich nicht verstanden."

Vielleicht hatte sie ja einen Fehler gemacht und er hatte etwas vollkommen anderes gesagt. Zu dumm.

"Tal von Sydonia?" fragte sie nach und winkte in Richtung Tal, wie er es gerade getan hatte.

Alun nickte erleichtert. Das hieß, dass die Kinder wenigstens einen Dialekt der 'Bekannten Welt' verstanden. Seltsam nur, dass sie kein Alesisch sprachen.

"Warum seid ihr denn hier oben auf dem Hügel?" wollte er wissen. Das hörte sich kompliziert an. Chryséis versuchte zu verstehen, aber es war einfach zu schwierig. Wenigstens schien es dem Jungen nichts auszumachen mit Mädchen zu sprechen, dachte sie. Ein gutes Zeichen.

"Was hat er gesagt?" fragte Trevor ungeduldig.

"Keine Ahnung."

"Na toll."

"Ich biete euch meine Hilfe an, ihr guten Leute. Seid so gut und akzeptiert," sagte der fremde Junge und sah auf den Boden.

"Was machen wir jetzt?"

"Warum starrt er so auf den Boden?"

"Weiß ich doch auch nicht."

"Einfach das gleiche tun."

Die Zeitreisenden taten das gleiche, sie konnten sich aber nicht erklären, was das zu bedeuten hatte.

Sie konnten ja nicht wissen, dass Alesier kultivierte und gastfreundliche Menschen waren, die stets bereit waren anderen zu helfen. Den Blick zu senken, war ein Zeichen der Harmlosigkeit.

Als keine Antwort kam, sah der Junge fragend auf und deutete in einer anderen uralten Geste auf sich selbst. Das war leichter zu verstehen.

"Alun," sagte er und fügte seinen Wohnort hinzu. "Ich heiße Alun von Sydonia."

Das war so üblich, wenn man mit Fremden sprach. Die Kinder waren begeistert. Endlich was brauchbares! Trevor folgte seinem Beispiel und stellte sich als 'Trevor aus Chicago' vor und Katherine als 'Katherine aus Oxford', dann nannte Chryséis sich 'Chryséis aus Etheridgeville'.

Alun wiederholte die Namen, so wie er sie verstand. Die Aussprache der Worte Katherine, Oxford und Etheridgeville fiel ihm schwer. Sie hörten sich mehr an wie Kassín, Oxfol und Essitschvie.

Es war aber so cool, dass jemand, der vor ewigen Zeiten gelebt hatte, versuchte ihre Namen auszusprechen. Die Kinder nickten und wiederholten seinen Namen.

"Alun von Sydonia... Schelanti... ?"

Der Junge, der sich 'Alun von Sydonia' nannte, schien mit ihrem zivilisierten Benehmen zufrieden zu sein. Die Zeitreisenden entspannten sich. Sie konnten sich verständigen! Sogar Katherine, die etwas hinter ihren Freunden stand, fand, dass die virtuellen Unsichtbarkeits-Umhänge nicht mehr nötig waren.

"Wenn ihr euch verlaufen habt, will ich euch meine Gastfreundschaft anbieten." Alun zeigte auf die Stadt.

Nach allgemeinem Brauch musste er ihnen den Schutz seines Heimes anbieten, das nicht weit vom Hirtenhügel entfernt war. Das war aber zu kompliziert.

"Das Tal von Sydonia," sagte Chryséis und nickte.

"Ja, das Tal von Sydonia," bestätigte Alun.

Chryséis war ganz stolz auf sich.

Gut, sie hatten zugestimmt. Aber zuerst musste Alun seine Aufgabe hier oben beenden. Er hatte sich morgens in die Hügel aufgemacht, um Kräuter und Pinienkerne für die Füllung eines gebratenen Ptarmigans und Himbeeren für die Törtchen zu sammeln. Und genau das würde er jetzt tun, bevor sie gingen. Alun zeigte auf den Boden und legte ein paar Himbeeren in seinen Korb zurück.

Die Kinder verstanden. Das wurde ja von Minute zu Minute besser!

"Er will, dass wir ihm helfen," sagte Katherine überflüssigerweise.

Sie begannen die Pinienzapfen zu schütteln, genau wie Alun es vormachte. Die Arbeit gab ihnen Gelegenheit sich mit der neuen Situation anzufreunden. Die Hitze war gar nicht so schlimm im Schatten der Pinien und bald pflückten sie alle Himbeeren von den dornigen Ranken auf der anderen Seite des Fußwegs. Der Korb füllte sich zusehends.

Katherine nahm eine große, dunkelrote Himbeere und steckte sie in den Mund. Süß und saftig. Viel besser als die vom Supermarkt.

Ein Eichhörnchen mit buschigem Schwanz saß nahebei

und knabberte an Pinienkernen, die heruntergefallen waren. Irgendwie erinnerte das Tierchen sie an Pemberton. Nach einer Weile beschloss Alun, dass es an der Zeit war zu gehen. Sie hatten genug Pinienkerne und Himbeeren gesammelt und er legte die Kräuter obendrauf.

"Ich werde euch jetzt zum Haus meines Vaters bringen, Athenai." Er zeigte auf die Sonne, dann den Hügel hinunter und winkte seine neuen Freunde zu sich.

Die Zeitreisenden zögerten. "Wir können doch nicht einfach mitgehen," warnte Katherine.

"Warum denn nicht?"

"Was ist wenn wir irgendwie damit die Zukunft verändern?"

"Zum Beispiel?" wollte Trevor wissen.

"Zum Beispiel wenn wir aus Versehen auf ein Insekt treten."

"Ich glaube kaum, dass das den Ausgang der Evolution beeinflussen wird."

Alun wartete geduldig während sie die Sache in gedämpftem Ton besprachen. Sie fassten einen Entschluß. Was sollte schon passieren?

Die Kinder nickten und folgten Alun einen etwas anderen Pfad hinunter, als den, den sie fast 12 000 Jahre in der Zukunft hinaufgegangen waren. Der Weg kam ihnen bekannt vor, auch wenn sich unten keine Gaststätte mehr befand und kein Parkplatz mit Autos.

Alun merkte jetzt erst, dass seine Freunde sonderbare Kleidung trugen. Zwei der Kinder waren zweifellos Mädchen, wenn man nach Frisuren und ihrem Benehmen gehen konnte. Aber alle drei trugen ähnliche Hosen aus schwerem, blauem Stoff und Hemden mit langen Ärmeln. Viel zu warm für den alesischen Frühling. Ihre dicken Jacken hatten sie klugerweise ausgezogen und an ihre Rucksäcke gebunden. Vielleicht waren sie davongelaufen. Aber wovon bloß?

In Alesia gab es so gut wie keine unzufriedenen Kinder.

Und sie waren ganz sicher keine Gabari aus dem unzivilisierten Edfun im Norden. Dazu waren sie zu klein. Es war eher möglich, dass sich ihre Eltern in der Nachbarschaft befanden. Falls sich Fremde in Sydonia aufhielten, ließ sich das sicher herausfinden.

Aluns älterer Bruder Kheton arbeitete in der Zitadelle und würde den Vorfall der Lady von Sydonia berichten. Deren Jungfern konnten dann schnell in Erfahrung bringen, wo die Eltern wohnten.

Nein - er beschloss, dass sie sich nur verlaufen hatten und von ihren Eltern irgendwie getrennt worden waren.

Sie kamen zu einer Straße, die mit großen Steinplatten gepflastert war. Die Farbe der Steinplatten war im Sonnenlicht fast weiß.

Bald kamen sie an einem kleinen Park vorbei, wo vier Straßen aufeinander trafen. Wie bei einem Kreisverkehr. Nur ohne Verkehr.

Chryséis stellte sich trabenden Pferde vor, die Kutschen zogen. Aber es stand ja fest, dass sie sich nicht im alten Griechenland befanden. Eigentlich musste dieses Sydonia-Tal so alt sein, dass Pferde in Amerika noch unbekannt waren.

"Wahnsinn," sagte Trevor.

"Seht euch das an!"

Sie kamen an einem Springbrunnen vorbei, der einen angenehm kühlen Sprühnebel verbreitete. Dunkle, behauene Felsblöcke formten eine offene Seemuschel auf einem halbmondförmigen Fels. Wasserleitungen aus demselben dunklen Stein zielten von unterschiedlichen Höhen auf die Muschel.

Das Wasser spritzte und plätscherte. Das einzige Geräusch weit und breit. Den Boden bedeckte saftig-grüner und dunkelroter Rasen und die zwei Farben formten einfache Muster. Exotische Pflanzen wuchsen aus den Spalten der Felsen und im ganzen Park.

Alun war stolz auf den Springbrunnen. Sein Vater hatte ihn zur Ehre der *Nereiden*, den Wasserfeen, aus

Dankbarkeit für eine gelungene Seereise anfertigen lassen. Die Nereiden waren die Töchter des Gottes *Nereus*, des 'Alten Mannes des Meeres'. Sie wurden besonders von den seefahrenden Völkern der 'Bekannten Welt' verehrt. Alun hätte gerne seinen neuen Freunden davon erzählt, aber sie würden ihn wohl kaum verstehen.

Während der Mittagszeit hielten sich die meisten Menschen in ihren Häusern auf. Nur eine handvoll Sydonier befanden sich auf der Straße. Sie trugen alle ähnliche Kleidung aus weichfliessenden Stoffen in Pastelltönen und Sandalen an den Füßen.

Einige trugen lange, durchgeknöpfte Tuniken und manche Frauen schienen Kleider zu bevorzugen. Die Zeitreisenden versuchten sie nicht anzugaffen. Es war ihnen nicht bewusst, was für eine Sensation sie selbst waren.

Neugierige Blicke schossen ihnen unter gesenkten Augenlidern entgegen, aber offenes Anstarren war in Sydonia unglaublich taktlos. Niemand starrte oder sprach sie an. Außerdem wurden die Kinder ja von Alun begleitet.

Katherine stieß Chryséis an und meinte, "Oh, guck doch mal das Baby da!"

Eine dunkelhäutige Mutter ging an ihnen vorbei, ihr schlafendes Kind auf den Rücken gebunden. Die anderen prähistorischen Menschen hatten eine gebräunte Haut und hohe Wangenknochen. Das Haar war meist blond oder braun. Chryséis beobachtete das alles genau und wollte es aufschreiben, sobald sich eine Gelegenheit dazu ergab.

Alun führte die kleine Gruppe auf ein von Terrakotta-farbenen Mauern umgebenes Haus zu, das an der nächsten Straßenecke stand. Die Mauern waren von Blumenbeeten umrandet. Blaue Blütenbälle auf langen, eleganten Stängeln und fleischige rote Canna wuchsen dort in schönster Eintracht.

Der Torbogen war von einer rot-blühenden

Bougainvillea eingerahmt, die kraftvoll in einen Baum hineinwuchs. Ein paar schattige Bäume an der Straße blühten blau und orange. Lange Zypressen und Zedern mit breiten Kronen wuchsen zwischen den Häusern.

Sie besahen sich alles staunend. Häuser, Pflanzen, Menschen. Einfach alles!

Katherine hatte solche Straßen in Norditalien gesehen, wo sie manchmal mit ihrer Familie Urlaub machte. Aber die Blumen hier waren viel größer und bunter.

Sie gingen durch den Torbogen auf den Innenhof. Ein großer Walnussbaum warf seinen Schatten vor einem doppelstöckigen Haus. Darunter waren zwei ältere Frauen und eine Hundemutter, die ihre beiden honigfarbenen Welpen säugte.

Die Frauen saßen sich auf Bänken gegenüber, schwatzten und putzten Gemüse in rot-blau gestreifte Körbe hinein. Getreide und Gemüse waren haufenweise auf geflochtenen Matten um sie herum verteilt. Ein paar Gänse gluckten und pickten hier und da auf dem Boden. Das Pflaster war mit grünen Walnussknospen bedeckt, die leicht unter den Schuhen knackten.

Alun zeigte auf bunte Dekorationen, die von Zweigen, Fenstern und Türen herabhingen. "Mein Bruder heiratet bald. In einer großen Zeremonie," erklärte er.

Die Kinder aus der Zukunft verstanden kein Wort von dem was er sagte. Sie nahmen nur an, dass die roten und türkisen Farben im Hof mit einem Fest zu tun hatten. Sie nickten und lächelten den Frauen höflich zu, die neugierig aufblickten.

Die Hündin schnupperte die Luft und legte sich wieder zum Schlummern hin. Die Frauen zupften und schälten weiter und wischten sich hin und wieder die Hände an farbigen Handtüchern ab.

Alun ging zur Begrüßung auf sie zu.

"Schelanti, Schelanti!" Da waren wieder die gleichen Gesten wie vorher. Schelanti war ein magischen Wort.

"Schelanti." Die Besucher machten die Begrüßung nach, so gut sie konnten.

Die Gesichter der Frauen waren gebräunt, genau wie Aluns. Sie hatten graue Augen und markante Gesichtszüge und trugen pastellfarbene Tuniken mit einem hellroten Streifen an den Säumen. Höfliche Worte wurden gewechselt und sie lächelten die Gäste an.

Die drei Besucher hatten keine Ahnung vorüber gesprochen wurde, aber die beiden Matronen schienen das nicht zu merken. Sie hörten Aluns Geschichte mit gekrauster Stirn zu. Von den drei Kindern, die er auf dem Hirtenhügel gefunden hatte, und sahen sie voll Mitgefühl an.

Die armen Kinder. Das musste man sich vorstellen: von den Eltern getrennt waren sie! Die Frauen nickten zustimmend als Alun vorschlug, ihnen Unterschlupf anzubieten, bis ihre Eltern gefunden wurden.

"Áhó, Áhó," murmelten sie und nickten.

Nicken ist gut, dachte Trevor. Er entspannte sich. Das hier war ganz offenbar kein Gefängnis.

Den Tanten gefiel es wie ihr junger Neffe sich verhielt und sie lächelten anerkennend, während ihre Hände eifrig weiterarbeiteten.

▶▶▶ 9 DIE PRÄHISTORISCHE STADT

Alun ging ins Haus voran. Die Tür war mit einem breiten Rahmen aus blauen Kacheln verziert und rote Tuchgirlanden hingen an den Seiten herunter. Sie traten in die Eingangshalle und standen auf einen Mosaikfußboden. Ihr allererstes prähistorisches Haus!

Im Mosaik schwammen blaue und grüne Fische um einen bärtigen Mann in einer violetten Tunika herum. Der Mosaikmann hielt einen langen Dreizack in der Hand. Schiffe, Delphine und Wassernixen sahen aus bewegten Wellen hervor. "Spitze," flüsterte Katherine.

Die Eingangshalle führte zu zwei großen Wohnräume auf der rechten Seite. Türen, die wie Schmetterlingsflügel geschwungen waren, standen offen.

Geradeaus schwang sich eine Treppe ins obere Stockwerk hinauf. Darunter befanden sich zwei geschlossene Türen und links eine geräumige Küche.

Der schwarz-weiß gekachelte Küchenfußboden blitzte sauber. Die Wände der Halle waren crèmefarben und nur spärlich dekoriert. Chryséis berührte die Wand leicht mit ihrer Hand. Sie fühlte sich kühl und glatt an, fast wie Marmor. Die Wände waren etwas gewölbt und die Zimmerdecken wellten sich in Spiralen. Katherine erinnerte sich, dass sie sowas in einem Buch über Architektur in Barcelona gesehen hatte.

"Wahnsinn!" murmelte Trevor und sagte dann voll Ehrfurcht, "guckt euch bloß diese Decken an."

"Ssshht," zischelte Chryséis. Irgendwie war es nicht richtig hier drinnen zu reden.

"Ok," meinte er und blieb eine Weile still.

Aber das war noch nicht alles. An der Wand gegenüber prangte ein Gemälde. Eine im Mondlicht glänzende Landschaft, in der ein Fluss in einen glitzernden See hineinfloss. Alles sah so lebensecht aus, dass man das frische Wasser fast riechen konnte.

Der leckere Duft von gebackenem Kuchen kam ihnen aus der Küche entgegen. Beim näheren Hinsehen, gab es da ungewöhnliche Dinge in dieser Küche. Der Kocher wurde mit konzentrierten Lichtwellen beheizt und das 'Kühlkabinett' funktionierte mit einer cleveren Kondensierungs- und Evaporationstechnik, für die man keinerlei Elektrizität benötigte. Den drei Zeitreisenden war das natürlich nicht bewusst. Sie folgten Alun rechts in einen großen Wohnraum. Sie mussten sich auf zwei gegenüber stehende Sofas setzen. Dann machte er die Geste für 'Essen', und Kaubewegungen und ging zur Küche. Sie konnten ihn noch durch die offene Tür sehen.

"Is' ja nett von ihm," meinte Trevor und lehnte sich in das breite Sofa hinein.

"Ja, richtig nett. Ich bin schon am Verhungern."

"Was die Leute hier wohl so essen."

"Werden wir ja gleich rausfinden," sagte Chryséis.

"Die beiden Frauen draußen haben Berge von Gemüse geputzt."

"Gemüse ist besser als geröstete Spinnen."

"Chris!"Katherine verzog das Gesicht.

"Ha, viel besser als geröstete Spinnen," grinste Trevor.

Alun setzte seinen Korb auf dem ovalen Küchentisch ab. Er kramte zwischen mit Essen beladenen Platten im Kühlkabinett herum und stellte einen Teller mit Essbarem zusammen. Eine Nachbarin der Familie war mit Kochen beschäftigt und packte den Korb aus. Sie sagte etwas und scheuchte Alun von einer Torte weg, die mitten auf dem Tisch stand. Die was für Khetons Hochzeit gedacht, die in drei Tagen stattfand.

Chryséis sah sich im Zimmer um. Doppelseitige Schmetterlingstüren führten vorne in einen angrenzenden Raum. Eine leichte Brise wehte durch offene Verandatüren auf der hinteren Seite des Zimmers herein. Der gekachelte Boden führte auf den Hinterhof hinaus. Um die Sofas waren die Kacheln mit einem dicken, dunkelroten Teppich bedeckt.

"Mann, das sieht ja alles so... modern aus. Dass die hier richtige Häuser haben und keine Hütten oder Höhlen. Hätt' ich echt nicht gedacht!" staunte Chryséis.

"Sagenhaft." Katherine sah sich um.

"Ohne Alun von Sydonia hätten wir das Haus nie von innen gesehen," meinte Trevor

"Vielleicht wenn wir uns unsichtbar gemacht hätten." Chryséis besah sich die Wanddekorationen. "Habt ihr euch mal die Wandbehänge angeguckt und die Sofabezüge?" Es gab Muster wie aus dem Mittleren Osten und buntes Patchwork.

"Das sind Quilts," meinte Chryséis ganz aufgeregt. "Ich habe mal Quilts bei einer Ausstellung in der Stadthalle gesehen. Braucht 'ne Ewigkeit die zu machen."

Eine Reihe kleiner Fenster direkt unterhalb der Zimmerdecke ließen sanftes Licht herein. Trevor schaute sie sich aufmerksam an. "Schaut euch mal die Fenster an. Meint ihr, das ist Glas?" Chryséis sah nach oben. "Kann' gar nicht sein!"

Dank der leichten Brise und einem kleinen Springbrunnen an der Wand war es angenehm kühl. Umgeben von Pflanzenkästen, tröpfelte Wasser aus den Schalen mit einem beruhigenden Geräusch herunter.

"Die hängen sich aber riesige Muscheln an die Wände." Trevor deutete auf eine Nautilus Schnecke, die leuchtete.

"Soll das etwa 'ne Lampe sein?" fragte Katherine, die ansonsten ziemlich still war.

"Und wir dachten, das wären Höhlenbewohner in Lendenschurzen," sagte Trevor grinsend.

"Das sind vielleicht 'n paar Höhlenbewohner," kicherte Chryséis.

"Vielleicht sollten wir gar nicht hier drin sein. Was ist, wenn wir was wichtiges verändern..."

"Ach, hör' schon auf Katie. Wir schauen uns einfach nur 'n bisschen um."

Also schauten sie sich um. Im vorderen Raum stand ein niedriger Tisch und quaderförmige Stühle. Die Wände schimmerten ein wenig, so als ob sie aus Perlmutt wären. An den Wänden hingen noch mehr von den Nautilus Schnecken. In der Mitte des breiten Tisches waren eine Reihe wassergefüllter, quadratischer Vertiefungen.

Auf einem Wandregal, das sich an der Wand entlang wellte, standen Blumenvasen und andere Dekorationen. Auf dem Regal direkt darunter waren Teller, Schüsseln und Platten.

"Ist das Zimmer da vorn ein Tempel oder sowas?"

"Ein Wassertempel?" fragte Chryséis halb im Spaß.

"Die haben's ja hier mit Wasser. Das steht fest."

"Der Tisch könnte ein Altar sein."

"Komm, ein Altar in einem Wohnhaus!" Trevor war nicht gerade überzeugt.

"Du hast doch das Neptunmosaik gesehen. Wieviele Häuser haben denn sowas?"

"Meinst du wirklich? Son 'ne Art Wasserkult?"

"Schaut mal, neben dem Sofa hier sind auch Regale," unterbrach Trevor das Gerede über Wasser und Tempel. Katherine reckte den Hals, um besser sehen zu können.

Auf dem Regal lagen Bücher aufeinander, wenn man das Bücher nennen konnte. Rechteckige Metallfolien hingen an einem Ständer und daneben waren kleine Rollen, die in Löchern steckten. Das obere Bord war mit großen Seemuscheln und Schnecken dekoriert. Trevor hätte sich das gern genauer angesehen, aber er konnte schlecht Aluns Sachen durchstöbern. Sie waren hier Gäste in einem prähistorischen Haus und nicht im Stadthaus der Cromwells.

"Was sind denn das für Metallfolien und Rollen?"

"Wer weiß," sagte Chryséis.

"Möchtest du das nicht wissen?"

"Doch schon. Vielleicht finden wir ja später mehr darüber 'raus."

"Ich weiß nicht so recht. Ich werd' so'n komisches Gefühl nicht los," sagte Katherine.

Fing sie schon wieder davon an? Chryséis und Trevor rollten mit den Augen. "Was für ein Gefühl?" fragte Chryséis.

"Dass all diese Leute schon lange tot und vergessen sind. Lange vor unserer Zeit. Und jetzt sind sie in der Küche und machen was zu essen. Ist das nicht komisch?"

"Ne, nicht wirklich."

"Ich sitze in einem Haus, das es nicht mehr gibt. Mir sträuben sich die Haare."

"So darfst du nicht denken, Katie," sagte Chryséis. "Fang' mir bloß nicht an zu spinnen. Das hier ist ein wissenschaftliches Experiment."

Katherine sah sie beleidigt an. "Ich spinne überhaupt nicht!"

"Stell dir doch einfach vor, wir sind in einem anderen Land. Marokko zum Beispiel," schlug Trevor vor.

"Ja klar. Marokko," sagte Katherine spöttisch.

Alun klapperte noch immer in der Küche herum. Sie sahen ihm durch die geöffnete Schmetterlingstür eine zeit lang schweigend zu.

Katherine holte tief Luft. "Also gut."

"Also gut was?"

"Ich versuche nicht mehr dran zu denken," sagte Katherine tapfer. "Wir gehören zwar nicht hierher, aber ich versuche nicht mehr drüber nachzudenken."

Ihre Freunde atmeten auf.

"Super!" Trevor machte mit dem Daumen ein Ok-Zeichen. "Wir sind ja nur so lange hier, bis wir genug Material für unser Projekt zusammen haben."

Sie sahen jetzt Alun dabei zu, wie er einen Teller mit Fladenbrot in einem länglichen Kasten aufwärmte. Soùmi-

Brot war ein wichtiger Bestandteil alesischer Mahlzeiten.

Man riss einfach Stücke davon ab und schaufelte damit das Essen auf. Löffel gab's nur zum Schöpfen oder um Suppe zu essen. Gabeln waren zu dem Zweck völlig unbekannt. Das Fladenbrot kam dampfend aus dem Kasten heraus.

"Sieht fast wie 'ne Art Mikrowelle aus," sagte Trevor.

Chryséis hatte keine Lust auf dumme Witze.

"Mikrowelle – sonst noch was?"

"Aber was ist wenn sie *richtige* Technik benutzen?"

"Komm schon, hast du hier irgendwo Handys gesehen?" meinte Katherine.

"Das beweist gar nichts," verteidigte sich Trevor. "Sie könnten ja... vielleicht 'ne andere Technik wie wir benutzen. Außerdem brauchen sie vielleicht keine Handys."

Auf einmal bewegte sich etwas im Zimmer. Etwas honiggelbes. "Oh sieh nur!" rief Katherine und deutete auf die Tür. Eines der Hündchen, die unter dem Walnussbaum gelegen hatten, kam herein geschlichen und lief auf die Sofas zu. Der kleine Hund setzte sich vor Katherine hin und ließ das fremde Mädchen nicht aus den Augen. Er legte sich auf den Teppich und begann ihr sachte die Zehen zu lecken. "Oh, ist der nicht süß!" Katherines Herz schmolz dahin.

"Ich glaube das ist eine sie," korrigierte sie Trevor. "Sie will sich wohl mit dir anfreunden."

"Was ist wenn Hunde nicht ins Haus dürfen?" fragte Chryséis besorgt. "Sollen wir sie nach draußen bringen?"

"Nein, überlasst das lieber Alun, wenn er mit dem Essen kommt. Vielleicht ist er ja beleidigt, wenn wir sowas machen." Trevor wollte lieber vorsichtig sein.

"Du bist ja einfach zum Anknabbern. Ja, so hübsch bist du," krähte Katherine. Sie zog ihre Füße nach oben und lehnte sich in die Sofakissen zurück. Das Hündchen versuchte drauf zu klettern und Katherine streichelte das weiche Fell. Das Essen musste fast fertig sein. Es roch so gut und auf einmal waren sie alle schrecklich hungrig.

10 EINE RIESEN ÜBERRASCHUNG

Alun brachte ein Tablett mit Essen in den 'Wassertempel' und stellte es auf den niedrigen Tisch. Dann wollte er seine Gäste holen.

"Tepi, was machst du denn hier?" lachte er und ging mit dem kleinen Hund auf dem Arm hinaus.

Er wiederholte den Namen und winkte mit seinem Zeigefinger vor der schwarzen Nase des Hündchens hin und her. Die Geste für 'ungezogen'. Tepi wedelte aufgeregt mit dem Schwanz und sie mussten lachen. Katherine gestikulierte, dass sie Hunde mochte. Alun zeigte mit einer einladenden Geste zum Nebenraum.

"Warum essen wir im Wassertempel?" fragte Trevor.

"Keine Ahnung. Vielleicht ist Essen hier heilig?" vermutete Chryséis.

"Das ist kein Tempel, ihr Leuchten. Das ist ein Esszimmer." Katherine zeigte auf ein Bild mit einem Wasserkrug und einer Schale voller Früchte.

"Nett," sagte Trevor verlegen.

Alun machte Zeichen, dass sie sich hinsetzen und mit Essen anfangen sollten. Die Kinder setzten sich auf die Quader, die unerwartet bequem waren.

Er zeigte ihnen wie man mit den Händen isst, brach ein Stück von einem Fladenbrot ab und schaufelte mit einem kleinen weißen Löffel Crème von einem Schüsselchen in die Vertiefung. Er gab verschiedene Zutaten löffelweise dazu und steckte die kleine Brottasche in den Mund.

Es gab marinierte weiße Anchovies, gebackenes Gemüse, verschiedene Arten von Nüssen, dünne Scheiben harten

Käses und zarte Oliven. Eine flache Schale mit Melonenschnitzen, violetten Birnen und schwarzen Maulbeeren stand neben dem Teller mit den Fladenbroten.

Trevor versuchte es Alun nachzumachen und aß mit den Händen.

"Gute Idee. Braucht man weniger Teller und Besteck!" meinte er kauend.

"Wie schön, dass dir das Essen schmeckt, Freund Trevór. Das hier ist Aioli!" Er deutete auf das Schüsselchen mit der schmackhaften Crème.

"Knoblauchmayo," erklärte Katherine.

"Aioli," wiederholte Alun langsam. "Leider konnte ich euch kein Essen kochen, Athenai – Freunde. Tantchen ist damit beschäftigt für die Hochzeit meines Bruders Kheton zu backen und ich bin ihr im Weg."

Seine Gäste verstanden ihn nicht, versuchten aber höflich beim Kauen zu lächeln.

Alun zeigte ihnen, wie man mit einer Brottasche gebackenes Gemüse aufschaufelte und sie machten es ihm nach. Bald goss Alun einen duftenden Kräutertee mit Apfelminzgeschmack in kleine Trinkgefäße. Die sahen aus wie fette Schneckenhäuser ohne Henkel. Trevor war nicht gerade ein Fan von Kräutertees, aber was tat man nicht alles für die Wissenschaft. Er probierte den gekühlten Tee vorsichtig. Er schmeckte zwar anders als Cola oder Eistee, war aber nicht zu verachten.

Alun versuchte eine Unterhaltung in Gang zu bringen. Er stellte Fragen, die selbst Chryséis so gut wie nicht verstand. Deshalb sprachen alle ganz langsam und gestikulierten viel. Es gab Völker, von denen Alun noch nicht viel wusste. Trotz der vielen Dialekte in der Bekannten Welt gab es aber nur drei Grundsprachen auf denen alle anderen basierten. Deshalb konnte sich die meisten Leute ein wenig verständigen.

"Erzählt mir etwas über eure Heimat," versuchte er sie zu ermuntern und machte die entsprechenden Handbewegungen dazu.

Er bekam verwirrende Antworten. Soweit er verstehen konnte, kam das hübsche Mädchen mit den dunklen Haaren von der anderen Seite des Atlantischen Ozeans. Das hieß, jenseits von Atland, dem alten Kontinent. Für einen Prydhainer sah sie aber recht zivilisiert aus, dachte Alun bei sich.

"Meinst du etwa Prydhain, Kassín?"

"Aus Brittanien, Brittanien," wiederholte Katherine laut und deutlich.

"Ahó. Ja. Prydhain, Prydhain."

"Vielleicht ist das ja dasselbe," seufzte sie.

Es fiel Alun schwer ihr zu folgen. Das hellhaarige Mädchen mit dem Namen Chryséis und Freund Trevór sprachen die Namen ihrer Wohnorte deutlicher aus.

"Etheridgeville." Chryséis zeigte auf den Boden.

Das hieß wahrscheinlich, dass Essitschvie in Alesia lag. Seltsam, er hatte noch nie davon gehört. Trevór zeigte nach Norden. Chicagó. Bizarr, weil die nördlichen Gebiete des Kontinents Patala kalt und so gut wie unbewohnt waren. Es sei denn, er kam aus Edfun.

Alun hatte ihn wohl falsch verstanden. Nein, er schien kein Barbar oder Gabari zu sein. Seine Eltern mussten dann wohl an einem edfunischen Grenzposten stationiert sein. "Ich wünschte ich könnte euch besser verstehen. Wir müssen ja eure Eltern finden." Obwohl die Kinder in Alesia sicher waren, machten alle Eltern sich Sorgen. Je eher sie gefunden werden konnten, desto besser.

"Wir können dich nicht so gut verstehen, Alun," sagte Chryséis und versuchte es dann ohne großen Erfolg auf Lateinisch.

"Oh ja, an eurer Stelle würde ich sie auch vermissen," meinte Alun. "Die Lady von Sydonia hat schon angeordnet nach den Fremden zu suchen, deren Kinder beim Hirtenhügel gefunden wurden. Sie wird euch sicher weiterhelfen! Heute Nacht könnt ihr in den Gästezimmern hinten übernachten."

Er erntete nur verwunderte Blicke. Hmm. Alun dachte nach. Vielleicht sollte er sie morgen früh zur sydonischen

Agrarstation im fruchtbaren Gebiet westlich von Sydonia mitnehmen. Aluns Vater Harun arbeitete dort als Wissenschaftler für Pflanzenzucht. Er wusste auch, dass eine Gruppe fremder Forscher gerade angekommen waren, um dort alesischen Landbau zu studieren. Vielleicht waren die Eltern ja darunter.

"Wir begeben uns morgen zum Arbeitsplatz meines Vaters," sagte er und gestikulierte.

"Stricken?" fragte Chryséis verwirrt.

"Arbeiten mit Pflanzen, Athenai. Pflanzen. Alesischen Landbau kennt man auf der ganzen Bekannten Welt. Mein Vater war sogar schon jenseits des Atlantischen Ozeans, in einem Land, das Sû Mar heißt – Über-dem-Meer," erzählte Alun stolz.

"Ständige Überflutungen haben dort fruchtbares Ackerland in Salzsümpfe verwandelt. Mein Vater fuhr hin, um sein Wissen bei der Anpflanzung neuer Feldfrüchte beizutragen." Er fuhr mit der Hand durch die Luft.

"Weizen wächst dort nicht mehr. Tests wurden durchgeführt und eine Lösung wurde gefunden. Roggen und Gerste. Vaters Reisebericht wurde in die Zitadellmauer gemeißelt. Man kann dort alles genau nachlesen!"

Alun erzählte voller Begeisterung. Es fiel ihm gar nicht auf, welche Ratlosigkeit sein Wortschwall auslöste. Ja, die Versuchsstation war eine gute Idee. Das Tierzuchtsprojekt allein war schon einen Besuch wert. Zudem wollte er ein paar Seidenraupen für zuhause mitnehmen.

Eine der Frauen, denen sie im Hof begegnet waren, rief nach Alun. Etwas Wichtiges, das nicht warten konnte.

"Bin gleich wieder da," sagte er und ging nach draußen.

"Habt *ihr* das verstanden mit Pflanzen und fliegen und so?" fragte Katherine. "Und an die Wand schreiben. Macht das Sinn?"

"Nicht wirklich. Es hatte aber was mit seinem Vater zu tun."

"Der scheint mit Pflanzen zu arbeiten. Wahrscheinlich ein Gärtner oder Bauer."

"Er is' wohl irgendwo hingefahren oder geflogen."

"Ja, komisch..." Es war glasklar, dass sie ihn irgendwie

missverstanden hatten.

"Ich kann nicht verstehen, warum es keine indianischen Legenden über Sydonia gibt," sagte Chryséis.

"Vielleicht gibt's Legenden von denen wir nichts wissen."

"Für Legenden ist's schon zu lange her!"

"Archäologen denken nicht mal im Traum dran, im Carter-Tal Ausgrabungen zu machen. Wozu auch?" meinte Trevor.

"Was ist, wenn's Sydonia gar nicht gegeben hat?"

"Was, wieso das denn?"

"Du meinst sowas wie ein paralleles Universum?" fragte Katherine.

"Oh, nicht schon wieder," stöhnte Chryséis.

"Vielleicht gibt's ja einfach nichts mehr zu finden," verwarf Trevor die Idee und Katherine stimmte ihm zu.

"Ich glaube das auch. Tausende von Jahren gibt's Überflutungen und Wind und Erdbeben. Da gibt's einfach nichts mehr zu finden."

"Es muss 'ne Menge vorsintflutliche Zivilisationen gegeben haben, oder?"

"Hmm."

"Ich habe gelesen, dass Taucher in den sechziger Jahren Ruinen von riesigen Bauten gefunden haben. Im Meer bei Bimini. Angeblich auch gepflasterte Straßen und Mauern. Und was kriegen wir davon mit?" sagte Chryséis.

"Gar nichts."

"Was hat das mit hier zu tun? Die Häuser sind doch nicht riesig."

"Stimmt auch wieder."

"Ich sag' euch, Archäologen würden's nicht glauben, dass es Sydonia mal gab, sogar wenn sie Überreste finden. Und..."Chryséis' Kiefer klappte herunter. Ein Koloss von einem Mann trat in die Eingangshalle und ging auf die Treppe zu.

"Ein Riese!" rief Katherine aus und nahm schnell die Hand vor den Mund.

"Ssscht, nicht so laut."

Katherine sah Trevor erschrocken an. Der Riese trampelte die Treppe hinauf und war augenblicklich verschwunden. "Ha!"

"Wir müssen das Alun sagen. Was ist wenn er gefährlich ist?"

"Wahrscheinlich gehört der Riese zur Familie." Chryséis dachte logisch nach. "Stimmt wahrscheinlich. Die Frauen draußen hätten doch sicher geschrien."

"Oder er hat sie umgebracht, bevor sie schreien konnten."

Die Kinder schielten ängstlich zum Fenster hinaus. Alun sprach noch immer ganz ruhig mit einer der Tanten. Erleichtert setzten sie sich wieder und beruhigten sich.

Ein paar Minuten später erschien Alun. Die Gästezimmer waren fertig. Chryséis verstand so einigermaßen und sie folgten Alun durch den Hinterhof an einem blaugoldenen Mosaik-Springbrunnen vorbei. Niedrige Palmen in Terrakottatöpfen waren an der Hauswand aufgestellt.

Es war Nachmittag und die Sonne stand niedrig hinter dem Ziegeldach des Nachbarhauses. Es war jetzt etwas kühler draußen. Sie gingen eine kurze Passage entlang in den hinteren Teil des Gartens. Drei Räume mit blauen Türen lagen der hinteren Gartenmauer gegenüber.

"Hübsch hier," sagte Trevor leise.

Alun öffnete die erste Tür. Das Zimmer war mit geschnitzten Betten, Schränken und Stühlen ausgestattet und sehr sauber. Auf den Betten lag saubere Kleidung. Wadenlange Hosen und kurzärmelige Tuniken. Die Hosenbünde hatten einen Gummizug, was sie sehr überraschte.

Alun zeigte auf die Sonne, sagte "Surya," und wischte sich die Stirn. Er bließ in die Luft, zeigte auf die Kleider und sagte "Meshor, better!".

Die waren mit Sicherheit besser fürs warme Wetter geeignet. Was sie als Nächstes sahen war kaum zu glauben: ein richtiges Badezimmer mit blau-emaillierter

Badewanne, Toilette und Waschbecken! Die Armaturen glänzten wie Perlmutter. Alun schien ihr Staunen nicht zu bemerken und öffnete das zweite Gästezimmer.

"Macht es euch bequem. Ich habe viel zu tun und muss jetzt gehen, Athenai." Damit verschwand er in der Passage.

"Mann, habt ihr die Toiletten geseh'n?" platzte Chryséis heraus, sobald er außer Hörweite war.

"Wie können die hier *Badezimmer* haben?" fragte Katherine entgeistert. Das mussten sie sich genauer ansehen!

"Bist du sicher wir sind nicht aus Versehen in die Zukunft gereist?" fragte Chryséis ehrfürchtig.

"Ja doch," sagte Trevor. "Ziemlich sicher,"

"Das ist ja schöner als unser Badezimmer zuhause!" Katherine streichelte das kegelförmige, blaue Waschbecken. "Fühlt sich wie Metall an."

"Also doch ein paralleles Universum," sagte Chryséis.

"Ich weiß nicht mal, wie man den TPF programmiert, dass er ein paralleles Universum findet."

"Du hast recht, wir sind auf einer Zeitgeraden gereist."

"Was denn sonst?" Trevor klopfte hier und da gegen das Waschbecken. "Die Wasserleitungen sind durchsichtig."

"Aber bestimmt kein Glas."

"Wenn ich das nicht besser wüssete... würde ich sagen das ist synthetisch," sagte Katherine.

"Ne - Plastik? Das gibt's doch nicht!" sagte Chryséis verblüfft. Sie öffnete den Wasserhahn und schloss ihn wieder, indem sie das gelbe Metall oben berührte. Klares Wasser lief ins Becken und floss im durchsichtigen Abfluss ab. Chryséis wusch sich die Hände und wischte sie an ihrer Jeans ab. "Total irre!"

"Stellt euch vor, jemand aus dem Mittelalter sieht das. Dabei ist *er* ein moderner Mensch im Vergleich zu hier."

"Bisschen weit hergeholt," sagte Trevor.

"Ihr habt einfach keine Fantasie," sagte Katherine beleidigt. Ihre Freunde ignorierten die Bemerkung.

"Wenn das Plastik ist, was ist dann damit passiert? Sollte das Zeug nicht noch tonnenweise irgendwo 'rumliegen?" fragte Chryséis.

"Könnte biologisch abbaubar sein. Das zerfällt dann mit der Zeit," sagte Trevor.

"Möglich, aber zu fortschrittlich."

"Überlegt doch mal: 12 000 Jahre. Zeit genug für biologischen Abbau."

"Ja, 'ne ziemlich lange Zeit."

"Ich habe mal von Ausgrabungen antiker Toiletten mit Wasserspülung auf einer griechischen Insel gehört. Wie hieß sie doch gleich... ? Da wo der Vulkan explodiert ist." Trevor konnte sich nicht an den Namen erinnern.

"In Griechenland vielleicht. Aber hier, fast 12 000 Jahre in der Vergangenheit?"

"Und was ist mit Westindien? Harappa. Die ganze Gegend ist mit den Ruinen von prähistorischen Städten übersät. Die haben dort Abwasserkanäle gefunden, die tausende von Jahren alt sind."

"Echt? Habe ich noch nie was von gehört."

"Du soltest dich mehr um Geschichte kümmern, Chris!"

"Ich finde das jedenfalls toll hier." Katherine setzte ihren Rucksack auf einem Stuhl ab und untersuchte den geschnitzten Schrank. Nur Fächer innen. Die Zimmerwände waren blau gekachelt und da waren wieder diese kleinen Fenster unter der Zimmerdecke. Sie ließen sich genau wie im Haus mit Schnüren öffnen und schließen.

Trevor kletterte auf ein Bett, streckte sich und klopfte gegen eine Fensterscheibe. "Mensch!" entfuhr es ihm.

Was?" Chryséis sprang neben ihm auf das Bett und klopfte an das Fenster. "Das ist ja auch kein Glas!"

"Nein." Chryséis erinnerte sich daran, dass sie ja alles dokumentieren wollten. "Am liebsten würde ich ja 'ne Probe davon mitnehmen."

"Wir können nicht einfach ein Fenster kaputtschlagen," sagte Katherine.

"Nein, das geht natürlich nicht." Sie kletterte vom Bett herunter. Neben dem Bett war eine Nautilusschnecke aufgehängt. Sie schien eine Lampe mit einem weißen Stift darin zu sein. Ohne irgendwelche Kabel. Absolut keine. "Mal sehen wie das funktioniert." Chryséis suchte die Wand nach einem Lichtschalter ab. Nichts. Sie versuchte es mit Händeklatschen. Nichts. Schließlich entdeckte Katherine eine Art Kippschalter direkt an der Fassung. Er funktionierte.

"Aber da ist ja kein Kabel. Die Lampe hängt nur so da."

"Tesla!" Chryséis pfiff anerkennend durch die Zähne.

"Was denn noch alles?" sagte Katherine und schaltete die Lampe an und aus.

"Ich bin total fertig." Trevor war auf einmal sehr müde. "Ich glaub' ich nehme ein kühles Bad in meiner antiken Badewanne und ruhe mich aus. Bis später."

"Ok, wir seh'n dich später."

Die Mädchen gingen in das Zimmer nebenan, das sie sich teilten. Chryséis wollte das Badezimmer fotografieren und alles aufzeichnen. Zuerst wurde aber gebadet und sie zogen sich die neuen Sachen an. Sie untersuchten die Seifen, Pulver und Lotionen auf einem niedrigen Tisch.

"Und wir dachten, es kann nicht moderner werden als bei uns. Dann schau dir das alles an!" sagte sie. "Ich begreif's einfach nicht."

"Wer sagt denn, dass man immer alles begreifen muss?"

"Und das kommt ausgerechnet von dir!"

Sie unterhielten sich noch eine Weile über den schlauen Nicola Tesla und hielten einen kurzen Mittagsschlaf. Eine Stunde später saßen sie sauber und ausgeruht im langen Schatten eines Tulpenbaums auf dem weichen dunkelroten Rasen.

Chryséis trug schilfgrüne Hosen mit passender Tunika und Katherines Anzug war lilafarben. Als Trevor in einem rostfarbenen Anzug auftauchte, war Chryséis schon dabei auf dem Minicomputer herumzutippen. Trevor gähnte und ging zu den Mädchen hinüber.

"Na du, fühlst du dich besser?" begrüßte ihn Katherine.

"Ja," sagte er. "Schön dass Sydonier so 'nen Sinn für Hygiene haben."

"Wieso brauchen Jungs eigentlich immer länger als Mädchen?" brummte Chryséis ohne aufzusehen.

Sie hatte sich vorgenommen eine Vokabelliste zu schreiben. Worte, die sie so in etwa verstand. Chryséis hatte noch nicht ausgeklügelt was das Wort Alesia bedeutete. Sie fügte es einfach der Liste hinzu.

Katherine befühlte ihren lila Ärmel. "Ich mag den Stoff. Ich glaub' das ist Seide. So leicht und weich."

"Aber das glänzt doch ganicht," meinte Trevor erstaunt.

"Oh Trev, Seide muss doch nicht immer glänzen." Katherine konnte seine Ignoranz kaum fassen.

"Puh, nochmal Glück gehabt! Ich habe keine Lust wie der Discokönig in weißem Satin daherzukommen!"

Die Mädchen kicherten bei der Vorstellung. Jungs!

"Die Tuniken haben keine Streifen an den Säumen. Vielleicht bedeuten die ja was," sagte Chryséis zu sich selbst und schrieb es auf.

"Was passiert wohl, wenn die Leute merken, dass wir gelogen haben was die Eltern angeht?" fragte Katherine. Trevor schien kein Problem darin zu sehen.

"Haben wir ja nicht. Alun hat das nur so verstanden. Wenn das zum Problem wird, gibt's ja immer noch Plan B: *wir geh'n den Hügel rauf und beamen uns wieder in die Zukunft zurück.*"

Chryséis hörte einen Moment lang zu schreiben auf. "Ich bin fast sicher, dass Alun uns morgen zur Farm seines Vaters mitnehmen will. Es wäre doch Klasse, dieses Sydonia Tal auszukundschaften, bevor wir uns wieder auf den Rückweg machen."

"Du meinst die Einwohner von Sydonia sind Bauern?"

"Kann man noch nicht so genau sagen."

"Wir müssen einfach mehr von der Sprache lernen,"

sagte Katherine.

"Schon dabei! Ich habe eine Liste angefangen. Wie würdet ihr 'Surya' schreiben? Ich glaub' das heißt 'Sonne'." Trevor buchstabierte das Wort, wie er es sich vorstellte.

"Ja, so habe ich's auch geschrieben."

Chryséis speicherte die Datei und schloss den Deckel des Minicomputers.

"Ich kann hier morgen auf euch warten und schon mal das Logbuch anfangen," schlug Katherine vor.

"Kommt gar nicht in Frage. Wir müssen zusammenbleiben," sagte Chryséis. "Denk' doch mal nach. Was is', wenn wir schnell zurückmüssen. Oder willst du allein hierbleiben?"

"Dann stimmt alles nicht mehr. Wir könnten in einer Endlosschlaufe in der Vortex steckenbleiben."

"Auf keinen Fall." Katherine hatte keine Lust in einer Flutwelle zu ertrinken oder für immer allein in der Vorgeschichte herumzuspazieren.

Ein paar Vögel setzten sich auf das Bäumchen neben ihnen. Sie flatterten auf und ab und ihr blaues Federkleid schimmerte in der untergehenden Sonne.

Katherine sah ihnen fasziniert zu. Chryséis hatte recht. Sie mussten zusammenbleiben. Das Experiment lief gut an. Die Sydonier waren freundlich und sie hatten schon so viele tolle Sachen entdeckt! Bald konnten sie wieder nach Hause zurück.

"Na gut, dann lasst uns morgen diese Farm ansehen," sagte sie, gerade als es richtig dunkel wurde.

In der Nacht fiel ein leichter Frühlingsregen auf Sydonia nieder und brachte willkommene Abkühlung von der ungewohnten Hitze. Ein leichtes Erdbeben erschütterte den Norden Alesias, aber in der Stadt spürte man davon nicht das geringste.

 **11** DER VIMAAN

"Athenai! Es ist Zeit zum Aufstehen!"
Aluns aufgeregte Stimme riss durch Trevors Traum. Es war gerade Sonnenuntergang am Ufer eines wunderschönen Sees irgendwo in den Minnesota Boundary Waters. Genau wie damals, als er im letzten Sommer auf Kanutour war. Er fragte sich gerade, ob er schwimmen gehen sollte oder nicht. Dann hörte er wie jemand an die Tür seines Zimmers klopfte.
Was war das bloß für ein Krach?
"Aufstehen, Trevór, Kassín, Chryséis. Die Familie erwartet euch!"
Sehr zu Aluns Enttäuschung, war Mutter gestern erst spät von einer Besorgung in der Zitadelle zurückgekehrt. Zu spät, um die Kinder noch einmal ins Haus zu rufen.
"Die Armen sind sicher furchtbar müde, mein Sohn. Lass' sie schlafen. Du kannst sie morgen früh der versammelten Familie vorstellen."
Mutters Wort war Gesetz. Wie die meisten alesischen Frauen, betrachtete sie alle Kinder als ihre Kinder und würde alles tun um ihnen zu helfen.
Ihr Mann Harun hatte einmal seine Wehrpflicht an der Grenze getan und nach einem Übergriff der Edfunier dort ein verwaistes *Gabari* Kind gefunden. Die Grenzregion wurde ständig bewacht. Trotzdem kam es immer wieder zu Überfällen, bei denen Alesier getötet oder verschleppt wurden.
Die Eltern des Jungen waren von hoher Geburt gewesen und zählten zu den 'wahren' Gabari, die aus Edfun nach Alesia geflüchtet waren. Die grausamen Edfunier trachteten den Flüchtlingen nach dem Leben. Sie wollten sie dafür bestrafen, dass sie auf der Seite der Alesier standen.

Der Gabarijunge hätte als Pflegekind im 'Haus des Lebens' aufwachsen können, aber Mutter bestand darauf, Túvar als dritten Sohn in die Familie aufzunehmen. Mittlerweile war er fast erwachsen und überragte den Rest der Familie.

Seine Adoptiveltern hatten allen Grund stolz auf Túvar zu sein. Er liebte Tiere und Pflanzen und Vater nahm ihn täglich zur Teststation mit. Dort half er beim Pflanzen und Ernten und hatte das ungewöhnliche Talent mit Tieren zu sprechen. Er wollte Wissenschaftler werden, genau wie sein Adoptivvater Harun.

Endlich war es Morgen und Alun konnte es nicht länger abwarten. Er begann nun an die Tür des zweiten Gästezimmers zu klopfen.

"Athenai, Freunde! Aufstehen, es ist Zeit!"

Trevor brauchte einen Moment, um zu begreifen, wo er war und dass er nicht im See in Minnesota schwimmen würde. Mit einem Ruck fiel ihm ein, wie er mit Katherine und Chryséis durch die Zeit gereist war! Dem Stand der Sonne nach musste es Morgen sein. Er öffnete die Tür einen Spalt und sah Alun verschlafen an.

"Warum machst du denn so einen Krach, Alun?"

"Trevór, die Zeit ist endlich gekommen, die Familie kennenzulernen!"

Alun winkte auf sich und dann in Richtung des Hauses. Trevor verstand, dass er schnellstens zum Haus gehen sollte. Er meinte auch das Wort 'Familia' gehört zu haben. Trevor nickte und zog sich geschwind an.

Die Mädchen warteten schon draußen. Die Morgenluft war noch kühl und frisch vom nächtlichen Nieselregen. Das Gras unter ihren Füßen fühlte sich feucht an.

"Mann, ich könnte noch 'ne ganze Woche schlafen!" gähnte Chryséis und rieb sich die Augen. "Vergangenheit oder nicht, ich bin immer noch müde."

Nicht mal an so einem Tag konnte man ausschlafen. Es fühlte sich an, als wären Ferien. Außerdem hatte Chryséis Heimweh.

"Komm' schon, Chris, lass uns gehen. Wir dürfen

unsere Gastgeber nicht warten lassen." Katherine wollte einen guten Eindruck machen. "Alun scheint ziemlich aufgeregt zu sein. Mal sehen was es gibt."

"Wahrscheinlich will er zu diesem Bauernhof fahren," sagte Trevor.

"Ach ja, richtig, der Bauernhof."

Katherine und Chryséis waren erst spät eingeschlafen. Sie hatten noch geredet und die Ereignisse ihrer Ankunft in Sydonia auf dem Minicomputer eingetippt.

"Warum bist *du* denn so frisch und munter?" fragte Chryséis Trevor schnippisch als er sich zu ihnen auf den Rasen gesellte.

"Was 'n tolles Abenteuer. Besser als jedes Computerspiel!" sagte Trevor begeistert und mittlerweile hellwach.

"Ja, für dich vielleicht." Chryséis war nicht in der Stimmung für Computerspiele.

"Sei nicht so quengelig, das sieht dir überhaupt nicht ähnlich. Du tust gerade so als wär's meine Schuld, dass wir hier sind. Gestern konntest du's noch kaum abwarten diesen prähistorischen Bauernhof zu sehen."

Chryséis riss sich zusammen. "Ich weiß, Trev. Tut mir leid. Man wacht ja nicht jeden Tag in der Vergangenheit auf. Zeitreisen ist anstrengender als ich dachte." Sie musste wieder gähnen.

"Ok, dann lasst uns endlich zum Haus rübergehen."

Als sie am Springbrunnen vorbeikamen, wartete Alun schon ungeduldig an der hinteren Tür. Er winkte sie aufgeregt in den Wohnraum. Dort wartete eine Gruppe von Leuten verschiedenen Alters bei den Sofas. Sie betrachteten die jungen Gäste neugierig.

Die beiden Frauen, die gestern unter dem Walnussbaum gesessen hatten, waren auch da und lächelten den Kindern zu. Ein ziemlich großer Junge mit ungekämmten blonden Haaren stand ganz hinten und überragte sie alle. Es musste der Riese sein, den sie gestern in der Halle von hinten gesehen hatten! Er konnte nicht viel älter als Alun sein.

Die Frau aus der Küche kam noch schnell hereingelaufen, dann war die Familie beisammen. Nur Kheton, Aluns Bruder fehlte. Er hatte heute früh noch eine wichtige Sache zu erledigen, bevor er sich zur Arbeit am Zitadell-Gericht aufmachte.

Chryséis fing einfach an. "Oh Hallo, guten Morgen."

Die Gäste machten höflich Handbewegungen, wie sie es gestern gelernt hatten. "Schelanti!"

Die versammelte Gesellschaft antwortete mit den gleichen Gesten. "Schelanti!" Schelanti war schon ein magisches Wort!

Der Mann neben Alun musste sein Vater sein. Er sah noch recht jung aus mit seinem gestutzten Bart und den hellen Augen. Alun sah ihm sehr ähnlich.

Es entsprach alesischem Brauch, Gäste förmlich im Haushalt willkommen zu heißen, egal wie lange sie bleiben würden. Harun stand der Familie vor und sprach die formelle Begrüßung.

"Athenai, wir heißen euch in unserem bescheidenen Heim willkommen. Möge euer Aufenthalt ein angenehmer sein."

Die Zeitreisenden verstanden die freundliche Geste und lächelten. Das war aber auch alles was sie verstanden. "Danke," sagte Chryséis.

Harun sah nun Alun an. "Mein Sohn, ist es richtig, dass du diesen fremden Kindern gestern auf dem Hirtenhügel begegnet bist? Sie sprechen unsere Sprache nicht und der Aufenthaltsort der Eltern ist unbekannt?"

"Ja Vater, das ist richtig," antwortete Alun respektvoll.

"Was sind ihre Namen, mein Sohn?" fragte sein Vater weiter. Alun zeigte von einem seiner neuen Freunde zum anderen.

"Vater, ich möchte dir Kassín aus Oxfol vorstellen, Trevór aus Chicagó und Chryséis aus Essitschvie." Er war stolz, dass er die Namen so gut behalten hatte. Die drei Zeitreisenden versuchten zu lächeln.

"So, sie kommen also aus verschiedenen Gegenden? Und keiner von ihnen ist aus Alesia?"

"Das lässt sich noch nicht sagen, Vater. Ich verstehe sie nicht sehr gut."

"Mhm, wie seltsam. Die Lady von Sydonia wurde schon davon unterrichtet, aber bisher hat noch niemand nachgefragt. Vielleicht befinden sich die Eltern unter den mittanischen Wissenschaftlern, die wir heute bei der Teststation erwarten. Sie kamen gestern erst aus Ruta Ynis an."

"Ja Vater." Alun sagte nicht, dass er das schon selbst ausgeklügelt hatte.

*

Ruta Ynis, ein Inselreich nordöstlich der Hafenstadt Aztlan, wurde schon seit der *Ersten Zeit* von Faunen, Satyrn und Elfen bewohnt. Ein uralter Wald umschloss den südlichen Teil der Insel. Dort gab es eine Menge Vögel, vom winzigen Kolibri bis zum riesigen Moa. Viele medizinische Pflanzen wuchsen nur auf Ruta Ynis und sonst nirgendwo. Die Elfen und Faune kümmerten sich um die seltenen Pflanzen ihres subtropischen Reiches und teilten sie nur ungern mit anderen Völkern.

Sie verstanden sich auch nicht besonders mit den Satyrn in der trockenen Meropis-Savanne im westlichen Teil der Insel.

Die mittanischen Wissenschaftler hatten ungeheures Glück gehabt, dass die Elfenkönigin es ihnen gestattet hatte, seltene Pflanzen zu sammeln. Die launische Königin musste immer erst mit ausgefallenen Geschenken besänftigt werden. Der Preis war diesmal ein kostbarer mittanischer Kopfschmuck aus Federn gewesen.

Die Mittanier waren jetzt in Sydonia, um alesische Anbaumethoden zu studieren.

Das Land Mittani benötigte dringend Hilfe. Fruchtbarer Ackerboden verwandelte sich - genau wie in Sû Mar - langsam in eine Salzwüste. Weizen wollte unter diesen Bedingungen nicht mehr gedeihen. Als Nächstes würden sie die Teststation von Tollùn auf dem Südlichen Kontinent besuchen. Dort hatten Flutwellen auch weite Verwüstungen angerichtet und der Feldanbau war erfolgreich in höhergelegene Gebiete verlagert worden. Haruns Team experimentierte mit Feldfrüchten aus Tollùn, um deren nützliche Eigenschaften zu verbessern. Vor kurzem waren Getreidekolben erfolgreich mit großen Körnern optimiert worden. Die Körner hatten die unterschiedlichsten Farben und es stand eine hervorragende Ernte bevor. Man war auch dabei, Gifte aus sonst nahrhaften Knollen zu entfernen. Sie wurden nun durch einfaches Kochen essbar.

Es war durchaus möglich, dass den Mittaniern bei der ganzen Geschäftigkeit ihre Kinder abhanden gekommen waren.

*

Harun stellte den Gästen nun die Mitglieder der Familie mit Namen vor. Da war zunächst Aluns Mutter. Ihren Namen konnten die Kinder beim besten Willen nicht verstehen. Dann kamen Aluns Tanten, Chachi Monia und Chachi Karna, an die Reihe und die Frau aus der Küche. Zu guter Letzt, der Riesenjunge Túvar und ein Großonkel mit weißen Haaren.

Die drei Kinder versuchten jeden der Namen zu wiederholen. Mit ein wenig Glück konnten sie vielleicht einen oder zwei davon behalten.

"Mein Sohn, du hast mit Bedacht gehandelt. So sehr du für die Hochzeitsvorbereitungen gebraucht wirst, müssen wir unbedingt die Eltern dieser Kinder finden. Nach der Morgenmahlzeit wirst du unsere Gäste deshalb im Vimaan zur Teststation bringen."

Alun strahlte vor Stolz. Alesische Eltern lobten ihre Kinder immer gerne, wo dies angemessen war.

"Falls die Eltern nicht unter den Mittaniern sind, triffst du dich mit Kheton nach der zweiten Gerichtssitzung an der Zitadelle. Er wird dich dann zur Lady bringen und um ihren geschätzten Rat in der Sache bitten."

Harun sagte all das ohne darauf zu achten, ob seine jungen Gäste ihn verstanden. Er wollte nicht grob sein, sondern sagte einfach, was zu sagen war. Wichtige Testergebnisse mussten heute Morgen noch analysiert werden, und er musste sich verabschieden.

"Ja Vater, danke. Wir werden später zur Teststation kommen."

"Túvar, mein Junge, komm' wir müssen uns auf den Weg machen. Schelanti!"

Damit war Harun schon zur Schmetterlingstür hinausgeeilt. Túvar verabschiedete sich mit einem schüchternen Lächeln und trottete pflichtbewusst hinter seinem Adoptivvater her. Bald gingen auch die anderen Mitglieder der Familie wieder ihren Beschäftigungen nach.

Eine beleibte Tante zwängte sich beim Weggehen an Trevor vorbei und er sprang aus dem Weg.

Aluns Mutter blieb noch eine Weile. Sie war eine große, schlanke Frau mit hübschen Zügen und langen dunklen Haaren. Sie sprach mit Alun und versuchte von ihm näheres über die Kinder zu erfahren. Es war offensichtlich, dass ihr Alesisch nicht zu einer Unterhaltung ausreichte. Deshalb wurde viel gestikuliert.

"Die armen Dinger sind ja ganz verstört. Setzt euch und esst erst mal was!" Sie zeigte auf den Esszimmertisch. "Alun, ich glaube du solltest ihnen wenigstens ein bisschen Alesisch beibringen. Zeige auf Gegenstände und sage deren Namen."

"Ja Mutter, das werde ich tun."

"Gut. Schelanti!"

Sie lächelte und eilte in Richtung Küche davon.

Die Zeitreisenden versuchten sich anzupassen so gut es ging, aber die Sitten der 'Bekannten Welt' waren ihnen noch fremd. Was hatte sie gesagt? Mit einem Schelanti auf den Lippen, starrten sie Aluns Mutter hinterher.

"Puh. Ich bin froh, dass wir das hinter uns haben," seufzte Chryséis. "Die Namen werde ich mir nie merken."

Sie folgten Aluns Beispiel und bedienten sich mit den Speisen von einer großen gelben Platte. Alesier waren der Ansicht, dass fröhliche Farben morgens belebend aufs Gemüt wirkten.

Katherine war nicht sehr hungrig, aber bald schob auch sie sich mit Fladenbrotstücken Kichererbsenpüree in den Mund. Dazu gab es in Schneckentassen Tee mit Zitronen-

Minzgeschmack.

Chryséis hatte verstanden, dass Alun sie in einem Vimaan bringen sollte - und es stellte sich heraus, dass der Vimaan ein Fahrzeug war. Ein stabiles Fahrzeug mit einer aerodynamischen, roten Chassis und einer durchsichtigen Schüssel obendrauf. Zwei weitere Vimaane standen daneben. Wie bitte?! Ein Pferdewagen vielleicht, aber so etwas?

"Die Leute hier haben *Autos*?" Chryséis traute ihren Augen kaum.

"Nicht zu glauben," hauchte Katherine. Nahmen diese haarsträubenden Sachen denn gar kein Ende?

Auf Aluns Befehl hin öffnete sich die transparente Schüssel lautlos. Das durchsichtige Material fühlte sich so hart wie Metall an. Das musste das gleiche Material sein, aus dem die Fenster und Rohre gemacht waren. Innen gab es drei Sitze vorne und drei hinten. Ein Familienauto!

Die Zeitreisenden standen mit offenem Mund davor und Alun musste sie geradezu in den Vimaan hineinschieben. Die glasartige Kuppel schloss sich mit einem leisen Glucksen und man hatte einem Rundumblick. Sie sahen sich mit Kulleraugen an.

"Was denn noch alles? Seht euch das bloß an!" Chryséis klopfte von innen auf den Deckel und Alun warf ihnen einen verwunderten Blick zu.

"Und wir dachten Plastik sei 'ne moderne Erfindung."

Die Sitze waren erstaunlich bequem, so als wären sie mit Gel gefüllt. Alun bediente ein halbmondförmiges Steuer und der Vimaan hob sich mühelos in die Luft. Ungefähr einen Meter über der Straße.

"Das ist kein Auto. Das ist ein Flugzeug!" rief Trevor.

"Gibt's doch gar nicht!" sagte Katherine.

Der Vimaan glitt geschwind und völlig lautlos über die Straße hinweg.

"Das Ding hier hat sicher keinen Motor. Muss ein anderes Antriebssystem sein," meinte Chryséis.

"Antigravitationsvorrichtung. Ein elektromagnetisches

Feld," entschied Katherine.

"Ja, magnetische Levitation oder diamagnetische Abstoßung." Trevor war wieder in seinem Element. "Faszinierend!"

Was sie bisher so erlebt hatten, machte es klar, wie naiv ihre Vorstellung von der Vorgeschichte gewesen war. Wenigstens hatten sie das Gefühl, ein wenig besser zu begreifen, wenn sie fachsimpelten.

"Hast du den ZPS?" fragte Trevor im Flüsterton. Man konnte ja nie wissen.

"Ja." Chryséis nickte und befühlte das Gerät in ihrer Tasche, nur um sicher zu gehen.

Der Vimaan wich einem Baum aus und reagierte im Nu auf Aluns Steuermanöver. So ein Vimaan musste ziemlich sicher sein, wenn Kinder damit herumfliegen durften.

"Ich wünschte wir hätten auch sowas... zuhause."

"Stellt euch das mal vor!"

Beim Wort 'zuhause' bekam Chryséis einen Kloß im Hals, aber die Fahrt war so aufregend, dass sie ihr Heimweh bald wieder vergaß.

"Warum haben wir die Dinger nicht gestern schon gesehen?" fragte Katherine.

"Keine Ahnung." Sie wussten natürlich noch nicht, dass sich die meisten Alesier zur Mittagszeit Siesta machten.

"Ich glaube, Alun macht eine Rundfahrt mit uns," sagte Chryséis nach einer Weile.

Alun schien einen Umweg zu machen und sagte ab und zu etwas in seiner Sprache. So schwebten sie über Stadtteile hinweg und um einen ziemlich großen Park im Zentrum der Stadt herum.

Hohe Gebäude, die wie lange Zapfen aussahen, ragten zwischen anderen seltsam anmutenden Strukturen hervor.

Kleine Häuser drängten sich wie bunte Kartons an einem Hügel zusammen. Wäscheleinen verbanden die Hauswände und Kinder spielten in engen Gassen. Ganz wie in einer modernen Stadt auch. Sie sahen Geschäfte und

Straßenstände und andere Vimaane in allen Formen und Größen. Statt sich an Fußgängern vorbeizuquälen, steuerte Alun den Vimaan auf sicherer Höhe über die Köpfe der Leute hinweg. Das war tausendmal besser als der lärmende, stinkende Verkehr in modernen Zeiten.

Wenn es sowas wie Verkehrsregeln für Vimaane gab, war das wohl in erster Linie, immer an der linken Straßenseite entlangzufliegen. Und das mit Bedacht. Sie sahen nie einen Verkehrsstau oder einen rücksichtslosen Vimaanfahrer.

Nach einer Weile bewegten sie sich Richtung Westen in eine ländliche Gegend hinaus. Der Abstand zwischen den Häusern nahm ab und kleinere Siedlungen flogen vorbei.

Die Temperatur im Vimaan war recht angenehm und die Kinder lehnten sich in ihre Sitze zurück. Hin und wieder drosselte Alun das Tempo, zeigte auf einen Gegenstand und sprach den Namen dafür langsam und deutlich aus. "Drachat – Baum." "Agricolan – Bauer." "Svinis – Schwein." "Phalam – Frucht."

Sie wiederholten die Worte so gut es ging, aber einfach war es nicht. Manchmal, wenn die Worte nicht richtig heraus wollten, prusteten sie vor Lachen. Sie fingen sich gleich wieder, denn sie wollten Alun ja nicht beleidigen.

"Moment, ich muss erstmal den Knoten aus der Zunge machen!"

"Hat er auf das Obst oder die Blätter gezeigt?" fragte Katherine ernsthaft und versuchte mitzuschreiben.

"Ich tu' nur schnell meine Zähne wieder rein. Drekat, Drakat... ich geb's auf!" lachte Chryséis.

Alun erschienen seine neuen Freunde reichlich untalentiert. Eigentlich sollte ihnen die alesische Sprache leicht fallen. Die meisten Bewohner der Bekannten Welt sprachen einen Dialekt der akkadischen Grundsprache und verstanden sich so einigermaßen. Zumindest die zivilisierten Menschen.

"Wie nennt sich denn eure Sprache, Athenai?" fragte Alun.

Sie verstanden seine Frage nicht.

"Sorry Alun, das war zu schnell," entschuldigte sich Trevor.

Was war das nur für eine Sprache? Wunderte sich Alun. Vielleicht sollte er versuchen, etwas von diesem Kauderwelsch zu lernen. Ja, er wollte sie später bitten, ihm etwas davon beizubringen! Aber dazu kam es nicht.

"Habt ihr das riesige Schwein da drüben gesehen?" Katherine presste ihre Nase gegen die durchsichtige Kuppel.

"Das war doch kein Schwein."

"Was denn sonst?" Aber dann hatten sie das Tier schon hinter sich gelassen.

Je weiter sie flogen, desto mehr veränderte sich die Umgebung. Alleen aus Zypressen und Pappeln durchkreuzten die Hauptstraße und an Straßenständen wurden Früchte und Eingemachtes angeboten. Ab und zu waren Vimaane neben den Ständen geparkt und die Fahrer besahen sich die Auslage.

Am seltsamsten waren aber die Tiere. Die grasten friedlich auf den Weiden oder trieben ihre Possen in eingezäunten Koppeln. Es gab dort haarige Schweine mit kurzen Rüsseln und Nagetierzähnen. Andere waren mehr eine Kreuzung aus Lamas und Büffeln mit langen Hälsen.

Sie hoben ihre Köpfe und brüllten herzzerreißend als der Vimaan dicht an ihnen vorbeisauste. Kleine, fette Farmtiere mit glatter olivenfarbener Haut und kräftigen Schnäbeln, pickten immerzu auf dem Boden herum.

Oliven- und Obstbäume und ganze Weinberge in frischem neuen Grün schmiegten sich an die umliegenden Hügel. Bienenfresser ließen sich auf einem Zaun nieder und putzten ihr goldgrünes Gefieder.

Alles war so schön und friedlich und aufregend zugleich. Dann löste eine fruchtbare Ebene die grünen Hügel ab. Es roch nach Mist und die Pflanzen wuchsen auf fettem, schwarzem Boden in endlosen Reihen.

Die Kinder im Vimaan sahen nicht, wie eine dreiköpfige Wildmann-Familie sich zwischen den Felsen des flachen

Vorgebirges duckte.

Die Wilden waren gut getarnt. Kleidung war nicht notwendig, da dichtes, dunkles Fell ihre kräftigen Körper bedeckte. Die Sonne hatte ihre sommerliche Reise am Himmel angetreten und es wurde in der Niederung schon fast zu warm für sie.

Die hochstirnigen Konks waren erst neulich in ihrer, mit Haaren und Blättern ausgepolsterten Höhle aus dem Winterschlaf erwacht. Wie immer im Frühjahr kamen sie vom Hochland ins Tal hinunter, um frisches Frühlingsgemüse und saftige Wurzeln zu sammeln. Eine willkommene Abwechslung nach den Nüssen und getrockneten Beeren, die sie im Herbst gesammelt hatten.

Die Alesier tolerierten alle Wilden und versorgten sie sogar, wenn die Zeiten schlecht waren.

Die Konks führten ein friedliches Dasein in den Bergen und ließen sich nur selten sehen. Sie nahmen das mit was sie brauchten und verschwanden dann wieder ohne jemanden zu belästigen.

Konks interessierten sich nicht für Farmtiere. Die schmeckten sowieso nicht. Es war viel besser auf dem Rückweg schmackhafte Nagetiere zu erlegen.

Die hochstirnige Konk-Familie machte sich bald wieder den Hang hinauf. Mit zum Platzen gefüllten Lederbeuteln voll frischer Wurzeln, Gemüse und frühen Früchten.

 **12** KHETON UND LELANI

Kheton verließ das Haus seines Vaters am frühen Morgen, als noch ein Nebelschleier über der Stadt lag. Er würde die formelle Begrüßung der drei jungen Gäste verpassen, von denen Alun ihm erzählt hatte. Das ließ sich nicht ändern.

Kheton hielt ein längliches Päckchen in der Hand und schlenderte die Straße am Fluss entlang. Die aufgehende Sonne färbte den Himmel über Sydonia schon leicht orange, aber die Straße war noch ganz ruhig und er genoss den gemächlichen Spaziergang am frühen Morgen.

Kheton arbeitete als beisitzender Richter am Zitadellgericht. Zivilisierte Staaten wie Alesia wurden nach strengen Gesetzen regiert. Dennoch hielten Streitigkeiten und Dispute die Zitadellgerichte auf Trab. Wie alle Richter der 'Bekannten Welt', war Kheton an einen Ehrenkodex gebunden und jeder Lehrling lernte den Anfang des Kodex auswendig:

'Wenn du ein Anführer von Menschen bist, der die Angelegenheiten anderer lenkt, strebe stets danach Gutes zu tun, wo immer du kannst, so dass dein Verhalten als untadelig angesehen wird. Die Gerechtigkeit ist etwas Wunderbares und anhaltend in ihrer Wirkung.

Das ist unbestritten seit der 'Ersten Zeit'.

Wenn du ein Anführer von Menschen bist, mit weitreichendem Einfluss, dann höre geduldig dem Vortrag derjenigen zu, die um deine Hilfe bitten. Halte sie nicht davon ab, zu sagen was sie zu sagen wünschen. Ein Mensch in Bedrängnis muss jemandem sein Herz ausschütten können, ob dies seine Sache zum Erfolg führen mag oder nicht. Du kannst nicht jede Bitte erfüllen, aber geduldiges Zuhören besänftigt das Herz...'

Nach nur zwei Jahren Ausbildung im 'Haus der Weisheit',

war Kheton nun für Alesias diplomatischen Dienst ausgewählt worden. Er würde die nächsten zwei Jahre als 'Ehrenwerter Jungdelegierter' im Inselstaat Atland verbringen.

Atland bedeutete 'Altes Land', aber viele nannten es noch immer das Mutterland. Das 'Haus der Nationen der Bekannten Welt' befand sich auf der Hauptinsel Atala. Dieses wichtige Konzil kümmerte sich um die Angelegenheiten aller zivilisierten Nationen der Bekannten Welt.

Kurz nach der Hochzeit würde er mit seiner Frau Lelani in Aztlan, der größten alesischen Hafenstadt, an Bord eines Schiffes gehen. Das Schiff segelte nach Atala, aber sie wollten noch andere Inseln besuchen, die auf dem Weg dorthin lagen.

Es waren die Überreste einer gewaltigen Landmasse, die einst in der Antike existiert hatte. Viele davon bildeten ein Archipel um die Hauptinsel Atala herum und waren durch Promenaden und Hängebrücken miteinander verbunden. Diese komplexen Strukturen waren der ganze Stolz der Ingenieurskunst Atalas.

Atland hörte sich so eindrucksvoll an, dass der junge Richter es kaum abwarten konnte, dorthin zu reisen. Außer zu besonderen Sportfesten und gelegentlichen Familienbesuchen, war er noch kaum aus Sydonia herausgekommen.

Kheton war ein stattlicher, galanter Mann mit goldbraunem Haar und glattrasiertem Kinn. Er war achtzehn Jahre alt und noch ein wenig schmal von Statur, aber schon genauso groß wie sein Vater. Seine leuchtenden, hellbraunen Augen spiegelten seine Freude über die bevorstehende Hochzeit wider.

Khetons Gesicht hellte sich auf, als er so an Lelani dachte. Lelani, mit ihrer anmutigen Schönheit und den hellen, gefühlvollen Augen. Von Natur aus ruhig und bedächtig, hatte der junge Mann vom ersten Moment an Lelanis Herz gewonnen.

Die Morgenzeit mochte Kheton am liebsten. Bevor der

Tag mit lautem Vogelgezwitscher und geschäftigem Treiben begann. Er ging beschwingt weiter und duckte sich instinktiv als eine Schar kleiner Flugechsen über seinen Kopf hinweg kreischte.

Zu dieser Stunde waren zahlreiche Insektenschwärme die bevorzugte Beute der Echsen. Plagegeister! Dachte Kheton. Wie lästig die Flugechsen doch waren, im Vergleich zu den blauen Rollervögeln auf der anderen Straßenseite. Die zwitscherten und piepten und jagten sich um einen Springbrunnen herum, während sie um Krümel auf dem Boden stritten. Kheton sog den Atem tief ein und lief schneller als er sich seinem Ziel näherte.

Es war Brauch, der *Erdmutter* heute im 'Haus der Dankbarkeit' die Ehre zu erweisen und um ihren Segen zu bitten. Generationen verlobter Alesier hatten dies vor ihm getan.

Die *Erdmutter Aïma* wachte über den Ehestand, über die Fruchtbarkeit und Vermehrung von Wohlstand. Er hatte zu diesem Zweck sorgfältig Räucherstäbchen aus Zimt ausgewählt. Kheton erreichte den kleinen Tempel und wickelte das duftende Räucherwerk aus. Vor dem Bildnis Aïmas zündete er eine handvoll dünner Stäbchen in einer goldenen Schale an.

"Oh Göttin, euer Segen wird heute benötigt. Ich danke euch für mein Glück." Kheton sah zu, wie der Rauch nach oben stieg. Es war getan. Der Rauch trug das einfache Gebet zur Erdmutter hinauf. Alles würde gut werden.

Die roten und pinken Blumen, die er von den Bataleiabüschen unten am Fluss gepflückt hatte, leuchteten unter dem sanft lächelnden Bildnis. Ja, Aïma würde sicher mit den Gaben zufrieden sein und ihm bei seinem Vorhaben zur Seite stehen.

Die Erdmutter wurde in der Bekannten Welt unter verschiedenen Namen verehrt. Wenn es Zeit für die Aussaat war, wurde ihr zu Ehren das Frühlingsfest auf den Feldern abgehalten. Es war gerade überall gefeiert worden.

Man durfte die anderen Gottheiten aber nicht vernachlässigen. *Nereus* und seine Töchter, die *Nereiden*, beschützten Reisende zur See. Die *Ankh Els*, die fliegenden Boten, leisteten von alters her Dienste für den Sonnengott Raïs. Das winzige Abbild eines Ankh Els zierte den vorderen Teil eines jeden alesischen Vimaans. Andere Nationen hatten Götter für den Wind, den Regen und so weiter, aber für Alesier machte das keinen Sinn.

Kheton strich sein weißes Gewand glatt. Der türkise Streifen am Saum zeichnete ihn als Amtsträger der Zitadelle aus. Ein roter Streifen wurde später hinzugefügt werden, um den Ehestand anzuzeigen.

Er verließ den Schrein und machte sich zum nahen Monsan Distrikt auf, gerade als sämtliche Vögel der Gegend gleichzeitig zu singen anfingen. Goldene Sonnenstrahlen wärmten die Luft, und der Nebel über dem Fluss schmolz schon dahin.

Kheton erreichte den violetten Bougainvilleabusch am Eingang zu Lelanis Haus. Violett war ein Zeichen des Glücks, dachte er zufrieden.

Lelani war im Alter von fünfzehn Jahren dazu ausgewählt worden, der Lady von Sydonia als Jungfern-Lehrling zu dienen. Jungfern arbeiteten für die Ladys der Zitadellen und mussten sich einer sorgfältigen Ausbildung unterziehen. Neben der Bewachung der ewigen Flamme, zählten zu ihren Aufgaben die Heilung des Körpers und des Geistes, sowie die Erziehung der Kinder an der Zitadellschule und das Abhalten von Zeremonien. Jungfern führten auch verschiedene Anweisungen einer Lady aus.

Eine Jungfer in der Familie zu haben, galt als große Ehre. Es wurde von den Frauen erwartet, dass sie ein Leben der Enthaltsamkeit führten, der Entsagung weltlicher Wünsche und Besitztümer und der Hingabe an ihre neue Familie - der Gesellschaft und der Nation. Eine eingeweihte Jungfer im Dienste einer Lady durfte deshalb nicht heiraten.

Kheton und Lelani hatten sich zunächst heimlich getroffen, nachdem der Versuch sich aus dem Weg zu gehen, fehlgeschlagen war. Dann hatten sie sich dazu durchgerungen es miteinander zu versuchen.

Lelanis Vater hatte ihrem Wunsch zu heiraten sofort zugestimmt. Er wusste, dass eine Weigerung nur zum Streit mit seiner eigenwilligen Tochter führen würde. Solche Ehen waren zwar selten, aber man konnte den jungen Leuten ihre Wahl nicht zum Vorwurf machen. Im Gegenteil. Weil sie fast zwei Jahre lang ein Jungfernlehrling gewesen war, erhöhte sich Lelanis Ansehen unter den anderen Matronen nur.

Ihr Rat war beinahe so gesucht, wie der einer eingeweihten Jungfer. Natürlich musste Lelani als verheiratete Frau den Dienst der Lady von Sydonia verlassen. So schrieb das Gesetz es vor.

Khetons Sandalen kratzen über die Steinplatten, als er die kurze Distanz zur mit Girlanden geschmückten Haustür zurücklegte.

Lelanis Mutter hatte ihre besten Kleider angelegt und wartete schon auf die Ankunft des jungen Mannes. Laut Tradition durfte sie an diesem Morgen niemand stören. Der formelle Besuch galt als Anfang einer versöhnlichen Freundschaft zwischen der Mutter der Braut und ihrem zukünftigen Schwiegersohn.

"Ich habe meine Pflicht gegenüber der Erdmutter getan," sagte Kheton sehr förmlich.

"Dann trete ein und sei in diesem Haus willkommen," antwortete Lelanis Mutter.

Er trat über die Türschwelle und überreichte ihr respektvoll sein Mitbringsel aus Blumen und Rauchwerk.

"Wascht euch den Staub von gestern ab." Sie bot Kheton die rituelle Schale mit duftendem Wasser und angewärmten Handtüchern an, damit er sich Gesicht und Hände waschen konnte. Dann ging die korpulente Frau zur Wohnstube voran, wo Erfrischungen angerichtet waren.

Zwischen den zwei Sofas war ein Tisch aus Ebenholz mit eingelegtem Walfischzahnmuster mit Delikatessen beladen. Geschnitzte Raumteiler aus wohlriechendem Sandelholz standen um die Sofas herum und verbreiteten einen angenehmen Duft. Die Wände waren mit Bildern bedeckt, die Szenen alesischer Legenden zeigten.

Das Aroma von heißer Chili-Schokolade und Frischgebackenem erinnerte Kheton daran, dass er noch nicht gefrühstückt hatte.

"Nehmt euch von den bescheidenen Speisen, die ich von eigener Hand zubereitet habe." Wie vorgeschrieben, lobte Kheton das Essen höflich.

Das wärmte das Herz von Lelanis Mutter und sie bat ihn noch mehr zu essen. Sie war mit der Wahl ihrer Tochter zufrieden. Sie musste Kheton aber wissen lassen, was ihre Tochter durch ihre Heirat aufgab. Es war wichtig, dass er Lelanis Wert zu schätzen wusste.

Nach alesischem Gesetz durfte eine verheiratete Frau Land und Wertgegenstände besitzen und ihre Meinung war bei Familienangelegenheiten erwünscht. Als verheirateter Mann, wurde Kheton Respekt zuteil, der einem Ehemann gebührte.

Familienleben war das Herzstück der alesischen Gesellschaft. Junge Erwachsene wurden früh mit allen Aspekten der Gesellschaft und Familie vertraut gemacht. Jeder Meilenstein des Erwachsenwerdens wurde gefeiert, auch wenn die Zeremonie oft nur sehr einfach war. Eine Eheschließung führte zwei Familien als neue Einheit zusammen und dies war für die ganze Gemeinschaft von hohem Wert.

"Kheton, alles ist für eure Reise vorbereitet," sagte die Matrone.

Es entsprach alesischem Brauch, dass Neu verheiratete zwei Mondphasen allein miteinander verbrachten. Alles wurde sorgsam von der Familie der Braut geplant. Das gut beschützte Küstenreservat von Kalkan war der geeignete Ort dafür. Kalkan lag an der Grenze zu Edfun und war ausreichend abgelegen. Junge Paare waren dort in einem bequemen Wohnzelt sich selbst überlassen.

"Ich danke euch und preise die Schönheit eures Heims. Dies hat sicher zur angenehmen Natur Lelanis beigetragen," lobte Kheton. Schmeicheleien dieser Art waren üblich.

Khetons Gedanken schweiften zu derzeitigen Gerichtsfällen ab. Personen edfunischer Herkunft praktizierten manchmal schwarzer Magie. Dies gab Anlass zur Sorge und Alesia musste diese Tendenz mit allen Mitteln eingrenzen.

Der junge Mann riss sich zusammen. Es war weder die Zeit noch der Ort für derartige Gedanken. Er musste heute Lelanis Mutter seine ganze Aufmerksamkeit widmen. Die Matrone sollte Kheton ins Herz schließen.

Sie war schon von dem untadeligen Benehmen ihres zukünftigen Schwiegersohnes beeindruckt.

"Möge Aïma den Bund unserer beiden Familien segnen," sagte Kheton und schüttete zur Ehre der Erdmutter ein wenig Fruchtsaft auf den gekachelten Fußboden.

13 AUF DEM LANDE

Ungefähr zur gleichen Zeit flog Aluns Vimaan lautlos auf das Gelände der landwirtschaftlichen Teststation. Das Gebäude war etwas von der Hauptstraße zurückgesetzt und glich anderen solchen Einrichtungen in der Bekannten Welt.

"Sieht ganz wie'n Flughafen aus," meinte Trevor

"Ohne Flugzeuge?" Chryséis sah sich in der Gegend um. Nur ein paar fliegende Autos wie das von Alun.

Neben dem Eingang hielt eine Marmorstatue eine dunkle Steinplatte hoch. Oben auf der Platte war ein umgedrehter kegelförmiger Obstkorb eingraviert. Darunter waren Linien mit Text. Mit der anderen Hand zeigte die Statue auf den Eingang zum Gebäude.

Die Fassade bestand aus großflächigen Fenstern, wahrscheinlich aus dem gleichen harten Material wie die Schüssel auf dem Vimaan.

Die Ackerfurchen links und hinter dem Gebäude waren mit jungem Mais und buschigem Flachs bepflanzt. Dichtes Blattwerk kroch in Reihen dahin und feste Salat- und Kohlköpfe wuchsen wie grüne Kleckse auf dem dunklen Boden. Hülsenfrüchte und Kürbisse hingen an Stangen herunter, die wie Wigwams aufgestellt waren. Bewässerungskanäle waren clever angelegt und hohe Obstbäume standen Spalier entlang der Ufer. Gemähtes Gras und beschnittene Hecken trennten Straße und Felder auf der rechten Seite.

Das hier war mit Sicherheit kein Flughafen!

"Sieht eher wie 'ne moderne Farm aus."

"Interessant," sagte Trevor. "Haben alle Farmen solche

Skulpturen?"

"Vielleicht ist das ja ein Farmgott."

"Könnte sein. Die Schrift sieht genau wie Sanskrit aus," meinte Chryséis. Sanskrit war eine altertümliche indische Sprache. Ausladende Buchstaben waren oben mit einer Linie verbunden. Leider konnte Chryséis kein Sanskrit.

"Hübsches Gebäude." Trevor starrte auf das große Symbol über dem Eingang. Es war ihm schon in der Stadt aufgefallen: Es war ein Kreis. Die eine Hälfte Mond, die andere Hälfte Sonne.

Alun 'parkte' den Vimaan und die Schüssel öffnete sich schmatzend. Sie kletterten mit steifen Beinen ins Freie und Alun ging allen voran nach drinnen. Transparente Türen glitten auseinander und sie standen in einer geräumigen Halle. Junge Pflanzen wuchsen hier unter sanfter Beleuchtung in durchsichtigen Containern mit einer blauen Flüssigkeit. Die erhöhten Behälter waren in parallelen Reihen angeordnet.

In der Halle war es warm und ein wenig feucht. Leute in orangenen Kitteln kümmerten sich um die jungen Pflanzen. Sie gaben hier etwas dazu, stellten woanders die Temperatur ein. Dies musste eine Art Labor sein.

"Ah, da seid ihr ja, mein Junge. Schelanti!" Aluns Vater sah hinter einer großen Maschine hervor. "Ich bin gleich fertig hier." Er drückte auf ein paar leuchtende Knöpfe und ein runder Deckel schloss sich. Dann begann der Inhalt einer kleinen Trommel zu rotieren. Schneller und schneller.

"Schelanti, Athenai," begrüßte sie eine junge Frau. "Ich heiße Nunika von Eris."

"Schelanti." Sie stellten sich auch vor.

"Nunika, führe unsere jungen Besucher doch ein wenig herum. Ich habe noch etwas zu tun," bat Harun den wissenschaftlichen Lehrling. Sie lächelte den Kindern aufmunternd zu. Ein türkiser Streifen umrandete ihre blass-orangefarbene Tunika. *Vielleicht bedeutet das ja was,* dachte Katherine.

"Mit Vergnügen, Harun. Ich werde ihnen ein wenig die Farm

zeigen."

Die junge Wissenschaftlerin arbeitete mit Aluns Vater an seinen neuesten Projekten. Die Aufrüstung von Laserstrahlengeräten war eine ihrer Aufgaben. Solche Geräte wurden gebraucht, um Ratten und Ungeziefer auf den Feldern in Schach zu halten.

Sie führte Alun und die Besucher an Reihen transparenter Tröge vorbei. Nunika wusste bereits, dass die fremden Kinder kein Alesisch sprachen und erklärte alles mit einfachen Worten und Gesten. Sie begannen ihre Worte zu imitieren und fragten stockend nach. "K'yah-hé? Was ist das?"

Zu ihrem großen Erstaunen beantworteten Nunika und Alun ihre Fragen:

"Ein hydroponischer Behälter voll Nährflüssigkeit."

"Das hier sind Nahrungspflanzen."

Natürlich verstanden sie die Antworten nur so ungefähr. Die Gesten und Laute, die die Worte begleiteten waren oft lustig. Aber wenigstens konnten sie sich damit einigermaßen verständigen.

Auf diese Weise erfuhren sie, dass das plastikartige Material, das sie so bewunderten, 'Têrakhon' genannt wurde. Trevor hätte zu gerne nach der chemischen Formel oder dem Herstellungsprozess gefragt, aber dazu fehlten ihm die Worte.

Nunika zeigte ihnen Tomaten und Auberginenpflanzen mit kleinen weißen Früchten. Grüne, birnenartige Früchte sahen wie mickrige Avocados aus.

"Man nennt sie 'Auacáté'. Sie wachsen auf Bäumen und wurden uns zur Analyse aus Tollùn geschickt," sagte sie.

Nunika zeigte ihnen auch, wie Pflanzen in der sterilen Abteilung 'verbessert' wurden. Sie beobachteten Wissenschaftler durch ein Fenster bei der Arbeit in einem Labor. Die waren fast wie moderne Chirurgen in silberne Anzüge und Masken gekleidet und machten sich an winzigen grünen Blättern in durchsichtigen Schalen zu schaffen.

"Ich krieg' die Motten. Gentechnologie vor 12 000

Jahren," sagte Chryséis ehrfurchtsvoll. Das hier war keine normale Farm!

"Sowas gibt's doch gar nicht!" stimmte Katherine ihr zu. "Die haben ja noch nicht mal Mobiltelefone oder Computer. Dann so was."

"Vielleicht können wir rausfinden warum nicht, wenn wir lange genug hierbleiben," sagte Trevor. "Vielleicht gibt's ja 'nen Grund dafür."

"Guckt euch die Pflanze an..." Katherine starrte auf einen länglichen Salatkopf mit roten Blättern. Sie erhielt eine Antwort ohne die Frage gestellt zu haben.

"Daraus macht man einen guten Schlaftrunk," sagte Nunika auf Alesisch und gestikulierte 'Schlaf', indem sie ihre Handflächen zusammenlegte. Das überraschte Katherine. Wie hatte Nunika geahnt was sie wissen wollte?

In der Kräuterabteilung durften sie Blätter zwischen den Fingern reiben und dann den würzigen Duft riechen. Die Kinder fragten sich, welche der Pflanzen wohl für Tee mit Apfel-Minzgeschmack genommen wurden. Aber natürlich hatten sie keine Ahnung wie sie danach fragen sollten.

Als sie gerade vor dem sterilen Labor standen, kam Aluns Vater. "Wollt ihr euch die Seidenraupenfarm ansehen, bis die Mittanier kommen?"

"Ich glaube, das ist interessant für unsere Gäste, Vater."

"Nimm ein Holzkistchen von dort drüben, mein Junge. Du kannst ein paar Seidenraupen nach Hause mitnehmen. Es dauert noch etwa eine Woche bis sie mit Spinnen anfangen. Füttere sie gut mit Maulbeerblättern. Wir werden sie wieder herbringen, wenn sie geschlüpft sind."

Alun fand Seidenraupen faszinierend. Er liebte es zu beobachten, wie sie dick und fett wurden und dann anfingen ihre flaumigen Kokons zu spinnen.

Sie gingen mit Harun durch eine Schiebetür in eine andere Halle. Die Türflügel schlossen sich automatisch hinter ihnen. Hier war es hell und schulterhohe Tische standen unter einer transparenten Kuppel. Auf den

Tischen waren große flache Kästen, vollgepackt mit Lagen dunkler Blätter. Die Blätter bewegten sich mit tausenden von gefräßigen Seidenraupen.

Katherine hielt das hölzerne Kistchen, damit Alun und sein Vater eine frische Ladung Blätter aus Körben in eine leere Kiste verteilen konnten. Helfer brachten Raupen aus einer anderen Kiste, die sie vorsichtig von den Blattskeletten pflückten.

Nunika zeigte auf Wandbilder, die die Seidenherstellung darstellten. Auf diese Art unterrichtete man die alesischen Schulkinder, wenn sie zur Farm kamen.

Verschiedene Seidenfarben wurden wohl erreicht, indem man die Raupen mit verschiedenen Blattsorten fütterte. Die Blätter der Roten Beete gaben der Seide eine rosarote Farbe, Maulbeerblätter machten sie weiß, gelb und orange. Die fertigen Kokons kamen in eine andere Abteilung. Ein heißes Wasserbad tötete die Puppe, um sie am Schlüpfen zu hindern.

"Leider, lässt sich das nicht vermeiden," entschuldigte sich Nunika. Einige Kokons wurden verschont. Die geschlüpften Seidenmotten legten die Eier - die neue Seidenraupen-Generation.

Auf den Bildern sah man wie die Seide verarbeitet wurde. Der Faden wurde entwirrt von der Spule genommen und auf einen hölzernen Rahmen gespannt. Danach wurde er aufgefädelt und auf einer Laufrolle zusammen gesponnen. Die Weber stellten dann den Stoff daraus her. Nunika musste nicht viel erklären.

"Wie hat man eigentlich rausgefunden, wie man Seide herstellt? Das ist ja so kompliziert," flüsterte Katherine Chryséis ins Ohr.

"Keine Ahnung. Die sind halt einfach clever."

Sie erfuhren auch, dass eine neuartige Pflanze in Sydonia getestet wurde. Sie erzeugte lange, glatte Fasern in einer Samenkapsel. Im Lande Ta Mery wurden sie schon zu Kleidern verarbeitet.

Trevor sah sich das Bild dazu an. "Das ist doch Baumwolle."

"Wirklich!" staunte Katherine.

Sie entdeckten Túvar durch die große 'Glaswand'. Er arbeitete hinter dem Gebäude mit anderen Helfern auf einem Feld. Einige waren Gabaris, genau wie er. Túvar sah sie und winkte, als sie nach draußen gingen. Die Kinder winkten zurück.

Nunika verabschiedete sich, weil sie drinnen gebraucht wurde und Alun ging voran, zu einem großen smaragdgrünen Feld. Wunderschöne, weiße Pferde galoppierten hier übermütig herum. Aber es waren weniger die weißen Pferde, die erstaunlich waren.

Ein hellbraunes Pferd sah irgendwie komisch aus. Als es auf sie zugelaufen kam, wurde klar warum. Der Oberkörper des Pferdes war der eines Mannes mit Armen! Die Zeitreisenden waren verblüfft.

"Gobän von Sydonia," stellte Alun ihn vor. Gobän war ganz ohne Zweifel... ein Zentaur. Túvar war mit der Pflege der Tiere verantwortlich, mit der Hilfe der zentaurischen Betreuer. Die konnten mit Pferden reden, wie es eben nur Zentauren konnten.

Die Pferde stammten aus Túvars Heimat Edfun, und die Herde war dort schon vor langer Zeit gerettet worden. Er bürstete die herrlichen Tiere oft bis ihr seidiges Fell glänzte. Sie mochten Túvar gern leiden und hatten gelernt, den jungen Riesen auf ihrem Rücken zu dulden.

Chryséis fummelte an der Digitalkamera herum, aber ihre Finger zitterten so sehr, dass sie keine vernünftige Aufnahme von Gobän machen konnte. Alun war schon auf dem Weg zu den Tiergehegen der Teststation und sie musste sich sputen um mitzuhalten.

Als ob der Anblick eines Zentaurs noch nicht genug war, fiel Chryséis fast um, als sie die Tiere in einem der Gehege sah. Die stämmigen kleinen Kerlchen wühlten sich mit lautem Grunzen durch einen Haufen Gras und Blätter.

Sie glichen Truthahn-großen Reptilien mit kurzen Schwänzen. Ihre schuppige Haut war mit schwarzumrandeten roten Flecken bedeckt und sie hatten rote Schnäbel.

"Du liebe Güte, was ist das denn?" staunte Katherine.

Aus der Nähe betrachtet, sahen die Tiere wie Dinosaurier aus. Das ist doch unmöglich! Dachte Trevor.

"Harpies," meinte Alun und zeigte auf das Gehege. Er hatte die Frage erwartet. "Sie schmecken gut gebraten und legen große Eier... und sie fressen unheimlich viel," erklärte er mit wilden Gesten. Die Kinder nickten verblüfft.

"Ok, man kann die Viecher gut essen. Oh, und sie fressen selbst ziemlich viel - ach ja, anscheinend legen sie Eier," übersetzte Chryséis so gut es ging.

"Ja, anscheinend." Trevor sah sich die künstlichen Nester am Zaun an.Sie waren aus Körben gemacht, mit Stroh ausgekleidet und enthielten mehrere blaue Eier. Etwa doppelt so groß wie Hühnereier und mit winzigen schwarzen Punkten gesprenkelt.

"Reptilien. Das müssen Reptilien sein oder..."

"Oder... Dinosaurier?" beendete Trevor Katherines Satz.

"Das gibt's doch gar nicht, Trev. Das *müssen* Reptilien sein."

Harun sprach eine Weile mit dem Tierpfleger. In den neuen Tests wurde dem Futter Getreide beigefügt. Es zeigte nur leider keinen Erfolg. Was die Harpies fressen wollten, waren massenhaft frische Pflanzen. Das wurde langsam zum Problem.

"Harpies!" Trevor konnte es einfach nicht glauben. "Es gibt doch gar keine Dinosaurier mehr, oder?"

"Naja, Vögel sind entfernte Nachkommen der Dinosaurier. Aber diese Harpies hier sind mit Sicherheit Reptilien," behauptete Katherine.

Sie lehnte sich weit über den Zaun, um die gackernden Tiere genauer zu betrachten.

"Klar, ist ja auch egal." Trevor hatte keine Lust darüber zu streiten.

"Wahnsinn, die haben Zähne in ihren Schnäbeln."
Katherine lehnte sich noch weiter nach vorn.

"Habt ihr eigentlich schon irgendwo Hühner entdeckt?" fragte Chryséis.

"Nein. Vielleicht schmecken Harpies ja besser."

Plötzlich schoss ein kreischendes Harpiemännchen nach vorne. Es stand auf den Hinterbeinen und breitete einen signalroten Kragen aus. Der Kragen ließ es viel größer aussehen. Das Männchen ging augenblicklich auf Katherine los und hatte sich im Nu in ihrer Hand festgebissen. Oh, diese Harpies hatten nadelspitze Zähne! Dann ließ es abrupt los. Katherine war so überrascht, dass sie das Gleichgewicht verlor und nach hinten fiel.

"Katie?...Katie!!" rief Chryséis erschrocken.

Jemand stellte Katherine auf die Füße und zog sie vom Gehege weg. Farmarbeiter scheuchten die aufgeregten Tiere in eine ferne Ecke. Die Harpies quiekten und schnatterten. Der Lärm war ohrenbetäubend.

Túvar wollte sich gerade zu ihnen gesellen und hatte schnell reagiert. Mit langen Schritten trug er Katherine zu einem nahen Futterkasten und setzte sie oben drauf.

An einer Kette um Túvars Hals baumelte eine silberne Scheibe. Katherine bemerkte es als er sich nach vorn beugte. Dann fing ihre Hand zu brennen an. Und zwar ziemlich. Ihr schossen Tränen in die Augen und sie konnte nichts mehr sehen.

Trevor und Chryséis rannten hinterher. Chryséis trug den virtuellen Unsichtbarkeitsapparat in der Hand, der Katherine vom Kopf gerutscht war. Der Vorfall zog einige Schaulustige an und sie versuchten sich nach vorn zu drängen.

"Ist sie in Ordnung?" fragte Chryséis atemlos.

"Das möchte ich doch hoffen."

Túvar machte einem Wissenschaftler Platz, der neben der Futterbox kniete. Der Mann bewegte ein Gerät über Katherines blutender Hand hin und her. Die Bisswunde verheilte augenblicklich.

Was gerade noch wie eine schlimme Wunde ausgesehen hatte, war verschwunden.

Nunika drängte Katherine eine wasserartige Flüssigkeit, die *Recutis* hieß, aus einem Becher zu trinken. Recutis Tonikum wurde aus Kamillenblüten hergestellt und wirkte beruhigend. Der Wissenschaftler riet allen sich wieder an die Arbeit zu machen. Es gab nichts mehr zu sehen. Chryséis und Trevor hatten sich endlich durch die Menge geschubst und knieten neben ihr.

"Zeig' mal deine Hand her!" verlangte Chryséis. "Wo ist denn die Wunde?" Sie war entsetzt. "Ich habe gesehen wie dieser Harpie dich gebissen hat. Da war doch Blut."

"Und es hat höllisch wehgetan! Der Mann hat irgendwas mit der Wunde gemacht und sie ist einfach verschwunden," sagte Katherine verwundert. "Ich dachte so was gibt's nur im Film. Schaut mal, nicht ein Kratzer." Sie drehte ihre Hand hin und her.

"Verschwunden? Wie hat der das denn gemacht?"

"Ich hab's dir doch grade gesagt, Chris!"

Niemand sonst schien sich darüber zu wundern. Harun versuchte sich aber zu entschuldigen. Was er sagte, war unklar, aber er versuchte es trotzdem. Harpiebisse konnten ganz schön weh tun. Harun kannte das schon aus eigener Erfahrung. Die normalerweise so sanftmütigen Tiere waren in letzter Zeit aggressiver geworden. Daran war wohl der neue Futterplan schuld.

"Was ist denn mit diesen blöden Harpies los?" Trevor war immer noch ganz aufgeregt. "Wie dürfen Farmtiere denn so gefährlich sein?" Er sah zum Gehege hinüber. Das hitzköpfige Harpiemännchen stand ganz bedrömmelt da, etwas abseits der Herde. Sein Kragen war wieder blass und schlaff.

"Habe ich sie etwa provoziert?" fragte Katherine.

"Glaub' ich nicht." Trevor untersuchte Katherines Hand. Die Wunde war wirklich weg. Für Alun und Harun war das alles anscheinend ganz normal.

"Kein Wunder, dass es die nicht mehr gibt. Auf solche Hühner kann ich verzichten."

Nunika kam auf Harun zu und sagte leise, "Die Delegation aus Mittani ist hier."

"Ah, gute Nachrichten. Lasst uns hoffen, dass die Eltern der Kinder dabei sind."

Doch Haruns Hoffnung sank, als er die dunkelhäutigen Wissenschaftler sah. Sie waren hochgewachsen und hatte feine Gesichtszüge, aber waren offensichtlich nicht mit den Kindern verwandt.

Die Mittanianier zeigten zwar Mitgefühl für die 'Waisenkinder', aber sie mussten sich doch sehr wundern, warum die Eltern sich nicht um sie kümmerten. Es sei denn, ihnen war etwas Unaussprechliches zugestoßen. Sie schienen sich zu sorgen, mussten sich aber so langsam an die Arbeit machen.

"Mein Junge, ich glaube, wir müssen den Rat der Lady einholen," sagte Harun nach kurzer Zeit.

"Ja Vater, wir werden uns auf den Weg machen."

Sie verabschiedeten sich und Harun ging mit den mittanischen Wissenschaftlern in das Gebäude hinein. Dort waren sie bald mit Gesprächen über Bodenbeschaffenheit und Ernteergebnisse beschäftigt. Alun freute sich, dass er seine neuen Freunde etwas länger um sich haben durfte. Es machte auch nichts, dass sie so anders waren. Sie folgten ihm zum geparkten Vimaan.

"Geht's jetzt wieder nach Hause?" fragte Katherine. "Wir haben uns ja die Stadt und das Land hier angesehen. Ich habe keine Lust auf mehr Überraschungen."

"So langsam macht mir das hier Spaß."

"Trevor, das war kein Spaß eben! Was ist denn, wenn sowas wieder passiert?"

"Ach komm' schon Katie, so schlimm war's ja nun auch wieder nicht."

"Du kannst leicht daherreden," schmollte sie.

"Wir können ja noch 'n bisschen bleiben, oder hast du

Angst die Schule zu verpassen?" fragte Chryséis grinsend.

"Irgendwie schon..."

"Was? Komm, wir kehren doch zum gleichen Zeitpunkt wieder zurück. No Problemo."

"Aber was ist, wenn wir alles was wir gelernt haben bis dahin vergessen? Bald sind Prüfungen."

"Mann, das holen wir locker wieder auf."

Katherine gab nach. Was blieb ihr auch anderes übrig.

Nunika reichte jedem von ihnen eine violette Birne. "Schelanti Athenai, besucht uns mal wieder. Hier habe ich noch etwas für euch."

Sie nickten und Alun bedankte sich richtig. Dann waren sie auch schon wieder in der Luft und flogen die Hauptstraße entlang Richtung Stadt.

"Ich glaube er bringt uns zum Haupttempel," sagte Trevor.

"Um geopfert zu werden?" fragte Katherine.

"Oh bitte! Katherine, du hast vielleicht 'ne Phantasie! Um den Herrscher zu treffen natürlich," sagte Chryséis.

"Na, das kann ja heiter werden."

"Besser als geopfert zu werden..."

Katherine hatte das Holzkistchen mit den Raupen auf dem Schoss. Sie hob den Deckel an und besah sich die gestreiften Seidenraupen. Manche ruhten sich mit dem Kopf nach oben auf den Blättern aus. Andere kauten sich gierig durchs Blattgrün hindurch.

"Welche sind eigentlich die Weibchen?" wollte Chryséis wissen.

"Keine Ahnung," meinte Katherine. Mit Zoologie kannten sie sich nicht gut aus. Und Alun konnten sie auch nicht fragen. Der war auf dem Rückweg sowieso nicht sehr gesprächig.

Sie besahen sich die Farmtiere an der Straße jetzt aufmerksamer als vorher. Manche sahen tatsächlich fast wie Dinosaurier aus. Große, heufarbene Tiere hoben die Köpfe, als der Vimaan vorbeiflog. Sie hatten Entenschnäbel mit Zähnen darin. Katherine war noch immer davon überzeugt, dass es einfach nur Reptilien waren. Sie fand es aber unhöflich sich darüber vor Alun auf Englisch zu streiten.

Vielleicht waren es ja Zwischenformen von Reptilien und Dinosauriern oder Reptilien und Säugetieren. Sie mussten noch viel dazulernen. Sie lehnte sich zurück und sah Chryséis dabei zu, wie sie versuchte von den Tieren Aufnahmen zu machen.

Da waren auch Schafe, Büffel und Schweine. Die fraßen vergnügt Heu und Farne gemeinsam mit den angeblichen Dinosauriern und schienen sich kein bisschen zu fürchten.

Vielleicht waren die Harpies ja wirklich so 'ne Art Dinosaurier, dachte Trevor indessen bei sich. 'Jurassic Park' auf 'ner Farm. Vielleicht gab's ja auch noch Fleischfresser wie den Tyrannosaurus Rex. Hoffentlich nicht!

Aber ausgeschlossen war es nicht. Coelacanths - prähistorische Lungenfische - waren vor kurzem an der südafrikanischen Küste entdeckt worden. Und die waren angeblich seit 70 Millionen Jahren ausgestorben.

Trevor spürte wie er eine Gänsehaut bekam. Ein Ausflug aufs Land hatte alles auf den Kopf gestellt.

Und das war erst der Anfang.

 **14**   IN DER ZITADELLE

Sie erreichten die Stadt kurz nach 11 Uhr. Chryséis hatte auf ihrer Armbanduhr nachgesehen. Alun flog direkt zum Sydonia Tal, wo die Zitadelle die beschauliche Vorstadt überblickte. Die Villen waren hier durch einen Kanal vom Zitadell-Komplex getrennt.

Sie kamen an Passanten vorbei, die zu Fuß über die Brücke den Hügel hinaufgingen. Ein gepflasterter Fuß weg führte vom Parkplatz durch ein Tor auf den Hof. Zu beiden Seiten standen auf weißen Säulen die Statuen von Frauen in fließenden Tuniken.

Die Statuen hielten beschriftete Steinplatten gegen ihre steinernen Körper gepresst. In der Mitte des Torbogens prangte eine massive runde Steinplakette, auf der das Sonnen- und Halbmondsymbol gemalt war.

Eine der Statuen hielt eine Waagschale und ihre Augen waren mit einem Schal aus Stein verbunden. Die Göttin der Gerechtigkeit. Die andere Statue hatte einen umgedrehten Korb mit fallenden Steinfrüchten auf den Falten ihres Gewandes eingemeißelt.

Das Gelände war von spärlichem Felsengeländе umgeben. Hinter hohen Mauern bot ein jäher Abgrund ausreichend Schutz. Innen umrandeten hohe Säulen die vordere Fassade des Hauptgebäudes. Die Zitadelle war gleichzeitig Stadthalle, Hospital, Gerichtshof und Schule in einem. Eine so große Stadt wie Sydonia, benötigte eine große Zitadelle.

Sie betraten den gepflasterten Hof.

Die Zitadellgebäude waren größer, als sie von der anderen Seite des Tals ausgesehen hatten. Auf der linken

Seite befand sich eine kleine Halle mit großen Fenstern. Das *Prytaneum*. Dort sorgten die Jungfern der Zitadelle dafür, dass die heilige Flamme bei Tag und Nacht brannte. Dem Feuer wurden reinigende Kräfte zugeschrieben und es war ein Symbol für die Zivilisation.

Alle offiziellen Gebäude der ‚Bekannten Welt' besaßen ein Prytaneum, sogar wenn man sich nur eine Feuerschüssel oder eine Laterne leisten konnte. Besucher kamen zu allen Tageszeiten, um das heilige Feuer zu betrachten und um die Inschriften an der westlichen Zitadellmauer zu lesen.

Viele saßen auf dem breiten Rand des Beckens mit dem Springbrunnen in der Mitte des Hofs. Kinder spielten im Wasser oder balancierten zwischen den Erwachsenen herum. Essen konnte man an den Ständen gleiche beim Tor kaufen. Das Aroma von geschmorten Pilzen und frischgebackenem Brot zog durch die Luft.

"Hör' auf das Essen anzustarren!" zischelte Chryséis und Trevor seufzte. Nach dem ereignisreichen Morgen war er ziemlich hungrig geworden.

"Heute ist Gerichtstag," versuchte Alun zu erklären, als sie am Eingang zum Wartesaal des Gerichts vorbeikamen.

Die Prozessbeteiligten gingen in den äußeren Raum, wo sie darauf warteten aufgerufen zu werden.

Eine gemeißelte Steinplatte im Wartesaal erinnerte sie an die Prinzipien der Gerechtigkeit in der 'Bekannten Welt'. Die drei wichtigsten Regeln des zivilisierten Rechtswesens lauteten:

1. Verschließe dein Herz nicht gegen die Stimme der Wahrheit
2. Halte deinen Zorn im Gleichgewicht, wie die Waage der
   Gerechtigkeit
3. Erinnere dich daran, dass der Weg zur Wahrheit oft steinig ist
   und man ihn in den Schuhen des Mutes bewältigen muss

Ein langer Raum dahinter war die 'Halle der Audienz'. Die Richter, zwei Gerichtsdiener und ein Schreiber kamen durch eine niedrige Tür am Ende der Halle. Die gegnerischen Parteien gingen 20 Schritte, bevor sie das Podium erreichten. Dies war notwendig, um den Richtern Gelegenheit zu geben, die Antragssteller zu begutachten.

Die Richter mussten ihr Wissen anwenden und auch der Weisheit ihrer inneren Stimme lauschen. Rechtsanwälte gab es keine. Während des Prozesses hielt der vorsitzende Richter die scharlachrote Feder der Wahrheit in der Hand. Zum Schluß sagte er: 'auf meiner Waage wiege ich die Feder der Wahrheit und verkünde den Urteilsspruch mit dem Wissen meines Herzens.'

"Ich wünschte ich könnte euch etwas darüber erzählen, aber vielleicht gibt es ja auch Gerichte, wo ihr herkommt?"

Sie begriffen auch so. Die Symbole der Justiz wurden noch immer benutzt. Sie nickten und Alun ging zufrieden weiter.

Draußen auf den Bänken warteten manche auf Verwandte oder Freunde, die sich in der 'Halle der Audienz' aufhielten. Viele Besucher verbrachten die Zeit mit einem Spaziergang in den Gärten. Bunte Blumen und Büsche wuchsen neben den zahlreichen Fußpfaden. Holzbänke luden zum Ausruhen an Fischteichen oder unter Bäumen ein.

Es gab auch eine kleine Bühne, wo Musiker auf Flöten und Harfen spielten. Kräuter- und Gemüsegärten waren an flachen Terrassen im Osten angelegt, um die Morgensonne zu nutzen. Dort waren Frauen in weißen Tuniken mit dem Jäten von Unkraut beschäftigt. Sie waren Jungfern an der Zitadelle.

Schulkinder hörten ihrem Lehrer zu, der eine gelbe Blüte hochhielt und deren Gebrauch in der Medizin erklärte. Auf einem der Sportfelder wurde Ball gespielt.

Die oberen Etagen des Hauptgebäudes wurden das 'Haus der Weisheit' genannt. Hier war die Lady von Sydonia und ihre Administration damit beschäftigt, das Wohl der Gesellschaft zu erhalten.

Kheton wartete schon am Fuß des inneren Treppenhauses. Er war in die türkise Robe eines Richters gekleidet. "Da bist du ja, Alun. Schelanti. Wir müssen uns beeilen.

Der vorsitzende Richter will, dass ich mich umgehend wieder zum Gerichtssaal begebe."

Kheton war beisitzender Richter und musste während der Prozesse anwesend sein. Es war seine Aufgabe, mithilfe seiner 'inneren Stimme' die Herzen und Gedanken der Prozessbeteiligten zu erforschen.

Er sah die Fremden an. "Schelanti, Athenai," sagte er und die Zeitreisenden antworteten. "Schelanti." Dann stellte Alun sie vor.

"Das Treffen mit den Mittaniern war demnach nicht von Erfolg gekrönt?"

Alun schüttelte den Kopf. "Nein Bruder, sie kannten sich nicht."

"Nur Mut, Alun. Wir werden die Lady um Rat fragen. Sie erwartet uns schon." Die Begrüßung war formell aber ungewöhnlich kurz. Kheton war in Eile. An diesem Morgen hatten die drei Richter vier Fälle gehört. Das Gericht machte gerade Pause.

Als Kheton die Stufen hochstieg, dachte er an die erste morgendliche Anhörung. Ein Mann hatte seinen kinderlosen Nachbarn beschuldigt, auf seine Kinder einen Zauber auszuüben, um deren Zuneigung zu stehlen. Die Anschuldigung stellte sich als grundlos heraus.

Die Wahrheit war, dass der Vater der Kinder ein eifersüchtiges Herz hatte. Es wurde ihm aufgetragen, dem Nachbarn einen Besuch abzustatten, um zu beobachten, wie dieser die Freundschaft der Kinder gewonnen hatte. Er sollte lernen, seinen Kindern selbst ein Freund zu sein.

'Werdet zum Freund eurer Kinder und eures Nachbarn und eure Unzufriedenheit wird verschwinden.' Der Spruch des vorsitzenden Richters war unanfechtbar.

Beim zweiten Fall ging es um eine Mutter, die ihrem einzigen Sohn aus lauter Selbstsucht die Erlaubnis zur Heirat verweigerte. Danach bat ein Ehepaar darum, dass der Bund ihrer Ehe aufgelöst werde. Ein Eigentumsstreit war der letzte Prozess vor der Pause gewesen.

Sie erreichten die letzten Treppenstufen. Eine junge

Frau in einer weißen Tunika grüßte sie und fragte nach ihrem Ansuchen. Kheton antwortete im gleichen formellen Ton und gab ihre Namen an, sowie den Grund warum sie die Lady zu sehen wünschten.

Sie warteten draußen und zwei Novizen in grauen Tuniken und mit langen Zöpfen, brachten Becher mit Fruchtsaft. Die Besucher dankten den Mädchen, die sich lächelnd zurückzogen.

"Gibt's denn keine Männer hier?" wollte Trevor auf Englisch wissen. Natürlich verstanden weder Alun noch Kheton ein Wort davon.

"Fühlst du dich etwa in der Minderheit?" flüsterte Chryséis. Trevor schüttelte nur den Kopf. Es war klar, dass der Regent von Sydonia eine Frau sein musste.

Kheton hatte nicht wirklich zugehört. Er dachte über den Eigenstumsstreit nach, der noch zu Ende geführt werden musste. Alun war zu aufgeregt zum Reden. Er würde der Lady vorgestellt werden!

Katherine, Trevor und Chryséis warteten geduldig, tranken schlückchenweise von dem Saft und sahen sich die Dekorationen im Foyer an. Bis jetzt war alles weit über ihre Erwartungen hinausgegangen. Nun würden sie auch noch die Königin von Sydonia treffen. Nicht schlecht für ihre erste Zeitreise!

Nach einer Weile kam eine weißgekleidete Jungfer und brachte sie zu den Empfangsräumen der Lady. Es war nicht zu übersehen, wie Kheton rot wurde, als er die junge Frau ansah. Alun hatte versucht, seinen Gästen von der Hochzeit zu erzählen und sie verstanden so einigermaßen, dass Kheton Aluns Bruder war und dass er bald heiraten würde. Die Kinder sahen sie neugierig an. *Das hier muss wohl seine Braut sein*, dachte Katherine.

Lelani war recht hübsch mit ihren mandelförmigen blauen Augen, die einen interessanten Kontrast zu ihren gewellten rotbraunen Haaren bildeten.

Die Jungfer bewegte sich anmutig. Sie reichte Kheton

nur bis ans Kinn, aber schenkte ihrem Verlobten ein strahlendes Lächeln. Lelani öffnete die Tür und kündigte die Gruppe zeremoniell an. Dann trat sie einen Schritt zurück.

Ein sehr förmlicher Kheton legte der Lady von Sydonia die Situation dar und bat um ihren weisen Ratschlag in der Sache.

Die Lady war genauso hochgewachsen wie er. Ihre goldbraunen Haare waren von grauen Strähnen durchzogen und lose hochgesteckt. Diese Art von Haarknoten schien die bevorzugte Frisur alesischer Frauen zu sein. Ihr Gesicht war liebenswürdig und jünger als die Kinder erwartet hatten. Ihre klaren, grauen Augen strahlten Intelligenz aus. Sie trug eine einfache Halskette aus Perlmutt und dazu passende Ohrringe.

Abgesehen von polierten, bunten Steinen, war dies der einzige Schmuck, den sie bisher gesehen hatten.

Die Lady trug eine Robe aus fließender, goldschimmernder Seide. Statt des türkisen Streifens, den sie schon so oft gesehen hatten, zierte ein doppelter Purpurstreifen die Säume der Robe. Diese waren für die hochrangigsten Würdenträger der alesischen Gesellschaft reserviert.

Sie hörte genau zu, dann bat sie Alun draußen zu warten und entließ Kheton formell, damit er sich wieder seinen richterlichen Pflichten widmen konnte.

Die beiden verließen die Räume der Lady mit respektvollem Gruß. Die Zeitreisenden waren allein mit der Herrscherin von Sydonia.

▶▶▶ 15 DIE LADY VON SYDONIA

Nach einem Moment der Besinnung, zeigte die Lady den drei Kindern mit Gesten, dass sie sich auf die gepolsterten Stühle setzen sollten. Dann setzte sie sich ihnen gegenüber.

"Schelanti und willkommen in Sydonia, Athenai." Sie machte die Gesten der traditionellen alesischen Begrüßung. "Ich bin die Lady von Sydonia."

"Schelanti," erwiderten sie höflich und warteten.

Die Lady schien über die Umstände dieses Besuchs nachzudenken. Sie warteten geduldig darauf, dass die Unterredung begann und endlich sprach die Lady in einem sanften Ton mit einer unwiderstehlichen Autorität.

"Ihr habt euch also entschlossen, unsere Welt zu besuchen. Ich nehme an, dass ihr nicht durch Zufall nach Alesia gereist seid?"

Die Kinder starrten die Lady mit offenem Mund an. Unglaublich! Sie sprach in verständlichem, modernen Englisch mit einem kaum hörbaren Akzent.

"Wieso denn?" meinte sie leichthin. "Dachtet ihr etwa, ihr seid die einzigen, die durch Zeitportale reisen?"

Die Kinder saßen wie gelähmt da. Von all dem, was sie bisher erlebt hatten, haute sie das hier am meisten um.

"Wie ich sehe hat es euch die Sprache verschlagen," fuhr die Lady fort. "Dann werde ich eben reden. Es wird euch interessieren, dass es für die Eingeweihten unserer Kultur nichts Ungewöhnliches ist, durch Zeit und Raum zu reisen. Und es ist auch nichts Neues."

Ein grüner Leguan, der sich auf einem knorrigen Ast ausruhte, änderte seine Stellung.

Das Gehege des Tieres war ein fein gearbeiteter Metallkäfig, der oben offen war. Unten im Terrarium waren Kiesel, eine Wasserschale, Futter und kleine Topfpflanzen. Die Kinder folgten seinen langsamen, wiegenden Bewegungen wie hypnotisiert. Die Lady bemerkte ihr Interesse.

"Die Exemplare, denen ich auf meinen eigenen Reisen in die noch entferntere Vergangenheit begegnet bin, waren nicht so zahm. Manche Echsen haben auch in unserer Zeit noch erschreckende Ausmaße. Sie befinden sich zum Glück an sicheren Orten - in der 'Äußeren Welt' - weitab von menschlichen Siedlungen."

"Erfreulicherweise sind sie nicht mehr so gigantisch und zahlreich wie in alten Zeiten. Unsere Vorväter hatten alle Hände voll zu tun."

Entfernte Vergangenheit? Wie viel älter konnte die Menschheitsgeschichte denn noch sein?

Die Lady streichelte den zahmen Leguan behutsam über den schuppig-grünen Rücken. Das Reptil war ihre Berührung gewohnt und hob seinen Kopf leicht an. Die Kinder waren noch immer fassungslos.

"Er hier ist nur eine reizende Miniaturversion." Die Lady sah auf.

Die Kinder schauten dem Ganzen fasziniert zu.

"Ich habe die entfernte Vergangenheit erlebt und viel von der Weisheit und Voraussicht unserer klugen Vorfahren gelernt." *Wirklich? Primitive Neandertaler wahrscheinlich,* dachte Chryséis.

"Die habe ich auch gesehen. Aber, ich rede von den Titanen. Die Vorväter unserer nun so schrecklich ignoranten Gabari," antwortete die Lady als hätte Chryséis etwas gesagt. "Jetzt sind sie nicht mehr so groß wie damals und einige haben noch unerwünschte Eigenschaften."

"Wie...?" begann Chryséis einigermaßen überrascht, aber die Lady von Sydonia ignorierte sie.

"Es gab in der Vergangenheit auch andere Menschen. Ziemlich weit entwickelte sogar. Sie haben mir das beigebracht, was man in eurer Zeit gute Magie nennen würde. All das wird bis zu eurer Generation wieder in Vergessenheit geraten sein. Ach ja, eure Welt in der Zukunft habe ich übrigens auch schon besucht."

Die Zukunft? Das wurde ja immer besser.

Trevor versuchte auszuklamüsern, warum ihm die Lady so bekannt vorkam. Sie erinnerte ihn an seine verstorbene Großmutter. Die Lady war aber alles andere als alt. Vielleicht war es die Stimme oder ihre Augen. Granny hatte auch so graue Augen gehabt.

Erstaunlicherweise fand Katherine als erste den Mut zu sprechen. "Lady, wie kann es sein, dass sie von den Zeitportalen wissen... so weit in der Vergangenheit?" fragte sie mit zitternder Stimme. "Haben Sie denn auch eine Vakuum-Batterie erfunden?"

Ihre Freunde wunderten sich über Katherines Mut. Sie war doch sonst immer so schüchtern.

"Unsere Kultur ist nicht so primitiv, wie ihr vielleicht schon gemerkt habt. Es gibt bei uns bessere Geräte als eure Vakuum-Batterie. Nur die Eingeweihten unter uns, meist Ladys, wissen über die Natur der Dinge Bescheid — und kennen das Geheimnis des Zeitreisens."

Die Kinder hörten gespannt zu. Gab es etwa noch andere Ladys hier?

"Für uns ist so ein Experiment kein Spaß. Wir müssen uns gut überlegen, was unser Dasein bereichern könnte. Wie wir uns auf die Zukunft vorbereiten und unsere Bevölkerung anleiten sollen."

Die Lady goss Tee aus einem kupfernen Krug in runde Têrakhontassen. Sie zeigte auf eine Platte mit Essen, die neben einem kleinen Wasserspiel stand.

In einer Schale aus weißem Marmor drehte sich eine polierte Steinkugel auf einer Wassersäule. Das Plätschern des Wassers wirkte beruhigend auf die nervösen Zeitreisenden.

"Dieses Wissen könnte in den falschen Händen *großen* Schaden anrichten," sagte die Lady. "Die Folgen eines

Missbrauchs wären verheerend. Das ist eine Sache, die ich bei euch in der Zukunft gelernt habe."

"Es ist unwichtig, wie man an Wissen gelangt. Es ist wichtig, wie man das Wissen mit Sorgfalt und Weisheit zum Besten anwendet." Sie lächelte. Die Kinder konnten nichts essen. Sie konnten nur zuhören.

"Ich sah wie riesige Titanen ihre beständigen Siedlungen mühelos erbauten. Wie geschickt sie ihre Straßen und Häfen anlegten. Vieles davon ging leider mit Land und Kontinenten verloren. Aber so manches überdauerte weit in die Zukunft hinein."

"Die Titanen wussten Weisheit und Können der Vorväter zu schätzten. Sie konnten noch mithilfe von Schallwellen Felsen und Steine 'durch die Luft' transportieren. Sie verstanden die Kunst Gestein zu erweichen, um die Brocken einander genau anzupassen."

Sie lauschten gebannt. Diese Unterhaltung ging in eine völlig unerwartete Richtung. Aber die Lady wusste natürlich schon lange, dass ihre mysteriösen Eltern unauffindbar waren.

"Ein Wissen, das man sogar zu unserer Zeit noch nicht wiedererlangt hat. Wir entwickeln die Technologie dahin, unsere Existenz angenehmer und sinnvoller zu gestalten. Zum Wohle aller. Nicht zum Zwecke persönlichen Gewinns. Ach je, ich sehe schon, dass euch mein Gerede ziemlich überfordern muss."

Sie hatte recht, es war fast unmöglich all das von einem Moment zum andern zu verdauen.

Die Lady ging zu einem der Mosaik-gerahmten Fenster hin und sah hinaus. Dies gab den Kindern Gelegenheit, sich umzusehen. Zum ersten Mal konnten sie ihren Hügel von der anderen Seite des Carter-Tals aus betrachten. Nein, das war ja jetzt das Sydonia-Tal.

Hinten im Zimmer stand ein ovaler Tisch mit 30 Stühlen und die Wände waren in verschiedenen Grüntönen bemalt.

Die gemalten Pflanzen schufen die Illusion eines

Sommergartens. Auf der vierten Wand war eine Landschaft dargestellt, die in die Ferne führte. Als die Lady vom Fenster zurücktrat, hatte Trevor sich etwas von seinem Schreck erholt.

"Geehrte Lady," sagte er mit rauer Stimme. "Wir haben noch nie jemanden wie Sie getroffen... der an Zeitreisen glaubt... und Sie sprechen Englisch... und reisen selbst durch Zeitportale..." Seine Stimme überschlug sich ein wenig.

Die Lady musste lächeln als die beiden Mädchen schüchtern nach den Snacks auf der Platte griffen.

"Kein Wunder, dass ihr überrascht wart. Ihr hattet Höhlenmenschen erwartet und gefährliche Tiere. Aber nicht so etwas." Sie machte eine weit schweifende Handbewegung. "Man braucht schon Mut und Können um hierher zu kommen."

In ihren Kristall-hellen Augen stand Anerkennung.

"Ich habe hier in Alesia nur einmal einen Wissenschaftler aus etwa eurer Zeit getroffen. Er war ein wenig komisch, und leider - ungewaschen. Und er murmelte ständig etwas von göttlichem Zorn und Teufelswerk und dergleichen."

Die Lady musste bei der Erinnerung daran seufzen. "Armer Mann. Wir hatten nicht genug Zeit, um ihn von seiner geistigen Verwirrung zu heilen. Nach ganzen zwei Tagen bestand er darauf uns wieder zu verlassen. Wir hatten aber insgeheim seinen Energiegenerator verbessert. Der reichte bei weitem nicht aus, ihn wieder in seine eigene Zeit zurückzubringen."

Sie krauste die Stirn und nahm einen Schluck aus ihrer Teetasse. Die drei Freunde starrten die Lady an.

"Geehrte Lady... dieser Zeitreisende..." begann Trevor.

"Oh, ich glaube, unser verschrobener Besucher erwähnte das Jahr 1678. Er war Arzt auf der Insel England. Das entspricht etwa dem Land Prydhain. Obwohl es jetzt noch mit dem Festland verbunden ist."

Die Kinder sahen sich an. Aus der Sicht der Lady lag

1678 nahe am 21sten Jahrhundert, aber noch fast im Mittelalter für einen modernen Menschen.

"Unser guter Doktor hielt sich an einem abgelegenen Ort in Virginia auf, in den Vereinigten Staaten. 'Land des Tabaks', wie er es nannte. Das ist natürlich hier auf dem Kontinent Patala. Eigentlich nicht weit von hier. Er meinte, die Behörden seiner Zeit machten ihm das Leben schwer. Wegen seiner Forschungsarbeit."

"Wirklich?" Sie beantwortete Trevors nächste Frage, bevor er sie stellen konnte.

"Ich glaube... sein Name war Gunniva." Sie hob ihre Augenbrauen fragend an.

Gunniva? Den Namen hatten sie noch nie gehört.

"Kaum zu glauben, dass er entdeckt hatte, wie man elektromagnetische Kräfte mit den primitiven Mitteln nutzen konnte, die ihm zur Verfügung standen. Er hatte Glück. Er wäre fast in Edfun gelandet." Was war Edfun?

Die Lady von Sydonia zuckte mit den Achseln und änderte das Thema.

"Es wäre auch zu *eurem* Vorteil, wenn ihr uns erlauben würdet, Änderungen an eurem Gerät vorzunehmen. Damit ihr durch irgendein Zeitportal an jedem beliebigen Ort wieder sicher zurückgelangt."

Das wäre großartig - aber die Kinder waren sich nicht sicher, ob sie ihr den ZPS einfach so geben sollten. Sie hatten ja diese erstaunliche Lady gerade erst getroffen. Konnten sie ihr schon genug vertrauen?

"Fürchtet euch nicht, Kinder, ich meine es gut mit euch." Sie schenkte ihnen ein gewinnendes Lächeln. "Ich wusste gleich zu Beginn von eurer Ankunft auf dem Hirtenhügel, und seitdem überlegte ich, wie ich euch weiterhelfen könnte."

Sie ging zum Fenster zurück und setzte sich auf die breite Fensterbank. *Sie wusste, wann sie in Sydonia angekommen waren? Diese Lady muss telepathische Fähigkeiten besitzen!* Dachte Chryseis.

"Wie sonst hätte ich wohl von euch gewusst? Und wie sonst könnte ich guten Rat erteilen? Ihr habt noch viel zu lernen!"

Sie drehte sich um und sah sie wieder an. Eine kleine Flugechse landete auf der Fensterbank hinter ihr. Die Lady sprang überrascht auf und musste lachen. Die Kinder staunten nicht schlecht über die quiekende Echse. Sie war senfgelb und hatte eine Libelle in den nadelscharfen Zähnen. Es sah die Frau kurz an und flog wieder davon.

"Macht euch keine Sorgen. Die telepathischen Fähigkeiten eines untrainierten Menschen sind minimal. Die meisten können nur gute oder schlechte Absichten ausmachen. Man könnte das Intuition nennen. Um Gedanken lesen zu können, muss man es richtig lernen. Richter und Amtsträger der Zitadellen werden darin unterrichtet."

Das erklärte vielleicht, warum es in Sydonia keine Telefone gab, dachte Katherine bei sich. Man musste sich das mal vorstellen... was wäre, wenn Leute in modernen Zeiten sowas könnten!

Eine schwache Melodie drang aus den Gärten zu ihnen hinauf. Jemand spielte Flöte. Die Lady lauschte einen Moment lang. *Konnte Kheton also auch Gedanken lesen?* Fragte sich Trevor.

"Ja sicher Trevor, aber er ist nicht imstande eure Gedanken genau zu lesen. Khetons Aufgabe ist es, Kläger und Angeklagte zu erkunden und es dem vorsitzenden Richter mitzuteilen. Die Funktion des Richters besteht darin, die Wahrheit abzuwägen und dann zu urteilen."

Trevor fuhr zusammen. Er musste aufpassen, seine Gedanken nicht so offen mitzuteilen. Diese Telepathie wurde ihm langsam unheimlich.

"Genug mit diesem ernsthaften Gerede. Wie gefällt euch denn bislang unser Sydonia?" fragte die Lady.

Die Kinder erzählten ihr, was sie in der kurzen Zeit alles entdeckt hatten. Dankbar dafür, dass sie mit jemandem darüber sprechen konnten.

Sie unterhielten sich eine Weile, bis die Lady von Sydonia sagte, "Meine jungen Gäste aus der Zukunft, ihr scheint unsere Kultur besser zu begreifen als unser Dr. Gunniva. Möchtet ihr mehr von dieser uralten Welt sehen und ein wenig reisen?"

Die Kinder verstummten. Was, reisen?

"Die Entscheidung liegt bei euch. Ich würde es verstehen, wenn ihr lieber in die Schule und zu euren Familien zurückkehren wollt."

Sie streichelte ihr Haustier leicht mit dem Zeigefinger. Trevor wurde es etwas unwohl dabei. Er erinnerte sich noch zu deutlich an ein schuppiges, dampfendes 'Ding'.

"Iguana sind gute Haustiere. Sie denken wenig und stören deshalb nicht." Die Lady goss Wasser aus einem Kristallkrug in die Schüssel im Terrarium.

"Ich werde euch helfen, egal wie ihr euch entscheidet. Wenn ihr bleibt, werde ich andere Ladys der Bekannten Welt, um ihren Schutz bitten."

Reisen... auf eine solche Entscheidung waren sie nicht vorbereitet. "Geehrte Lady, dürfen wir das kurz besprechen?" fragte Katherine zaghaft.

"Sicher mein Kind. So etwas sollte man nicht auf die leichte Schulter nehmen."

Die drei Freunde steckten ihre Köpfe zusammen und besprachen die Vor- und Nachteile des Angebots. Sie wollten noch nicht zurück, das stand fest. Es war einfach zu interessant hier. Sogar Katherine stimmte zu.

"Vielleicht ist Reisen aber zu gefährlich?" meinte Trevor.

"Es wäre sicherer hierzubleiben," sagte Katherine.

"Aber was ist, wenn wir andere Kontinente sehen können. Überlegt euch das mal!" Chryséis war von der Idee eher begeistert. "Das wäre doch einmalig. Es ist doch ziemlich sicher hier, oder? Ich meine, wenn wir unter dem Schutz all dieser Ladys stehen."

"Ich bin einigermaßen auf dieses Prydhain gespannt,"

sagte Katherine.

Trevor und Chryséis staunten, wie sich ihre Stimmung geändert hatte. "Also nehmen wir an?"

"Ich sage, wir nehmen an," sagte Katherine. "Moment, was ist, wenn wir einen Fehler machen und damit die Zukunft ändern?"

"Ok, wir fragen sie, was sie davon hält," schlug Chryséis vor.

"Ok." Sie drehten sich um und Trevor sprach für alle. "Wir haben uns entschieden. Wir möchten ihr Angebot annehmen."

"Ich freue mich, dass ihr uns noch ein wenig länger erhalten bleibt,"schmunzelte die Lady von Sydonia. Sie wusste natürlich schon Bescheid.

"Wir haben da nur ein paar Fragen... ehemm... was ist für Sie dabei drin?" fragte Chryséis. Sie war immerhin die Tochter eines Geschäftsmannes. Es gab nichts umsonst - oder?!

"Es ist ganz in Ordnung danach zu fragen. Ich verstehe, dass ihr aus einer Zeit kommt, in der alles seinen Preis hat," sagte die Lady. "Bei uns ist das anders. Wir möchten, dass ihr unsere Zivilisation kennenlernt und hoffen, dass ihr das Wissen in eure eigene Zeit mitnehmt. Damit zukünftige Generationen davon profitieren."

Die Lady von Sydonia lehnte sich im Sessel zurück faltete ihre Hände. "So viel Wissen ist schon verloren gegangen. Es gibt aber Hoffnung, dass die Menschheit durch besseres Verständnis schnellere Fortschritte machen wird."

"Aha," sagte Trevor.

"Was eure nächste Frage angeht... ihr solltet keine Gedanken daran verschwenden, wie die Zukunft sich durch eure Anwesenheit hier verändern könnte."

Sie waren überrascht, aber die Lady konnte natürlich ihre Gedanken lesen.

"Es gibt für eure Reise in unsere Zeit es einen guten

Grund - oder es wäre nicht möglich gewesen. Es steckt mehr dahinter als nur ein einfaches Schulprojekt."

Sie hätten gern noch mehr Fragen gestellt, aber die Lady war schon dabei zu erklären, was für ihre Reise geplant war.

"Zwei Wochen nach der Hochzeit werden Kheton und Lelani mit dem Schiff nach Atland aufbrechen. Atland ist das Alte Land. Kheton ist ein vielversprechender junger Mann. Er wird die Stellung eines 'Ehrenwerten Jungdelegierten' aus Alesia in Algiras, der Hauptstadt der Hauptinsel Atala, antreten."

Sie verstanden nicht, was das bedeutete. Altes Land und eine Insel mit einer Hauptstadt?

"Ich werde alles später erklären," meinte die Lady. "Ihr werdet sie auf dieser Reise begleiten. Ein Empfehlungsbrief für die Ladys der Zitadellen in zivilisierten Ländern, wird dafür ausgestellt. Wenn ihr Probleme habt, müsst ihr sie sofort um Hilfe bitten. Falls nötig mithilfe der Gedankenübertragung. Aus diesem Grunde werdet ihr Telepathie lernen."

Sie durften Telepathie lernen! Das hörte sich ja aufregend an. "Wann können wir denn damit anfangen, Lady?" fragte Trevor eifrig.

"Auf der Stelle, wenn ihr dies wünscht." Diese Lady machte keine halben Sachen.

Also bekamen die Zeitreisenden ihre erste Lektion in Telepathie, während Alun draußen geduldig auf sie wartete.

16 GEDANKENLESEN

Katherine stand mit zusammengekniffenen Augen im Zitadellgarten auf einer länglichen Rasenfläche. Ihr Mund glich einer schmalen Linie, als sie angestrengt versuchte sich Trevors Gesicht vorzustellen. Genau wie es ihnen die Lady von Sydonia vor ein paar Minuten gezeigt hatte.

Das Gras ist rot, das Gras ist rot, dachte sie immer wieder.

Trevor stand neben Chryséis. Sie waren auf der anderen Seite des Rasens. Er versuchte sich genauso zu konzentrieren und sich Katherines Gesicht mit geschlossenen Augen vorzustellen.

Sie sollten sich entspannen und gegenseitig Gedanken zusenden. Das war aber nicht halb so einfach wie es sich anhörte. Eigentlich hätte er ihre Gedanken auffangen sollen, aber er sah nichts. Nicht die geringste Spur von einem Gedanken.

"Katie, streng' dich nicht so an. Du weißt doch, du sollst dich entspannen," sagte Chryséis.

Katherine lockerte ihren Gesichtsausdruck etwas. '*Das Gras ist rot, das Gras ist rot.*' Sie wiederholte immer die gleichen Worte in ihrem Kopf und versuchte sie gleichzeitig an Trevor weiterzugeben.

'Stellt unerwünschte Gedanken ab, die ununterbrochen auf euch einströmen,' hatte ihnen die Lady gesagt. 'Dann stellt euch das Gesicht des anderen vor eurem inneren Auge vor. Denkt den Gedanken mit dem Herzen und konzentriert euch auf die Worte. Intensiv aber ohne große Anstrengung.'

Nachdem die Lady von Sydonia ihnen die Grundregeln erklärt hatte, ließ sie die Kinder durch eine verborgene Tür in den oberen Teil des Gartens hinaus. In den privaten Meditationsgarten der Lady, der mit blühenden Hecken umschlossen war. Hier konnten sie die Telepathie eine zeit lang ungestört von Jungfern und Besuchern üben.

Chryséis sah ungeduldig zu. Sie war gleich als Nächste dran. In einem Gedankenmeer zu waten, aber nicht darin schwimmen zu dürfen, war nicht gerade cool.

Auf einmal musste sie an rotes Gras denken. *Rotes Gras? Dummes Zeug! Lass' mich zufrieden Gedanke, ich kann dich nicht brauchen,* dachte sie.

"Ich krieg's einfach nicht hin!" Sagte Trevor enttäuscht. "Woran *hast* du denn gedacht?"

"Das Gras ist rot, Trevor! Vielleicht hast du dich nicht genug entspannt."

"Ich schaff's einfach nicht. Was ist, wenn wir das nie hinkriegen?"

"Das Gras ist rot, wirklich? Daran musste ich ja die ganze Zeit denken. Das Gras ist rot!" rief Chryséis triumphierend. "Meinst du, ich habe den Gedanken von dir aufgeschnappt?"

"Scheint so."

"So soll das aber nicht gehen." Trevor war ein wenig eifersüchtig. Warum hatte es bei ihm nicht geklappt, war er einfach zu dumm dazu?

"Gibt's nicht! Ich habe dir den Gedanken gar nicht geschickt. Ich habe mir mit Sicherheit Trevors Gesicht vorgestellt." Katherine ging zu ihren Freunden hinüber.

"Wenigstens wissen wir jetzt, dass irgendwas funktioniert hat." Trevors Unmut lichtete sich ein wenig. "Vielleicht müssen wir's einfach öfter üben."

"Ja, am besten jetzt gleich."

Chryséis konnte es kaum abwarten, das ganze nochmal zu versuchen. Die Lady von Sydonia hatte gesagt, dass Gedanken nicht in einer bestimmten Sprache übertragen wurden, sondern eher die Bedeutung.

"Wir müssen den Fokus hinkriegen. Bescheuert, wenn

irgend jemand, der nur so herumsteht die Nachricht bekommt, oder? Ok also, Gesichtsmuskeln entspannen..."

Zum Schluss war es aber immer noch nur Chryséis , die Gedanken lesen konnte. Aber das Telepathiefieber hatte sie alle drei erwischt und die Kinder stellten der Regentin von Sydonia eine Menge Fragen.

Die Nachmittagssonne hüllte das Tal in einen goldenen Schleier. Sogar das Quartier der Lady hatte einen goldenen Schimmer angenommen. Die Lady versuchte Trevor zu beruhigen.

"Jeder lernt unterschiedlich schnell, Trevor. Das hat nichts mit Intelligenz zu tun."

Es machte ihn noch immer nervös, dass sie wusste was er sagen wollte, noch bevor er es aussprechen konnte.

"Was ist, wenn ich schnell mal Hilfe brauche und ganz aufgeregt bin?" wollte Katherine wissen. Die Lady musste über ihren Eifer lächeln.

"Ein Hilferuf wird mit einer Intensität ausgesandt, die nicht unbemerkt bleibt. Wir versuchen uns aber sogar in Notsituationen zu entspannen. Innere Gelassenheit ist besser als Panikgedanken. Die sind nur im Weg."

Das leuchtete ein. Nur wie sich das in der Realität abspielte, war eine ganz andere Sache.

"Es braucht seine Zeit. Ihr müsst es immer wieder üben - am besten jeden Tag. Dann stellt sich der Erfolg schon ein." Die Lady wusste, wovon sie sprach. Immerhin konnte sie ziemlich gut Gedanken lesen.

"Die Menschheit der Zukunft hat die Gedankenübertragung so gut wie vergessen. Ihr müsst eure natürliche Begabung wiederentdecken."

"Was ist, wenn man das Gesicht des anderen gar nicht kennt?" fragte Katherine

"Dann konzentriert man sich auf den Namen, die Kleidung, den Ort oder ähnliches."

Trevor fiel noch etwas anderes ein. "Lady, ist es denn möglich sich vor schlechten Gedanken zu schützen?"

"Es ist tatsächlich möglich, sich vor schädlichen oder negativen Gedanken zu schützen. Ihr werdet mehr darüber lernen, wenn ihr Fortschritte mit der einfachen Telepathie gemacht habt."

Dann fragte Katherine etwas vollkommen anderes. "Liebe Lady, hmm, ich weiß nicht, wie ich Sie sonst nennen soll. Haben Sie denn keinen Namen? Ich meine, so wie wir?"

"Nein, mein Kind. 'Ladys der Zitadellen' geben ihre persönlichen Namen auf. Wir werden einfach zu 'Ladys' in unseren jeweiligen Territorien."

"Aber die Jungfern, die für Sie arbeiten, dürfen die denn ihre Namen behalten?"

"Ja, eine Jungfer behält ihren Namen. Wenn sie alle 'Jungfer' hießen, das gäbe wohl ein ziemliches Durcheinander!" Sie mussten lachen.

Jemand klopfte an die Tür. Eine wichtige Nachricht war gerade angekommen - telepathisch. Die Lady von Sydonia musste sich einer anderen Sache zuwenden.

Die drei Zeitreisenden verabschiedeten sich. Sie hatten jetzt eine Verbündete. Nein, sie hatten viele Verbündete auf der *ganzen* Bekannten Welt in der 'Alesischen Epoche'. 11 752 Jahre vor der Gegenwart.

Ihr kurzer Ausflug in die Vergangenheit hatte sich zu einem größeren Abenteuer entpuppt als sie es sich je hätten träumen lassen. Es war ganz wie in einem Süßigkeitenladen, wo man alles Zuckerzeug essen durfte, das man wollte.

Als sie wieder im Treppenhaus waren, wollte Alun wissen, warum sie so lange mit der Lady von Sydonia geredet hatten. Aber alles was sie ihm sagten war, dass die Lady ihnen Hilfe angeboten hatte. Für mehr reichte ihr Wortschatz sowieso nicht aus.

"Da hast du deine Antwort. Warum die Leute hier keine Handys haben," sagte Trevor zu Katherine als sie in den Vimaan kletterten. "Und warum ihre Technologie so weit entwickelt ist."

"Das alles haut einen ja glatt um," sagte Katherine.

"Ja." Chryséis hatte keine Lust zu reden.

Nach dem Abendessen hatten sie sich etwas erholt und unterhielten sich noch in ihrem Quartier.

"Wie kann es sein, dass die Vorfahren, von denen sie uns erzählt hat, so wahnsinnig clever waren?"

"Meint ihr, diese riesigen Titanen gab's wirklich mal?"

"Warum denn nicht? Guck dir doch Túvar an und die anderen Riesen..."

"Alles was wir wollten, war uns 'n bisschen in der Stadt umsehen. Jetzt passiert das alles, mit Riesen, fliegenden Autos und Dinosauriern," warf Chryséis ein.

"Echt krass!" meinte Trevor.

"Ja, aber wir haben total Glück, jemanden wie die Lady auf unserer Seite zu haben. Wird schon alles glattgehen. Und das waren übrigens Reptilien."

"Ja, ja. Mittlerweile 'n richtiges Abenteuer. Frag' mich, wie's in diesem Land Edfun zugeht."

"Hmm, muss hier irgendwo im Norden sein. Hat die Lady nicht was von Virginia gesagt?" meinte Chryséis.

"Egal. Ich geh' jetzt schlafen. Bis morgen früh dann," sagte Trevor.

Die Mädchen machten sich noch an ihrem Reiselogbuch zu schaffen. Trevor war bald eingeschlafen und träumte von Dinosauriern und schwarzen Spinnen.

17 ES WAREN EINMAL... GIGANTEN

Edfun, das größte Land auf dem Patala-Kontinent, war vor vielen Bündeln von Jahren - während des *Goldenen Zeitalters* - die Heimat der 'Götter' gewesen.

Die Titanen, die 'Großartigen', damals noch eine noble edfunische Rasse und auserkorene Verbündete der 'Götter' in der noch unergründeten Welt eines jungen Planeten. Sie wurden von den 'Göttern' darin unterwiesen, sich die Kräfte der Natur nutzbar zu machen.

Berühmt waren ihre Städte aus schwarzem Lavagestein, ihre Häfen und Schiffe.

Die Titanen verehrten den Mond, den sie *Zarpa Nitu* nannten. In Legenden war Zarpa Nitu einst die Heimat ihrer glorreichen Vorfahren gewesen. Die Nachkommen der Titanen, die Gabari, nannten sich deshalb noch immer *Chandravanshi* in der alten Sprache.

Die 'Kinder des Mondes'.

Dann, an einem verhängnisvollen Tag, änderte sich alles für immer. Naturkatastrophen übermannten den Mutterplaneten. Die Erde bebte unter einem unerbittlichen Ansturm. Das Dunkle Zeitalter begann.

Flutwellen überschwemmten die herrlichen Küstenstädte und Farmen. Kontinente versanken in geschmolzenem Gestein und Gebirgsketten wurden zu Ebenen. Wo sich einst sanfte Täler ausbreiteten, türmten sich nun zerklüftete Berge auf.

Den namhaften Kontinent in der Tiefe des Südens, Sâkadwipa, ereilte ein besonders grausames Schicksal. Nur wenigen gelang es zu fliehen, als liebliche Landstriche in einem Grab aus unüberwindlichem Eis versanken. Ins Reich der Legenden verbannt, überlebte Sâkadwipa nur in den Herzen der Überlebenden.

Als die zitternde Erde endlich zur Ruhe kam, war das Gesicht des Planeten verwüstet. Die großen Nationen der Vorzeit waren in einem winzigen Augenblick in der Erdgeschichte verschwunden. Die Zivilisation des Goldenen Zeitalters existierte nicht mehr.

Die guten Könige und weisen Priester der Gabari waren gegen das Ausmass der Zerstörung machtlos. Die 'Götter' selbst waren geflohen. Vergessen waren die Zeiten, als die noblen Titanen von den Nationen der 'Bekannten Welt' gepriesen wurden. Niemand nannte sie mehr die 'Großartigen' - gigantisch an Gestalt und Wissen.

Die Höhlen der 'Götter' mit ihren verborgenen Schätzen an uralten und unersetzlichen Aufzeichnungen der Zivilisation, waren verloren oder nicht mehr bekannt. Ihre Königreiche in Ruinen, schlossen sich die Gabari anderen Nationen an. Nicht lange danach verringerte sich ihre riesige Statur. Ein Zeitalter der Dunkelheit folgte.

Weisheit und Güte wichen der Machtgier und Grausamkeit. Aufrührer rissen die Kontrolle über das Land Edfun an sich. Als das Schlimmste auf dem verletzten Planeten vorüber war, erhielten Nationen von Nicht-Riesen die Werte der 'Götter' aufrecht. Die einst herausragendste aller Nationen verwickelte sich in Kriegstreiben.

Alesia wurde zu einem Bereich erneuter Zivilisation, wo das Gute vorherrschte. Das Land war nun gleichzeitig der Sonne und dem Mond gewidmet.

Die königlichen Gabari, die den alten Lehren der Urzeit folgten, versuchten vergeblich die Nation der 'Großartigen' wieder in früherer Pracht aufleben zu lassen. Der Versuch einer Vereinigung blieb erfolglos.

Aberglaube und schwarze Magie hatten unter der neuen Menschheit rasch die Überhand in Edfun gewonnen. Kriegsherren vermehrten ihren Status und materiellen Besitz. Der Handel mit Sklaven wurde zu einem beliebten Zeitvertreib.

In Friedenszeiten hielt man Kriegsspiele zur Belustigung der groben Zuschauer ab. Ein Test der körperlichen Kraft und Ausdauer angsteinflößender Wettkämpfer. Verlierer wurden zu brüllendem Gelächter des tosenden Publikums dahingemetzelt. Grausamkeit war zu einer Tugend geworden und es wurde gnadenlose Rache geübt, wenn die barbarischen neuen Gesetze nicht beachtet wurden.

Viele Gelehrte der wahren Gabari starben im Widerstand gegen die neuen Herrscher, die versuchten in den Besitz des uralten Wissens der 'Götter' zu gelangen. Überlebende, die eine faire und friedliche Regierung wollten, erwogen die Flucht aus ihrem geliebten Heimatland.

Als die Stadt Goma, eine Hochburg der wahren Gabari, unter hohen Verlusten niedergebrannt wurde, war es an der Zeit, den Kräften des Bösen und damit Edfun den Rücken zu kehren.

Im Schutze der Dunkelheit wurde ein steter Flüchtlingsstrom durch raues Gelände geführt. Ständig in Tarnung, die Routen und Zeiten wechselnd, sickerten die wahren Gabari einer nach dem anderen über die Grenze mit Alesia.

Das Nachbarland nahm die Flüchtlinge in seine Mitte auf. Die wahren Gabari, für ihr Wissen der 'weißen Magie' und ihre hohe Moral bekannt, waren in der wachsenden Nation Alesias willkommen.

Siedlungen entstanden an der Küste und entlang der Grenze. Die Grenze wurde gegen die unbarmherzigen Krieger aus dem Norden abgesichert. Die königlichen Gabari hielten sich vorerst von den Hauptstädten fern. Aus Angst entdeckt zu werden.

So kam es, dass die alten Traditionen außerhalb des frevelhaften Edfun für die Zukunft bewahrt wurden.

Generationen kamen und gingen, doch die Edfunier verloren nichts von ihrer Neigung zur Zwietracht. Innerhalb ihrer Grenzen, regierten die Herrscher und Zauberer Edfuns mit eiserner Faust und die zivilisierten Nationen waren oft gezwungen einzugreifen.

Die friedfertige Existenz der neuen Zivilisation musste zum Wohle aller geschützt werden, und es war schon lange nicht mehr zu Zwischenfällen gekommen.

 **18** **DAS NÄCHTLICHE ABENTEUER**

Katherine wurde mit einem Ruck wach. Hatte sie an der Tür etwa ein Geräusch gehört oder war es nur in ihrem Traum passiert? Sie sah sich nach Chryséis um.

Das Bett war leer, aber die Armbanduhr, die Chryséis immer trug, war noch auf dem Tischchen, das sie neben das Bett geschoben hatte.

Es war 2 Uhr morgens.

Chryséis war auch *nicht* im Badezimmer. Ging sie im Garten spazieren? War sie entführt worden? Katherine fühlte Panik in sich hochsteigen. Sie ging zum anderen Gästezimmer hinüber und klopfte an Trevors Tür. Das helle Mondlicht warf Schatten im Garten, aber von Chryséis gab es keine Spur.

"Trevor, wach auf. Trevor, Chris ist weg!" flüsterte Katherine aufgeregt. Zu laut.

Wenn sie einen solchen Krach machte, würde sie noch die Leute im Haus wecken. Sie klopfte. Trevor schlief aber wie ein Murmeltier, deshalb öffnete Katherine einfach die Tür. Nach einigem Rütteln und dem Einsatz von kaltem Wasser, wachte er endlich auf.

"Was zum— !" regte Trevor sich auf.

Wer schüttelte ihn da so grob? Dann sah er die verängstigt dreinblickende Katherine an seinem Bett stehen. Trevor war patschnass und mit einem Mal hellwach.

"Katie? Was ist los, ist was passiert? Eine Flutwelle?"

"Ach nein, Trevor! Chris ist weg. Ich bin aufgewacht und habe was an der Tür gehört. Ich *glaube* ich habe was gehört. Dann habe ich gesehen, dass sie weg ist."

"Langsam, langsam... weg?" Er versuchte den Schlaf abzuschütteln.

"Ja doch, einfach weg! Vielleicht ist ihr was zugestoßen?" Sie fing an zu schluchzen.

"Katherine MacDougal! Willst du das Problem etwa mit Heulen lösen?"

Trevor war nicht besonders guter Laune, aber die Logik seiner harschen Worte drang zu ihr durch. Katherine hörte abrupt auf und wischte sich die Augen.

"Ich weiß nicht, was ich tun soll," stöhnte sie. "Warum sollte jemand Chris mitnehmen wollen? Diese Leute waren doch so nett zu uns."

Trevor fuhr sich mit den Fingern durchs Haar.

"Vielleicht ist Chris ja gar nicht entführt worden. Denk doch mal nach. Der Mond scheint so hell heute Nacht. Sie ist einfach nur rausgegangen, das ist alles," versuchte er sich selbst zu überzeugen.

"Aber warum sollte sie allein draußen herumlaufen? Sie kennt sich doch gar nicht aus. Und mitten in der Nacht?" Katherine war jetzt mehr verärgert als besorgt.

"Weiß ich nicht. Wir haben die Wahl," sagte Trevor. "Entweder geh'n wir wieder schlafen und warten bis sie zurückkommt. Oder wir versuchen sie zu finden."

"Oh Trevor, lass uns lieber nach ihr suchen," bettelte Katherine.

" Ok, bin jetzt sowieso wach... und naß." Er wischte sich das Gesicht ab. "Dann können wir auch gleich nach ihr suchen geh'n. Ich zieh' mich um. Am besten holst du deinen Unsichtbarkeitsapparat."

Wenn sie die virtuellen Unsichtbarkeitsumhänge benutzten, würde man sie hoffentlich nicht dabei erwischen, wie sie im Garten herumschlichen. An die Hunde, die in der Eingangshalle schliefen, hatten sie allerdings nicht gedacht.

Die Hündin fing an zu knurren, als sie hörte wie die Walnussknospen im Hof unter den leichten Fußtritten knackten. Katherine und Trevor beeilten sich durchs Tor zu kommen und das Knurren hörte auf. Die Hunde hatten die Kinder an ihrem Geruch erkannt. Es regte sich nichts.

"Puh! Komm, lass uns gehen," sagte Trevor.

"Warte —" flüsterte Katherine. "Wie weiß ich denn wo du gerade bist?"

"Hier, nimm meine Hand. Ich bin gleich hier neben dem Tor. Nein, auf der anderen Seite."

Katherine grapschte in die Luft und bekam Trevors ausgestreckte Hand zu fassen. Sie liefen Hand in Hand bis zur nächsten Ecke und sahen vorsichtig um eine Hecke herum. Niemand war zu sehen. Sie hörten nur Stimmen ganz in der Nähe.

Die Kinder folgten dem Klang der Stimmen. Von der anderen Straßenseite kam schwacher Gesang.

"Fliegen Vimaane eigentlich auch nachts durch die Gegend?" fragte Katherine leise. Trevor zuckte mit den Schultern. Wenn ja, dann waren keine zu sehen.

Sie beschlossen, dass es sicher war über die Straße zu gehen. Als sie so weiterliefen, wurde der Gesang lauter.

Vor ihnen lag ein Park. Unterhalb eines niedrigen Hügels, etwas abgelegen und höher als die Straße. Ein hübscher Park, mit plätschernden Springbrunnen und Statuen aus glänzend weißem Stein.

Der Lustgarten war auf allen Seiten mit dunklen Hecken eingezäunt. Zwischen Rasenflächen und Blumen waren noch mehr Hecken und einige Gartenbänke. Bäumchen, wie Kugeln auf einem Stiel, standen auf beiden Seiten des sauberen Fußwegs. Der Vollmond badete alles in ein sanftes, silbernes Licht und in der Nachtluft hing noch warmer Blumenduft.

Ob Chryséis wohl hier war?

Hinten im Park, halb verdeckt von einer gestutzten Hecke, bewegte sich eine Gruppe ziemlich großer Leute rhythmisch zu leisem Gesang. Einer der Riesen hob seine Arme. Es sah ganz so aus als wollte er den Mond grüßen. Er trug er ein weißes Gewand genau wie die anderen, und dazu eine silberne Krone auf den grauen Haaren. Eine Silberscheibe, von silbernen Weizenähren eingerahmt. So wie der Kopfschmuck ägyptischer Götter. Katherine und Trevor sahen in sicherem Abstand hinter der Hecke gebannt zu.

Was machten die Riesen da bloß? Es sah ganz nach einem Ritual aus, wobei sie sangen und tanzten und mit dem Mond sprachen.

"Meinst du, das sind Zauberer?" fragte Katherine.

"Sssch. Keine Ahnung."

Die Riesen sahen recht harmlos aus, wie sie so auf den Steintisch zutanzten und dann wieder davon weg.

"Ayam rātris purusah candra masam

sanātanah jyotir nivartate..." sangen sie dazu.

"Heute Nacht strahlt der allwaltende Mondplanet

das ewige Licht wider..."

Der Tanz wurde rhythmischer und die Riesen bewegten sich jetzt im Kreis um den Steintisch herum.

Katherine drückte plötzlich Trevors Hand. "Schau mal!"

Er hatte es schon gesehen. "Das ist ja Túvar!"

"Meinst du Chryséis ist auch irgendwo hier?" flüsterte Katherine. Trevor hatte so sehr über die tanzenden Gabari gestaunt, dass er ganz vergessen hatte, warum sie hier waren - um Chryséis zu finden!

"Vielleicht ist sie ja dort beim Tisch dabei," flüsterte er zurück. Sie huschten näher heran. Chryséis war aber nirgendwo zu sehen. Sie wagten es nicht zu sprechen - so nahe bei den Gabari. Was jetzt?

Auf einmal hörte das Singen auf und ihr grauhaariger Anführer hielt eine große Silberschale mit einer klaren Flüssigkeit hoch. Die glänzende Schale wurde in der Gruppe herumgereicht. Jeder nahm einen winzigen Schluck von der Flüssigkeit, dazu wurde leise gesummt.

Ranef sprach mit sanfter Stimme, als 'der Spiegel des Mondes' herumgereicht wurde. Er rief 'Vater Mond' um seine Weisheit und Stärke an, den Bund der Exil-Gabari zu stärken. "Zarpa Nitu, weile in unserer Mitte in dieser Nacht der Zusammenkunft."

Soma, der leicht alkoholische Trank in der silbernen Schale, reflektierte den 'Vater Mond' am Sternenhimmel.

Es sollte den wahren Gabari dabei helfen, sich mit ihren Riesenbrüdern auf dem rechtschaffenen Weg zu verbinden. In dieser Nacht, waren viele Exil-Gabari dabei, dem Mond die Ehre zu erweisen.

Diese Zeremonien wurden in der Bekannten Welt stillschweigend toleriert, vorausgesetzt, dass der Friede nicht gestört wurde. Die wahren Gabari schöpften aus den Strahlen des Zarpa Nitu ihre Kraft für die gemeinsame Sache. Sich den dunklen Mächten Edfuns entgegenzustellen. Eines Tages würde sich dann das Volk der Riesen in edler Gesinnung wiedervereinigen.

Túvar war ein Nachfolger der königlichen Linie. Er wurde als Anführer der Gabari in Sydonia vorbereitet. Die Hoffnung seines Volkes ruhte auf seinen jungen Schultern. Ranef wurde zu alt dafür und die Kraft der Jugend war nötig. Das Böse in Edfun war wieder dabei aufzuflammen.

Am Morgen wollte man der Lady von Sydonia dahingehend eine Botschaft überreichen. Heute Nacht wurde gefeiert.

Es gab keinen Grund für Trevor und Katherine zu bleiben. Sie krochen langsam rückwärts. Dann drehten sie sich um und gingen leise über den Rasen auf die Straße zu.

Trevor stieß auf einmal mit einer unsichtbaren Wand zusammen, die anfing im Flüsterton zu fluchen. Er brachte es irgendwie fertig Katherines Hand weiter festzuhalten.

"Chryséis , bist du das?" rief Katherine leise nach dem ersten Schreck.

"Was macht *ihr* denn hier? Ich habe fast einen Herzanfall gekriegt!"

"Was meinst du wohl, was wir hier machen?" Katherine war erleichtert und ärgerlich zugleich. "Wieso bist du einfach weggelaufen?"

"Mann, Leute seid still, sonst kriegen wir noch Ärger!"

"Die können uns doch nicht sehen, Trevor," meinte Chryséis.

"Oh ja richtig... " sagte er. "Warum stehen wir hier eigentlich unsichtbar 'rum und streiten?"

"Gut, dann gehen wir eben zum Haus zurück und streiten da," schlug Katherine verstimmt vor. "Ich möchte dich am liebsten schütteln, Chryséis Cromwell - und dich dabei ansehen."

"Puh Katie, sei nicht so sauer. Ich habe nur mal schnell 'nen Spaziergang gemacht, und du hast geschlafen."

"Hab's dir ja gleich gesagt," meinte Trevor. Katherine ignorierte ihn.

"Wir dachten dir sei sonst was passiert. Ich habe mir Sorgen gemacht."

"Sorry."

"Du kannst dich später entschuldigen! Los jetzt," sagte Katherine in die Richtung von Chryséis' Stimme und zog an Trevors Hand.

"Autsch," beschwerte der sich.

"Heh, was ist wenn ich wieder in euch reinlaufe?" fragte Chryséis kleinlaut.

"Gib mir deine Hand," sagte Trevor. "Und fangt bloß nicht wieder an zu streiten!" Er griff in die Luft und bekam Chryséis' Handgelenk zu fassen.

Ein einsamer Vimaan flog lautlos am Park vorbei. Die Lichtstangen hinten und vorne erleuchteten die Straße. Die Kinder versteckten sich hinter einer Hecke und vergaßen ganz, dass sie ja unsichtbar waren. Sobald sie wieder beim Haus waren, fing Katherine an mit Chryséis zu schimpfen.

"Wieso hast du dich einfach so fort geschlichen?" Sie hatte Tränen in den Augen. "Du hättest wenigstens 'ne Nachricht schreiben können. Das hier ist doch kein Schulausflug."

"He, reg' dich ab Katie. Ich bekenne mich ja schuldig,"

verteidigte sich Chryséis. "Ich weiß ja, dass das hier kein Schulausflug ist."

"Warum bist du dann mitten in der Nacht draußen rumspaziert?"

"Ich bin erst geschlafwandelt... keine Ahnung warum der Unsichtbarkeitsapparat eingeschaltet war. Wahrscheinlich pures Glück," gab Chryséis zu. "Draußen auf der Straße bin ich dann aufgewacht. ich sah wie Túvar, der Riesenjunge, zum Park lief. Da war Gesang. Ich war neugierig und bin ihm gefolgt. Tut mir echt leid," schloss sie ihre Verteidigung ab.

"Du bist schlafgewandelt?" Katherine konnte sich erinnern, wie sie Chryséis mal in ihrem Zimmer auf der Matte schlafend gefunden hatte.

"Ja, ich schlafwandle manchmal, wenn ich gestresst bin. Es fing damals an, als Mom in der Klinik war mit Jason und Cassie. Ich war noch ganz klein und habe sie schrecklich vermisst."

"Warum hast du denn nie was gesagt?"

"War mir peinlich."

"Na, das kann ja heiter werden. Kann man das kontrollieren? So 'ne Expedition ist nicht grade stressfrei," sagte Trevor.

"Weiß ich nicht. Vielleicht."

"Wir können die Lady von Sydonia fragen. Vielleicht kann sie uns helfen," sagte Katherine.

"Wir können's ja mal versuchen."

Trevor änderte das Thema. "Was haben die Riesen eigentlich da im Park gemacht?"

"Die gehören wohl zu so einer Art Kult. Die Zeremonie hatte was mit dem Mond zu tun. Faszinierend, was?!"

"Den Nachbarn scheint's nichts auszumachen. Du kannst mir nicht erzählen, dass wir die einzigen waren, die den Gesang gehört haben."

"Wer weiß?" Chryséis zuckte mit den Achseln. "Ich bin fix und alle. Lasst uns schlafen geh'n."

"Ok, wir können ja morgen weiterreden."

*

In dieser Nacht, weit im Norden hinter der alesischen Grenze, waren Riesen bei einer sehr anderen Art von Zeremonie. Es waren edfunische Kriegsherren und sie hatten keineswegs Gutes im Sinn.

Trommeln dröhnten tief und rhythmisch innerhalb der kalten Festungsmauern von Schuruk. Der kahle Hof wurde von den Flammen knisternder Fackeln erhellt, die um den Altar herum aufgepflanzt waren.

Ihr Anführer, der schreckliche Hohepriester von Schuruk, schwenkte das rituelle Messer, von dem Blut tropfte. Der Zauberer trug einen Kopfschmuck aus rotem Kupfer.

Seine Stirn unter dem verfilzten Haar war mit einer schwarzen Spinne tätowiert und sein Rücken war unter der schweren Lederrüstung gekrümmt. Die Tätowierungen an seinen Armen waren fast von den Ärmeln einer schwarzen Tunika verdeckt. Obwohl das Kupfer das Mondlicht reflektierte, ehrten diese Gabari nicht den 'Vater Mond'.

Der schwarze Stier auf dem Altarstein wand sich im Todeskampf. Blut, die symbolische Kraft des Lebens, rann eine Steinrille hinunter und in eine Schale aus gehämmertem Kupfer. Der Hohepriester tauchte einen kunstlosen Kupferbecher in das Blut und reichte ihn einem seiner hochragenden Lehrlinge. Es war zum späteren Gebrauch bestimmt.

Der Mond warf kaltes weißes Licht auf die bösartige Handlung. Die Fackeln flackerten im jähen Windstoß auf, als der Hohepriester gerade *Xipe Xolotle*, den Planeten Mars, heraufbeschwor. Er übergab die Lebenskraft des starken Tieres dem gnadenlosen roten Gott des Krieges.

Er stieß einen furchtbaren Zauberspruch aus, der dazu gedacht war, die silberne Kraft von Zarpa Nitu, 'Vater Mond', zu unterbinden und den verräterischen Bund der Exil-Gabari zu zerreißen. 'Vater Mond' war nichts anderes als ein schwacher, alter Mann von einem Gott, der von den genauso schwachen Gabari-Verrätern im Feindesland verehrt wurde.

Zarpa Nitu war nicht fähig den Anführern Edfuns in ihrem rechtmäßigen Bestreben nach Macht Hilfe zu leisten. Was sie wollten, war die unerbittliche Kraft und Unterstützung des Roten Gottes.

"Vergib uns, 'Herr des Krieges'. Dieses armselige Opfer ist Eurer unwürdig," entschuldigte sich der Zauberer bei der Gottheit. "Bald werden wir etwas Besseres haben, das Euch zur Ehre gereicht."

Edfunische Spione hatten von der Ankunft von drei jungen, kräftigen Fremden in Sydonia berichtet. Ihre Herkunft war unklar, aber sie schienen der Lady von Sydonia außerordentlich wichtig zu sein. Dieser Status verlieh ihnen eine begehrenswerte Energie. Der Zeitpunkt war perfekt.

Genau wie Ranef, der Anführer der Gabari in Sydonia, sang der Hohepriester von Schuruk im alten Dialekt der 'Großartigen'. Seit dem fernen Goldenen Zeitalter war er für Rituale benutzt worden.

Die Stimme des Zauberers schlug schlagartig in eine dröhnende Anrufung um.

"Adhiyajñah katham ko 'tra
dehé asmin
Jñeyah asi Prayāna kāle?"
"Herr der Opfergabe, wie kann man
Euch in diesem Körper
zum Zeitpunkt des Todes
erkennen?"

Die umstehenden riesigen Kriegsherren antworteten mit einem markerschütternden Schlachtruf.

"Ari-sūdana!"
"Als Mörder der Feinde!"

Die furchterregenden Riesen schüttelten ihre gewaltigen Waffen gen Himmel und brüllten. Die Assistenten des Zauberers zerlegten geschwind den Kadaver. Dann wurde das blutige Fleisch in einer grausigen Prozession zur Zugbrücke getragen.

Kleine Steiniglus standen auf beiden Seiten der Brücke. Große Tarantel-Weibchen waren in den beiden Dolmen untergebracht. Ihre Aufgabe war es, die Festung von Schuruk mit zu bewachen. Die Fleischstücke wurden vor den Dolmen aufgehäuft. Die Monsterspinnen verloren keine Zeit. Sie krochen über das Opfer und begannen mit dem Spinnen.

Die grausamen Gesichter der Kriegsherren glichen im tanzenden Licht der Fackeln nur noch Fratzen. Die Riesentaranteln zogen die weißen Pakete in ihre steinigen Iglus hinein. Die Fackeln flammten höher und heller auf, als wollten sie sich über den unwilligen Mond lustig machen.

Es war getan. Der Rote hatte die Opfergabe angenommen! Xipe Xolotles hatte ihrem Unternehmen seinen Segen gegeben!

Wieder erscholl der furchtbare Schlachtruf und gleichgesinnte Edfunier vor den Festungsmauern stimmten mit ein.

"Ari-sùdana!"

Xipe Xolotle würde am morgigen Tag noch zufriedener sein. Drei Unschuldige waren genau das, was gebraucht wurde.

"Ari-sùdana!"

"Ari-sùdana!"

 **19** **DER VORFALL BEIM MARKTPLATZ**

Die Lady von Sydonia hatte angeordnet, die Suche nach den Eltern der fremden Kinder einzustellen. Auch wenn Harun und seine Familie nicht verstanden warum, stellten sie die Weisheit ihrer Regentin nicht in Frage. Sie würden sich eben um die jungen Gäste kümmern, bis sie mit Kheton und Lelani abreisten. Es war ihnen eine Ehre.

Nach der Hochzeit hatten die Zeitreisenden sich zu einer gesundheitlichen Untersuchung beim 'Haus des Lebens' einzufinden. Danach würden sie zwei Mondphasen lang die Zitadellschule besuchen. Bis es soweit war, versuchten sie den fieberhaften Vorbereitungen für die Hochzeit aus dem Weg zu gehen.

"Warum schauen wir uns nicht noch'n bisschen an der Zitadelle um?" schlug Chryséis vor.

"OK, dann lass uns zum Amphitheater rübergehen. Ich wollte mir schon immer mal eins angucken."

"OK," sagte Trevor und stand träge von der Gartenbank auf.

Sie hatten gerade dem Kinderchor im Zitadellgarten zugehört. Katherine berührte den Knopf an ihrem virtuellen Unsichtbarkeitsapparat, der zu verrutschen drohte - und war verschwunden!

"Katie!" zischelte Chryséis.

"What?"

"Du bist u n s i c h t b a r —"

"Oh nein!"

Zum Glück hatte niemand sonst das plötzliche Verschwinden des fremden Mädchens bemerkt. Man hätte es sonst als schwarzen Zauber oder 'Obeah' verstehen können. Und das bedeutete nichts Gutes in Alesia. Soviel verstanden sie schon.

"Mensch, das war ja was! Gut, dass du hinter dem Azaleenbusch warst," sagte Chryséis auf dem Weg zum Amphitheater. Dort übte gerade ein Orchester.

"Das kann man wohl sagen."

"Denkt dran: den VU immer mit der linken Hand aufsetzen. Der Knopf ist rechts. Links festhalten, rechts auf den Knopf drücken."

"OK, gebongt."

Als ihnen langweilig wurde, machten sie sich wieder Richtung Aluns Haus auf. Sie nahmen den hinteren Weg durch den Garten.

"Es ist sowieso besser, die Dinger in unseren Rucksäcken unterm Bett zu lassen," sagte Trevor, als sie allein im Zimmer der Mädchen waren.

"Meinst du es ist sicher ohne die VUUs?"

"Wieso nicht? Die Sydonier haben eher 'n Problem damit, wenn wir sowas verrücktes machen, wie auf einmal zu verschwinden."

"Ich denke wir sollten sie lieber mitnehmen."

"Ok, aber passt auf. Links festhalten, rechts auf den Knopf drücken—"

"Ja, ja."

Sie übten ihre Telepathie und diesmal konnte Trevor sogar schon einen Gedanken von Chryséis aufschnappen.

Bald mussten sie wieder zum Quartier der Lady. Auf dem Tisch standen Granatapfelsaft und Walnussplätzchen.

Diesmal erzählte ihnen die Lady von Sydonia von ihren eigenen Abenteuern als Zeitreisende in die Zukunft. Sie hatte es geschafft in die Zukunft zu reisen! Tausende von Jahren... sie waren ganz baff.

Während einer ihrer Ausflüge mit einer Freundin, der Lady von Algiras, waren sie im mittelalterlichen Italien gelandet. An der Universität zu Padua teilten sie ihre

Meinung über die schlechten Lebensbedingungen des Volkes mit Professoren und Studenten.

Gleich darauf wurden die Frauen der Hexenkunst beschuldigt. Als sie zum Kerker gebracht wurden, drohte man ihnen grausame Strafen an. Die beiden Frauen verloren keine Zeit.

"Es sorgte für ziemlichen Wirbel, als die beiden Hexen auf einmal auf dem Weg zum Gefängnis verschwanden." Die Lady lachte.

"Aber war das nicht gefährlich?" fragte Katherine. "Die hätten sie doch foltern können - oder sogar umbringen!"

"Wir mussten etwas sagen. Ihre Meinungen waren einfach so falsch. Das muss man sich vorstellen: unser Planet ist flach und Erziehung gibt es nur für reiche Männer! Alle anderen sind Untertanen."

"Aber... sie hätten doch die Zeitportalsucher wegnehmen können."

"Unsere Geräte sind völlig anders als eure. Die Wachen hätten keine Ahnung gehabt was sie da vor sich haben."

Die Zeitreisenden hörten fasziniert zu, als die Lady von Sydonia erzählte, wie sie auch die Bekanntschaft von Indianern gemacht hatte.

Der Stamm hatte zuerst vor der fremden Frau im glänzenden Kleid Angst gehabt. Die erschien und verschwand, wie es ihr passte. Mit der Zeit hatten sie die Lady dann als übernatürlichen Geist willkommen geheißen.

Danach war sie viele Jahresbündel weiter in die Zukunft gereist. Im Jahr 1967 in der Stadt New York, schienen Liebe und Frieden ziemlich wichtig zu sein.

"Zwanzig Jahre später war das Streben nach Geld und Macht offenbar wichtiger. Trotz einer verbesserten Technologie. Aber es gibt noch Hoffnung für kommende Generationen. Im Jahr 2034..." die Lady hörte abrupt auf zu reden.

"Ja — ?" fragte Chryséis erwartungsvoll.

"Oh, ich darf meine Geschichte nicht einfach so

weitererzählen..."

"Warum denn nicht?"

"Es wäre nicht richtig über eure Zukunft zu reden."

Das war alles, was die Lady über die Zukunft der Kinder verriet, egal wie sehr sie anbettelten. Sie waren sehr enttäuscht. Die Lady wollte auch nicht verraten, wie das Reisen in die Zukunft funktionierte.

"Alles zu seiner Zeit," sagte sie nur.

Später machte Chryséis heimlich Aufnahmen von Musikern in der Halle von Aluns Haus.

Da waren zwei Flöten- und ein Harfenspieler, der auch auf der Leier spielen konnte, einen Trommler mit zwei Tablas und einen Sänger. Anscheinend war es seine Aufgabe, das Brautpaar mit Humor zu necken.

Katherine hörte hinten auf dem Rasen mit Kopfhörern ihrer Lieblingsband zu. Sie summte die Lieder mit, als sie etwas auf den Schreibblock kritzelte. Der Stift mit der grünen Flaumfeder war lustig. Ein Geschenk von Tante Trudie, Moms jüngerer Schwester. Katherine musste daran denken, wie sehr Tante Trudie Science Fictionfilme mochte. Wahrscheinlich würde sie Katherines Trip in die Vergangenheit richtig toll finden...

Trevor kam zu ihr und meinte, dass Aluns Mutter ein paar Sachen brauchte. Alun sollte dies und das auf dem Moti Markt im Stadtzentrum besorgen.

"Er fragt, ob wir mitkommen wollen."

"Klar, lass uns geh'n," sagte Katherine.

Diesmal machte Alun keine Umwege. Das Zentrum von Sydonia war ganz modern mit seinen glänzenden Kegeltürmen. Ein ausgedehnter Park um das Stadtzentrum bildete eine ringförmige, grüne Zone.

Vier Hauptstraßen durchkreuzten die Grünanlage und die Segmente waren durch Fußgängerbrücken verbunden. Auf Fußpfaden konnte man um die Seen herumlaufen.

Man konnte auch auf einem der Spielfelder Sport treiben oder sich einfach nur auf einer Bank ausruhen.

Im Park waren keine Fahrzeuge erlaubt, und Alun landete seinen Vimaan nahe der inneren Grenze genau beim Marktplatz.

Alun zeigte seinen neuen Freunden noch schnell eine besondere Attraktion neben den Spielfeldern. Den 'Riesensprung'. Eine Reihe großer Fußabdrücke.

Vor tausenden von Jahren war hier ein Titan neben einem Dinosaurier auf dem weichen Sand gelaufen. Die Fußabdrücke waren nun versteinert. Als die Stadt erbaut wurde, hatte man sie unter einer Kalksteinschicht gefunden. Wissenschaftler waren sich sicher, dass sie versucht hatten vor einem ausbrechenden Vulkan zu flüchten.

Alun erzählte mit viel Gestikulieren. Die Zeitreisenden folgten seiner Geschichte so einigermaßen. Unglaublich. Der Felsen wimmelte nur so von Schulkindern, die die dreizehigen Abdrücke des Dinosauriers anfassen und darin stehen wollten.

Dann führte Alun sie über eine Brücke zu den Kuppelbauten am Marktplatz. Um einen großen Springbrunnen herum waren Stände aufgebaut.

Als sie an einem Kuchenstand vorbeikamen, fingen die Käufer an zu singen. Alun schien darüber kein bisschen überrascht zu sein. Er sah die verwirrten Blicke seiner Freunde und erklärte, dass jemand den Geschmack eines bestimmten Kuchens gelobt hatte. Also stimmten die Kunden in ein bekanntes Lied ein, bei dem es ums Kuchenbacken ging. Zumindest hatten sie das so verstanden.

Der Markt war belebt. Alun drängte sich schnell zwischen den Leuten hindurch und die Zeitreisenden versuchten ihn nicht aus den Augen zu verlieren. Leider hatten sie keine Zeit, all die faszinierenden Dinge näher auszukundschaften.

Viele Leute kauften für einen alesischen Feiertag Kerzen, Räucherwerk und Haferplätzchen ein, die wie Fische aussahen. Die üblichen Gaben an Nereus, den Gott des Wassers und seine Töchter, die Nereiden.

Die Alesier dankten den Göttern noch immer für die Rettung ihrer Vorfahren aus den salzigen Fluten, als Atland auseinandergebrochen und auf den Meeresgrund gesunken war.

In der Markthalle des 'Moti Markts' waren die Böden und Wände aus beigem, hoch poliertem Stein. Ganz wie auf einem modernen Bahnhof.

Durch die Têrakhonkuppel fiel das Sonnenlicht auf ein eingelegtes Muster im Boden. Das Halb-Sonne-Halb-Mond Symbol Alesias. Die Lady hatte gesagt, dass es das Sonnenzeichen Alesias mit dem Mondzeichen der 'Kinder des Mondes' vereinigte.

Der Einkauf war im Nu erledigt. Als sie gerade wieder nach draußen gehen wollten, gab es ganz in der Nähe ein Geschrei. Ein junger Mann hatte etwas unter sein Hemd gesteckt und versuchte davonzulaufen. Diebstahl in Sydonia? Wozu? Die Marktbesucher waren verwirrt und in dem ganzen Geschubse und Gedränge passierte etwas Merkwürdiges.

Kräftige Hände packten die drei Zeitreisenden und legten sich auf ihre Münder. Die Kinder bewegten sich durch die Luft auf die geöffneten Tore zu. Alun starrte ihnen nach und deutete in ihre Richtung, konnte aber vor lauter Schreck nichts sagen. Niemand sonst nahm davon Notiz. Der Dieb auf der anderen Seite der Halle zog die ganze Aufmerksamkeit auf sich.

Alles schien nach Plan zu verlaufen. Aber die riesigen Kidnapper hatten nicht mit der zornigen Chryséis gerechnet. Sie biss kräftig zu und die große Hand flog mit einem Gröhnen von ihrem Gesicht.

Chryséis fing an um sich zu treten und schrie so laut sie konnte. "Aaaaahhh! Lasst mich los, lasst mich los - aaahhh - lasst mich los!!"

Ihr schriller Schrei drang durch das allgemeine Durcheinander. Die Kinder schwebten geschwind durch die Luft und waren schon fast beim Eingang angelangt. Leute, die ihnen zur Hilfe eilten wurden zur Seite geschleudert.

Endlich drehten sich mehr und mehr Köpfe in ihre Richtung und jeder sah, wie die fremden Kinder in der Luft hingen und auf den Ausgang zuflogen. Obeah am Werk! Diebstahl war abscheulich genug, aber wer wollte unschuldigen Kindern mit schwarzer Magie etwas anhaben?

Die Alesier machten sich daran den Kindern zu helfen.

Die Edfunier sahen geschwind nach, ob sie tatsächlich noch unsichtbar waren. Die Amulette um ihren Hals waren immer noch da, also sollte eigentlich das, was sie anfassten auch verschwinden. Aber anscheinend konnten diese miesen Alesier die fremden Kinder sehen!

Man hatte ihnen telepathisch befohlen, sie zu entführen. Die intensiven blauen Augen des gewieften Hohepriesters von Schuruk hatte ihnen keine Wahl gelassen.

Die Kinder wurden als Opfergabe an Xipe Xolotle gebraucht, dem grausamen 'Roten Kriegsgott'.

Und nun das!

Um sie herum stellte sich eine Wand von Alesiern auf. Einfach Wegschleudern ging nicht. Dazu waren es zu viele. Jetzt wurden auch noch die schweren Tore aus Têrakhon direkt vor ihnen geschlossen. Die Mission musste abgebrochen werden!

Sie hatten vor ihrem Hohepriester versagt, vor ihrem Land und ihrem Gott. Aber die Alesier durften nicht die Wahrheit herausfinden.

Die Schergen ergriffen die Flucht. Die großen, unsichtbaren Hände, die Chryséis hochhielten, lockerten ihren Griff und sie fiel auf den polierten Steinboden.

Chryséis schrie auf und ein stechender Schmerz schoss durch ihr Fußgelenk. Dann fielen auch die beiden anderen Kinder zu Boden. Sie rollten zur Seite, schienen aber unverletzt. Draußen gab es einen Blitz. Das letzte, was man von den Kidnappern sah.

Die umstehenden Alesier waren fassungslos. Obeah, schwarze Kunst! Hier! Steckte Edfun dahinter? Seit vielen Jahresbündeln hatte Friede geherrscht...

Es bildete sich ein Schutzwall um die Kinder auf dem Boden. Eine Frau kümmerte sich um Chryséis bis ein Arzt eintraf.

"Ganz ruhig bleiben," sagte sie dauernd. "Hilfe ist auf dem Weg."

Die Marktwachen versuchten die Schuldigen zu finden, aber die waren schon längst über alle Berge.

Überhaupt waren die Wachen eher darin geschult, den Gebrauch von Gewichten, Zahlungsmitteln und die Qualität von Waren zu beaufsichtigen. Hinter unsichtbaren Entführern herzujagen war nicht unbedingt Teil ihrer Aufgabe.

Ein Mediziner kam und untersuchte Chryséis ' Fußgelenk. Sie hatte nur einen verstauchten Knöchel. Sie wurde sogleich mit einem Heilungsapparat behandelt. Ein beruhigender Recutistranks stellte die drei Kinder bald wieder her.

Alun wurde von den Wachen befragt, konnte aber auch nichts Neues hinzufügen.

"Die Kinder bewegten sich durch die Luft - auf den Ausgang zu. Dann schrie Chryséis und sie fielen alle zu Boden," stammelte er.

Ein Bericht musste an die Zitadellbehörde gesandt werden. Die drei betroffenen Kinder waren offenbar Fremde, unter dem Schutz der Lady der Zitadelle. Der ältere Junge kam aus Sydonia.

Recht mysteriös das Ganze.

Den Marktbesuchern wurde für ihre Mithilfe gedankt und man ging seiner Wege. Aber es hingen noch immer Fragen in der Luft. Warum waren die Entführer unsichtbar gewesen? Was wollten sie von drei fremden Kindern? Steckte Edfun dahinter?

Ja, Edfun war sicher hier in Sydonia! Unbehagen machte sich breit. Die Sydonier mussten von jetzt ab auf der Hut sein.

Der glücklose Dieb wurde an einer Straßenecke nicht weit von der Markthalle geschnappt. Er war ein junger Schreiber im Dienst eines alesischen Kaufmanns.

Man hatte ihn zum Markt geschickt, um Haferkekse und Räucherwerk für das Fest zu besorgen. Als er nach dem Diebstahl gefragt wurde, war er vollkommen durcheinander.

"Ich brauche überhaupt keine Statue der Erdmutter!" Es war ihm sehr peinlich eines Diebstahls beschuldigt zu werden. Das Letzte woran er sich erinnern konnte, war der Anblick fesselnder blauer Augen - und darüber eine schwarze Spinne.

An diesem Abend wurde noch ein sehr ernsthafter Diebstahl entdeckt. Eines der weißen Pferde der Teststation von Sydonia war in der Dunkelheit von der Weide verschwunden. Der Zentaur Gobän war beim Versuch die Tiere zu schützen verletzt worden.

Ein einziger wertvoller Hengst war gestohlen worden. Nur wie es dazu gekommen war, konnte nicht geklärt werden.

Am Nachmittag wusste man noch nichts davon, weil Túvar noch bei der Arbeit war.

Aluns Familie hatte sich um den Esstisch herum versammelt und hörte seiner Geschichte über die versuchte Entführung zu. Wer, um der Erdmutter willen, konnte etwas von den Schützlingen der Lady wollen? Ein schockierender Vorfall!

Als Túvar endlich nach Hause kam, erzählte er niedergeschlagen von dem gestohlenen Pferd. Sein Vater Harun stellte schnell den Zusammenhang zwischen dem Entführungsversuch und dem Hengst her. Edfun plante wieder einen Angriff!

Er trug seinem Adoptivsohn auf, die jungen Gäste zu bewachen, da er der einzige Gabari in der Familie war. Die Kinder verstanden, dass Túvar ab jetzt ihr Bodyguard sein sollte. Immerhin fühlten sie sich dadurch etwas sicherer.

Nach dem Abendessen begleitete Túvar sie zum

hinteren Teil des Hauses und machte es sich für die Nacht auf dem freien Bett in Trevors Zimmer bequem.

Unter den wachsamen Blicken des Riesenjungen hielten sie eine Krisensitzung ab.

"Was machen wir jetzt?" fragte Chryséis und setzte sich neben Trevor. "Ich habe Angst. Die waren ja unsichtbar. Was ist, wenn sie zurückkommen?"

"Die Lady von Sydonia wird uns schon beschützen," sagte Trevor zuversichtlich.

"Woher wissen wir das?" schnappte Katherine.

"Ich vertraue ihr."

"Und warum haben sie überhaupt versucht uns zu kidnappen?"

"Das waren doch gar keine Alesier."

"Wer war es dann?"

"Das müssen wir rausfinden. Harun sagte was von Edfuniern."

"Edfun schon wieder!"

"Mir ist egal, wer das war. Vielleicht sollten wir jetzt lieber abhauen."

"Wie denn? Die Lady hat unsere ZPSe und Túvar beobachtet uns wie ein Luchs," sagte Trevor.

"Also was dann? Wir können die ZPSe auch nicht einfach klauen. Wir wissen nichtmal, wo die sind," stöhnte Katherine.

"Du hast recht!"

"Und morgen ist Khetons Hochzeit," sagte Chryséis.

Sie konnten sich jetzt nicht einfach aus dem Staub zu machen. Die Lady von Sydonia wusste sicher schon von dem Vorfall beim Markt und würde sie beschützen. Genau wie sie es versprochen hatte.

 20   DIE HOCHZEIT

Am Morgen erwachte Chryséis zum Lärm und lauter Musik im Hof. Sie rieb sich die Augen. "Wach' auf, Katherine. Heute ist Hochzeit."

"Was?"

"Die Hochzeit. Steh' auf!" sagte Chryséis.

Die Mädchen waren im Handumdrehen fertig. Trevor brauchte etwas länger. Túvar war schon früh aufgestanden ohne die jungen Hausgäste zu wecken.

Chryséis wurde ungeduldig. Sie wollte unbedingt sehen, was draußen los war. Als sie auf das Haus zugingen, sahen sie Alun und Túvar ganz in weiß gekleidet beim Springbrunnen stehen. Die beiden reichten ankommenden Gästen rote und türkise Bänder.

"Schelanti Athenai, kommt und macht mit!" Alun lachte und wickelte ein türkises Band um Katherines Handgelenk. Heute wollte man die Gefahr aus Edfun vergessen.

Die Gesellschaft des Bräutigams traf ein. Sie brachten eine Zitadell-Jungfer mit, die Oruwen hieß. Sie würde die 'Verbindungszeremonie' vornehmen.

Die Feierlichkeiten begannen ausgelassenen mit dem 'Heimbringungs-Ritual'. Rhythmisches Trommeln erschallte, als im vorderen Hof das Schauspiel stattfand. Niemand wusste, woher es eigentlich kam, aber es machte riesigen Spaß.

Die verschleierte Braut wurde zum Bräutigam gebracht, der draußen vor dem Tor wartete. Dort entführte sie prompt ein großer Affe. Es war rasend komisch. Der kreischende Affe wurde mit viel Getöse und Gelächter verfolgt und die Braut gerettet. Der Affe war natürlich ein

Freund Khetons in einem Affenkostüm.

Das lachende Paar wurde ins Haus geführt, mit Girlanden behängt und mit duftendem Rosenwasser bespritzt. Lelani trug einen Kopfputz aus Blumen, den man Mädchenkranz nannte. An ihrem weinroten Kleid hatte sie monatelang gestickt. Der Bräutigam trug ein schmales Stirnband und eine vornehme weiße Tunika mit Hosen.

Ein Chor begrüßte sie in der Eingangshalle mit einem ergreifend schönen Lied. Dann begann der offizielle Teil der Zeremonie. Die Jungfer Oruwen hielt eine eindrucksvolle Rede über die Bedeutung der Ehe und der Rolle in der Gesellschaft. Dann band sie die Handgelenke des Paares mit roten Hochzeitsbändern zusammen. Zu viel Applaus gingen sie mehrmals um eine polierte Metallschale herum, in der ein Feuer flackerte. Es war Aluns Aufgabe, nach jeder Runde Kräuter in die Flammen zu werfen.

Nach der letzten Runde steckten sie sich gegenseitig eine Süßigkeit in den Mund, was ein einfaches gemeinsames Leben symbolisierte. Man nahm Lelani den Kopfschmuck aus großen roten und pinken Bataleiablüten ab und der Vater der Braut nahm ihn entgegen.

Ihr wurde zur Ehre des Tages ein traditioneller Haarreif aus polierten Kristallen aufgesetzt.

"Atri idam arpaṇam," sagte Kheton dazu.

"Hier, nehmt diese Gabe an."

Nach dem Aufsetzen der Heiratskrone erhielt das Paar neue Kleidung mit roten Streifen an den Säumen. Das Zeichen des Ehestandes. Sie nickten und nahmen oben am großen Esszimmertisch Platz.

Die Öffnungen in der Mitte waren nun mit Wasser gefüllt. Darauf schwammen Blumen und Kerzen. Die Verbindungszeremonie war beendet und die Jungfer Oruwen verabschiedete sich. Die Eheschließung musste noch auf der östlichen Zitadellmauer vermerkt werden, damit jeder sich davon überzeugen konnte.

Platten mit leckerem Essen wurden hereingetragen und Khetons Mutter nahm mit einem stolzen Lächeln das Lob entgegen. Sie bewies gute Manieren, indem sie auf die Tanten zeigte, die bei der Zubereitung geholfen hatten. Der gefüllte Schneehuhnbraten wurden in die Mitte des Tisches gestellt. Die Gäste scherzten mit dem Bräutigam und die Band begann Hochzeitslieder zu spielen. Eine alesische Feier war nur dann komplett, wenn alle in Gesang und Einzelvorträge einstimmten. Fast wie bei Karaoke.

Als Chryséis an die Reihe kam, schmetterte sie 'Greensleeves' zu gutmütigem Gelächter und Applaus.

"Alas my love, you do me wrong..."

Die Hochzeitsgäste waren von den fremden Worten fasziniert. Obwohl deren Bedeutung unbekannt war, sang bald jeder den Refrain mit. "Gweensleeves was allmajoye..."

Trevor wollte kein Spielverderber sein und sang so gut es ging sein Lieblingslied aus dem Musical 'Hair'. Katherine war sich aber zu unsicher, um mitzumachen.

Als niemand hinsah, schlich sie sich durch die Eingangshalle in den Hof. Große, rot gefärbte Eier hingen an den Wänden - ein Symbol von Wohlstand. Vielleicht waren es ja Strausseneier... das stimmte zwar nicht, aber die Antwort darauf hätte sie sehr überrascht.

Einer der Gäste folgte Katherine unauffällig hinaus. Im Halbdunkel sah sie Pflanzen, mit roten und weißen Früchten so groß wie Kirschtomaten, in Tontöpfen entlang der Gartenmauer. Der Boden unter dem Walnussbaum war saubergefegt. Er wurde später als Tanzboden gebraucht.

Katherine nahm sich selbstgemachtes Ingwerbier und ein Stück Kuchen von einem Tisch und sah den roten und türkisen Bändern zu, wie sie sich in der Brise hin und her bewegten. Sie holte tief Luft. Ach es war wunderbar, sich ein wenig von allem zu erholen. Sie musste daran denken, wie ein unsichtbarer Riese sie durch die Luft getragen hatte. Aber sie verdrängte den Gedanken schnell wieder.

Nicht jetzt!

Sie biss ein Stück von dem Kuchen ab, lehnte sich gegen den Walnussbaum und schloss sie einen Moment lang die Augen. Die milde Abendluft war schwer von süßem Blumenduft und den Aromen des Hochzeitsessens.

Katherine bemerkte nicht, wie Túvar im Schatten stand. Er behielt ein Auge auf die Kinder, sogar noch während der Hochzeitsfeierlichkeiten.

Bald wurden im Garten Lampen angezündet. Freche Musik und Gesang drang durch offene Fenster und Füße tappten zum unwiderstehlichen Takt. Die Musiker marschierten nach draußen, gefolgt von einer lustigen Prozession tanzender Gäste. Junge Frauen in roten Schleiern drehten sich und winkten mit roten Tüchern.

Ein paar Jungs nahmen Katherine beim Arm und verschütteten dabei ihr Ingwerbier. Bald drehten sie sich um das junge Paar herum und tanzten ums Haus. Mit Katherines Ruhe war es vorbei.

"Hast du Bilder gemacht?" fragte Chryséis Trevor.

"Klar doch..." Zwei ältere Damen fassten ihn an der Hand und tanzten zur Musik, während er versuchte die kleine Kamera festzuhalten, damit sie ihm nicht aus der Hemdtasche fiel.

Als sich am Morgen die ersten Sonnenstrahlen zeigten, verließen Kheton und Lelani das Fest und machten sich zur Kalkan-Halbinsel auf.

Die Hochzeitsfeier in Cydonia war noch lange nicht zu Ende. Es wurde weiter gegessen und getrunken und man sang und feierte noch bis in die frühen Morgenstunden hinein.

 **21** **IM HAUS DES LEBENS**

Während Chryséis , Katherine und Trevor auf eine Audienz mit der Lady von Sydonia warteten, hielt sich Túvar irgendwo im Treppenhaus auf. Sie hatten vor, dringend mit ihr darüber sprechen, was beim Markt passiert war und über ihre Reisepläne. Danach mussten sie zu ihrem Termin ins 'Haus des Lebens'.

Die Zeitreisenden wussten mittlerweile, dass das 'Haus des Lebens' zur Zitadelle gehörte und sich um die Gesundheit aller Lebensformen kümmerte.

"Die Lady scheint ja ziemlich beschäftigt zu sein," sagte Katherine nach einer Weile.

"Kein Wunder, irgendwas stimmt nicht mit diesem Land da oben im Norden," sagte Trevor. "Hoffentlich bleibt alles friedlich solange wir hier sind."

"Mhmm." Katherine hörte kaum hin. Sie betrachtete einen Wandbehang, auf dem ein Baum mit goldenen Äpfeln zu sehen war.

"Ich kann's kaum abwarten endlich in die Zitadellschule zu gehen," meinte Chryséis auf einmal. "Stellt euch vor, 'ne Schule in der Frühzeit."

"Hoffentlich lernen wir dort endlich Alesisch sprechen," sagte Trevor.

"Ja, es wird langsam Zeit."

"Aber was ist, wenn wir gar nicht mehr reisen können? Dann bringt das ja gar nichts," sagte Katherine mit einem Seufzer.

Bald bat die Lady die Kinder zu sich. Túvar beobachtete sie scharf, als sie in den Raum gingen und stellte er sich neben der Tür auf.

"Ich entschuldige mich im Namen aller rechtschaffenen Alesier dafür, was beim Markt geschehen ist," meinte die Regentin von Sydonia, bevor sie noch Piep sagen konnten. Sie wusste natürlich schon den Grund ihres Besuches.

"Ich hoffe dein Fußgelenk ist gut verheilt," sagte sie zu Chryséis.

Chryséis nickte. "Ja, danke der Nachfrage. Aber erklären Sie bitte, was es damit auf sich hatte. Das war ganz schön unheimlich."

"Ich werde versuchen, die Sache so gut wie möglich zu erklären." Sie erzählte ihnen von den kriegslustigen Riesen Edfuns, von den 'Großartigen' und dass Túvar der Erbe der adeligen Linie der wahren Gabari war.

"Túvar?" Katherine pfiff anerkennend durch die Zähne.

"Also dann ist Túvar eigentlich ein Prinz," sagte Chryséis.

"Ich denke, so könnte man es nennen."

"Aber was wollen denn diese Edfunier von *uns*?" fragte Trevor entgeistert.

"Möglich, dass der Hohepriester von Schuruk von eurem Aufenthalt in Sydonia erfahren hat, und dass ihr unter meinem Schutz steht. Er dachte vielleicht, ihr wäret wichtig genug, um euch für seine üblen Pläne zu benutzen. Er ist ja schließlich ein Zauberer."

"Sie meinen, er wollte uns entführen und Sie erpressen... oder uns umbringen?"

"Möglich. Der Hohepriester von Schuruk ist ein gerissener und hinterhältiger Mensch. Trotzdem sind ihm seine Untertanen ergeben. Es gibt Spione unter uns und wir können ihre Gedanken nicht immer abfangen. Er schirmt auch seine Hochburg in Schuruk ab."

"Na toll. Da können wir ja wirklich aufatmen," meinte Trevor sarkastisch.

Der Gedanke, dass sie einen bösartigen Zauberer zum Gegner hatten, war nicht gerade ermutigend.

"Wie sollen wir uns denn dagegen schützen?" Chryséis dachte eher praktisch.

"Es gibt viele, die um eure Sicherheit bemüht sind. Aber ich muss euch trotzdem bitten, Ansammlungen für eine Weile zu meiden. Túvar wird auf euch aufpassen, solange ihr in Sydonia seid. Er weiß auch das nötigste über eure Herkunft."

Also wusste der Riesenjunge von ihrer Anreise aus der Zukunft, und dass sie nicht von ihren Eltern im Stich gelassen worden waren.

"Lady, sind wir denn noch sicher hier?" fragte Chryséis. "Wir können ja auch ein andermal wiederkommen."

"Wenn ihr meinen Rat befolgt, ist es sicher genug."

"Darüber müssen wir erstmal nachdenken. Und über die Sache mit dem Reisen."

"Natürlich." Die Lady beantworte noch ein paar Fragen über Edfun und den Zauberer von Schuruk, dann bat sie Túvar, die Kinder zum 'Haus des Lebens' zu begleiten. Sie mussten zu ihrer Untersuchung. Túvar schien ein wenig Ehrfurcht vor ihnen zu haben. Sie merkten, wie er sie ein paarmal von der Seite her anstarrte. Vielleicht fragte er sich, ob sie wirklich aus der Zukunft kamen.

Die Ärzte-Jungfer und ihre Assistenten warteten schon in einem der runden Gebäude auf sie. Das 'Haus des Lebens' bestand aus mehreren solcher runden Häuschen. Patienten saßen davor und warteten auf ihre Behandlung.

Die Mediziner trugen jadefarbene Tuniken mit weißen und türkisen Streifen an den Säumen. Die Tuniken waren vorn mit umschlungenen Schlangen verziert.

"Schelanti Athenai."

"Schelanti." Katherine starrte auf die Schlangenmuster. *Komische Verzierung für Mediziner,* dachte sie. Die Kinder wurden mit Gesten aufgefordert, sich auf schmale Betten zu legen. Die Mediziner fuhren dann mit Geräten über den Körpern der Kinder hin und her und besprachen die Ergebnisse mit der Ärztin.

Katherine hatte einen leichten Husten und ein junger Mann hielt ein Heilgerät über ihre Brust. Sie staunte nicht schlecht, als sie fühlte wie das Kratzen in ihrem Hals verschwand.

Auf einmal stand die Lady von Sydonia in der Tür. Sie wurde von den Medizinern respektvoll begrüßt.

"Schelanti, ehrenwerte Lady!"

"Schelanti Athenai!"

Die Mediziner unterbrachen ihre Arbeit und warteten geduldig, während die Lady erst mit der Ärzte-Jungfer sprach und dann mit den Kindern in ihrer seltsamen Sprache.

"Ich kann nicht lange bleiben, aber ich möchte, dass ihr die Prozeduren richtig versteht," meinte sie.

"Das ist nett von Ihnen." Katherine fiel nichts Besseres ein.

Die Kinder setzten sich auf und spitzten die Ohren. Das könnte recht interessant werden.

"Das Untersuchungsgerät funktioniert mit elektromagnetischen Wellen, um Störungen der natürlichen Energiebewegung im Körper – und Geist - zu finden. Falls solche gefunden werden wird das Problem mit den richtigen Schwingungen korrigiert."

Sie nahm das zweite etwas größere Gerät in die Hand.

"Mit diesem Gerät können wir fast alle Arten von Störungen heilen. Von Knochenbrüchen über Tumore, gestörte Drüsenfunktionen oder Infektionen. Ihr habt ja erlebt, wie ein Harpiebiss geheilt wird. Ein relativ einfacher Eingriff."

"Geht das alles mit elektromagnetischen Wellen?"

"Im Grunde ja."

"Wie ist das möglich?"

"Die Fähigkeit des Körpers sich selbst zu heilen wird angeregt," erklärte die Lady. "Im Schnellverfahren. Pflanzliche Medizin hilft bekanntlich beim Heilungsprozess. Es kommt auf die Schwere und die Art der Erkrankung an." Sie legte das Instrument auf den Tisch zurück.

"Wir möchten den Körper weder vergiften noch zerschneiden, wenn es sich vermeiden lässt."

"Wow," sagte Trevor nur.

Die Lady lächelte. Sie nahm eine Flasche mit einer dunklen Flüssigkeit und schüttelte sie leicht. Die Medizin war gerade für Katherines Husten zubereitet worden.

"Bestimmte Kräuter werden in unserem Garten angepflanzt, andere werden importiert."

Sie reichte die Flasche einem der medizinischen Assistenten.

"Aber woher weiß man, welche Schwingungen gebraucht werden?" wollte Chryséis wissen.

"Meine Liebe, diese Methoden sind schon sehr lange im Gebrauch. Dank der Weisheit der wahren Gabari stehen uns ihre bewährten Methoden immer noch zur Verfügung."

"Aber was ist mit der modernen Medizin? Sie ist doch ganz schön fortschrittlich... so im Großen und Ganzen," sagte Trevor. "Was ist mit Röntgenstrahlen und MRT und Gehirnoperationen?"

"Ihr könnt euch darauf verlassen, dass eure Wissenschaftler bald ähnliche Methoden finden werden. Vielleicht sogar noch zu euren Lebzeiten." Es war das erste Mal, dass sie einen Einblick in ihre Zukunft bekamen.

"Aha."

Das war nicht ganz die Antwort, die er erwartet hatte.

Die Lady von Sydonia unterhielt sich leise mit der Ärztin und sagte dann. "Schau dir das hier an, Trevor."

Die Lady zeigte auf eine leichte Schwellung an Trevors linkem Arm. "Du hast dir den Arm bei einem Fall gebrochen, als du etwa sechs Jahre alt warst. Wir werden den Energiefluss in diesem Arm korrigieren, damit er wieder voll funktionstüchtig wird."

"Ok." Konnte man denn all diese Einzelheiten mit einem Gerät herausfinden?

Die Ärzte-Jungfer stellte etwas am Heilgerät ein und bewegte es an Trevors Arm entlang. Er fühlte ein leichtes Kribbeln, das einige Minuten anhielt.

"Chryséis , mein liebes Kind, du hattest im letzten Jahr eine Virusinfektion und der Virus befindet sich noch immer in deiner Leber."

"Wirklich?" Chryséis war verblüfft. Seit der Grippe

hatte sie jede Lust am Sport verloren.

"Unsere gute Ärztin hier wird nun den Virus deaktivieren und den Schaden rückgängig machen."

"Sowas kann sie?"

"Ja. Es wird auch bei deinen Kopfschmerzen helfen. Ein spezieller Tee wird dein Immunsystem stärken - und Katherine, deine Hustenmedizin ist hier in dieser Flasche hier. Einen Löffel dreimal am Tag."

Die Lady reichte ihr die kleine Têrakhonflasche mit der dunklen Flüssigkeit, die sie vorhin geschüttelt hatte.

"Noch etwas. Der Zustand eurer Zähne ist nicht ideal. Die Ursache ist inkorrekte Ernährung und Zahnpflege. Die Mediziner werden jetzt etwas tun, um den Zahnschmelz und das Dentin darunter nachwachsen zu lassen. Die Füllungen werden bald überflüssig sein. Keine Angst, es wird nicht wehtun."

"Das ist ja unglaublich." Trevor kam aus dem Staunen nicht heraus. Katherine seufzte. Sie fand Schokolade und Kuchen leider unwiderstehlich.

"Es ist ein wenig unangenehm und ihr dürft nach jeder Behandlung einige Stunden nichts essen," sagte die Lady. Das war ja nichts Neues.

Die Ärzte-Jungfer lächelte ihnen aufmunternd zu. Sie konnte sich wahrscheinlich denken, was die Lady zu ihren jungen Patienten gesagt hatte.

"Vielen Dank, ihr guten Mediziner." Die Lady von Sydonia sprach das Gesundheitspersonal auf Alesisch an und nickte anerkennend. Dann wandte sie sich den Kindern zu und fuhr auf Englisch fort. "Ich muss jetzt gehen. Sobald die Behandlung hier beendet ist, kommt ihr wieder zurück. Ich werde euch dann ein wenig Alesisch beibringen."

Die Kinder nickten. "Ok, das hört sich gut an."

"Schelanti an Alle."

"Schelanti, Ehrenwerte Lady. Schelanti."

Bald waren sie wieder auf dem Weg zu den Quartieren der Lady. Ihre Zähne juckten, aber sonst fühlten sie sich gut. Am

Abend würden sie alles aufschreiben, was sie heute gesehen und gehört hatten.

"Wir machen am besten ein paar Vorher- und Nachherbilder von unseren Zähnen," schlug Trevor vor.

"Mhmm. Es ist nett, dass sie soviel Zeit mit uns verbringt," sagte Chryséis.

"Vielleicht sind wir ja so wichtig."

"Ja klar, schrecklich wichtig." Katherine sah Trevor an und rollte mit den Augen.

Sie gingen am Rasen eines der Sportfelder entlang, auf dem Kinder seltsame Ballspiele übten. Aus einem Gebäude drangen Gesang und Gelächter. Am morgigen Tag durften sie mitmachen, aber vorher mussten sie die Sprache besser verstehen, um ihren Lehrern folgen zu können. Und sie hatten noch viel anderes zu lernen.

In Alesia genoss jedes Kind eine gute Erziehung. In jedem Bezirk gab es eine kleine Schule und einen Kindergarten, die zur örtlichen Bibliothek gehörten.

Lehrer waren in der Gesellschaft hoch angesehen und Alesier glaubten, dass ihr Nachwuchs der Schlüssel zur Zukunft war, um den man sich gut kümmern musste. Sorgsame Anleitung war für eine glückliche neue Generation wichtig.

Verschiedene Sportarten wurden von Jungen und Mädchen je nach Vorliebe getrieben. Ein Schulfach, das 'Leben in der Gemeinschaft' hieß, wurde Kindern schon früh beigebracht.

Die alesische Schrift und Sprache, Mathematik, Wissenschaften und künstlerischer Ausdruck kamen später hinzu. Danach wurden andere Fächer je nach Neigung und Berufswahl gelehrt. Die Alesier waren ein kultiviertes und gebildetes Volk.

"Wir müssen noch drüber reden, was wir machen wollen. Hierbleiben oder nicht. Die Lady will das sicher bald wissen," schlug Chryséis vor.

Eine Gartenbank stand ganz in der Nähe.

"OK, lasst uns reden." sagte Trevor und setzte sich hin.
"Was meint ihr denn dazu?"

Sie diskutierten, während Túvar sie im Auge behielt.
Sie kamen bald zu einer Entscheidung und gingen durch
den Privatgarten der Lady zum Audienzraum zurück.
Diesmal durften sie sofort hineingehen.

"Liebe Lady von Sydonia," sagte Katherine ohne große
Einleitung. "Wir haben beschlossen zu bleiben."

Chryséis und Trevor nickten zustimmend und die
Lady lächelte nur. Klar, sie wusste das alles sicher schon.
Sie wunderten sich kaum mehr und setzten sich in ihren
Stühlen zurecht.

Die erste Sprachstunde konnte beginnen.

 **22**   DIE ZEIT - LEKTION

"Paråni manah," lobte Lehrer Adami Katherine. "Ein gutes Gedächtnis."

Katherine strahlte. Sie waren jetzt schon fast eine Woche an der Zitadellschule und der Schnellkurs in Alesisch zeigte langsam Erfolg. Sie konnten schon einfache Sätze sagen, wie etwa 'Wie kommt man bitte zum Markt?' und 'Dankeschön, das Konzert war wunderbar.'

Sie machten schnelle Fortschritte, aber Alesisch war einfacher zu verstehen als zu sprechen. Vom Lesen und Schreiben mal ganz abgesehen. Trotzdem fügte Chryséis ihrem Vokabelverzeichnis jeden Tag neue Worte hinzu.

Sie mochten die Schule. Der Unterricht war kurz - nur etwa 20 Minuten - und die Lehrer waren nett und schrien einen nie an. Am liebsten mochten sie die Jungfer Oruwen, die Kräuterlehre unterrichtete.

Sie machte Witze, die sie nicht verstanden, aber in ihrem Unterricht herrschte immer gute Laune. Obwohl Túvar älter war, saß er immer hinten im Klassenzimmer. Er nahm die Sache mit dem Beschützen ganz schön ernst! Alun war, wie Túvar, in einer höheren Klasse, und sie sahen ihn nur in den Pausen.

"Was habt ihr heute gelernt?" fragte er dann und sie mussten es ihm auf Alesisch erzählen. Dann redete er immer noch eine Weile mit Túvar.

Vieles was für Alesiern ganz normal war, kam den jungen Zeitreisenden noch wie ein Buch mit sieben Siegeln vor. Physik zum Beispiel. Nicht die gute alte Physik, die sie zuhause lernten. In Alesia musste man sich auch noch mit verschiedenen Dimensionen abplagen.

Andererseits hatten sie schon gelernt, wie man schnell mal eine Beinwell-Packung zubereitete. Sie hatten die Grundregeln eines zivilisierten Rechtswesens gelernt und ein wenig Mathematik und Astronomie. Im Vergleich dazu war Pemberton richtig langweilig. Sie übten so oft wie möglich Telepathie und die Lady bestand darauf, ein paar Fächer selbst zu unterrichten wenn sie dafür Zeit hatte. Geschichte zum Beispiel.

An diesem Morgen wollte die Lady von Sydonia ihnen etwas über die jüngste Weltgeschichte beibringen. Aus prähistorischer, alesischer Sicht. Sie konnten es kaum abwarten.

"Wir wollen mehr über eure Welt lernen," sagte Trevor in stockendem Alesisch.

"Sehr gut, mein junger Freund," lobte ihn die Lady von Sydonia. "Das war schon sehr gut."

"Schukri. Danke," erwiderte er höflich.

"Dann lasst uns gleich mit der Lektion beginnen." Sie sprach wieder Englisch. "Es stimmt doch, dass ihr Bewegungsbilder aus eurer eigenen Zeit kennt, oder? Wenn ich mich recht erinnere, nennt man solche Bilder bei euch 'Filme'." Sie sprach das Wort etwas übertrieben aus.

"Ja, das stimmt," lachten sie. *Bewegungsbilder* war schon ein komisches Wort.

"Ihr werdet dann wohl nicht sehr überrascht sein, wenn ich euch 'Filme' zeige, oder *Miragen*, wie wir sie nennen. Und ihr werdet euch nicht wie unser guter Gunniva hinter einem Stuhl verstecken. Er meinte sie seien 'Teufelswerk'."

"Kein Wunder - er kam ja schließlich aus dem 16. Jahrhundert," meinte Trevor. "Das musste man sich mal vorstellen, prähistorische Filme! Armer Kerl."

"Ich glaube, das können wir eher verkraften," meinte Chryséis.

"Diese hier sind ohne Ton, damit der Lehrer etwas dazu sagen kann," meinte die Lady.

Sie nahm eine von fünf kurzen runden Stäben von

einem Wandregal. Die Kinder hatten schon ähnliche Stäbe in Aluns Wohnzimmer gesehen. Die Lady von Sydonia steckte den runden Stab in eine Art Steckdose und mitten im Raum erschien eine Holografie. Die Kinder uuhten und aahten.

"Viel Wissen ging mit der Zeit verloren, aber ich möchte euch zeigen, welche Kenntnisse wir noch besitzen."

Sie starrten auf die sich bewegenden 3-D Bilder. Ungeheuer cool!

"Die erste Mirage zeigt, wie sehr sich die Kontinente in den letzten Jahrtausenden verändert haben. Das hier ist eine kurze Demonstration, wie sie an Schulen gezeigt wird."

Sie erklärte die Landkarten-Animationen, die sich vor ihnen abspulten. Farbige Flächen, die sich bewegten und verschoben. Die Lady zeigte auf einen roten Kontinent im Pazifik, der sich um das 'Kap der Guten Hoffnung' in Afrika legte und in den Atlantik hinein erstreckte.

"Diese gigantische Landmasse nennen wir den Kontinent *Mûr*. Auf ihm lebten vor vielen Äonen zivilisierte Nationen. Mûr nahm eine große Landfläche im Pazifischen Ozean ein, den man in unserer Zeit den Stillen Ozean nennt."

Das war schwer zu glauben! Dort gab es ja fast nichts.

Bevor Trevor aber fragen konnte, was mit dem ganzen Land geschehen war, sagte sie, "Leider ist von diesem herrlichen Land nicht viel übriggeblieben. Nur einige Inseln, die Gipfel einst mächtiger Gebirge. Unterwasser-Vulkane waren die Ursache für das schnelle Sinken von Mûr. Ihre Zivilisationen wurden unter den Fluten begraben."

Lava schoss durch die Luft und kochendes Wasser verschluckte zerborstene Felsen, die in den Strudel geschleudert wurden. Eine Stadt aus schwarzen Lavablöcken versank in dem Chaos. Völlig lautlos. Dann verschwand das Hologramm plötzlich.

"Landmassen erhoben sich und verschwanden viele

Male im Laufe der Erdgeschichte. An einiges kann man sich sogar noch erinnern," erklärte sie weiter. "Wenn Land versinkt, wird anderes durch ungeheuren Druck emporgeschoben. Dabei entstehen zum Teil hohe Berge."

Die Kinder saßen mit offenen Mündern da. Meinte sie etwa die Alpen und den Himalaya? Aber die Lady ging nicht darauf ein.

"Küstenstriche in Puschkara, oder was ihr Südamerika nennt, erhoben sich abrupt auf nie dagewesene Höhen. Sie fielen und hoben sich innerhalb von wenigen Tagen wieder. Solche Anhöhen, wie das Tepuis Hochland, gibt es sogar noch zu eurer Zeit."

Das Hologramm trug das Anschauungsmaterial dazu bei. Seewasser ergoss sich in Strömen von solchen flachen Bergen, bevor sie wieder im Ozean versanken.

"Manche glauben sogar, dass diese Katastrophen eine Strafe für das sündhafte Verhalten der Menschen waren." Die Lady seufzte.

"Wie kann das denn sein?" fragte Trevor zweifelnd.

"Es kommt euch vielleicht merkwürdig vor, aber in unserer Kultur glauben wir, dass negative Gedankenformen wie Habsucht und Gewalt, Kräfte entfesseln können, die zu stark sind um sich unter Kontrolle bringen zu lassen."

Negative Gedankenformen? Die Kinder waren entsetzt. Davon gab es in der Neuzeit ja mehr als genug.

"Unter anderem. Wie ihr sicher wisst, wird die Bekannte Welt von Überschwemmungen heimgesucht werden. In etwa 500 Jahren - laut eurer Zeitrechnung. Die Meere werden überfließen und die meisten unserer bedeutendsten Küstenstädte, sowie fruchtbares Land für viele Jahre überfluten."

Natürlich wussten die jungen Wissenschaftler von solchen Fluten, aber dass dabei Städte untergegangen waren, das war ihnen neu. Die Lady von Sydonia war ja in die Zukunft gereist und wusste, wovon sie sprach. Schrecklich.

Katherine kritzelte aufgeregt Notizen auf ihren Schreibblock.

"Die Gründe dafür haben wir noch nicht herausgefunden, aber die Regierungen der Zukunft werden unsere Zivilisation retten, wenn sie die Warnungen ernst nehmen."

"Haben sie das denn getan? Ich meine wir sind ja hier, aber..." fragte Katherine entgeistert.

"Die Zukunft kann sich noch verändern. Nur die Vergangenheit nicht."

"Unheimlich."

"Das heißt doch, man diese Zukunft von hier aus noch beeinflussen kann, aber nicht mehr in unserer Zukunft, weil sie dann schon Vergangenheit ist."

"Ganz genau."

"Hoffentlich passiert nicht noch was verrücktes in der Zwischenzeit," sagte Trevor und schüttelte sich.

"Das bleibt zu hoffen."

Ein Lied drang von den Schulgebäuden herauf, aber die drei Kinder schenkten der schönen Melodie kaum Beachtung. Sie mussten sich konzentrieren.

"Ferne Erinnerungen an das 'Goldene Zeitalter' überlebten als Legenden bis zum heutigen Tage. Ganze Bibliotheken aus dieser Zeit wurden in unterirdischen Höhlen gefunden. Die Bücher waren oft schon verfault, aber viele waren noch leserlich. Vor allem, wenn sie aus dünnen Metallfolien bestanden oder aus Quarzscheiben."

"Aha." Auf einmal wurde Katherine klar, was das für aufgehängte Metallfolien in Aluns Haus waren.

Sie nahm ihren Mut zusammen und fragte, "Lady, war dieser Kontinent im Pazifik etwa... Atlantis?"

"Nein mein Kind, *Mûr* existierte in extremer Vergangenheit. Atlantis existiert zum Teil noch heute. Ihr könnt es euch selbst ansehen."

Das Hologramm änderte sich. Eine Animation diesmal. Ein Kontinent war dabei, sich aus dem Atlantischen Ozean zu erheben. Das Seewasser strömte nur so von den

Rändern herunter. Der Kontinent wuchs und Gebirgsketten formten sich. Alles im Zeitraffer!

Die Lady nannte den Kontinent *Atland*. Er zerbrach im Osten zu Inseln, dann im Süden. Im Westen versank ein großer Teil, den man Bresil nannte, gleich ganz.

Afrika ließ sich auf der rechten Seite erkennen. Europa erschien und verschwand ein paarmal in der Mirage. Nur der Norden, den die Lady *Amoorland* nannte, blieb über dem Wasserspiegel. Eisfreies Land, das *Mount Meru* hieß, schob sich weiter nach Norden in den nördlichen Polarkreis.

Da war Land, wo keines hätte sein sollen und umgekehrt. Ein Großteil Asiens war von einem riesigen Inlandmeer bedeckt, das die Lady Thetis nannte.

Einige Inseln, wie England und Sri Lanka waren noch mit dem Festland verbunden. Der Blick zoomte auf Städte ein, mit gepflasterten Straßen und Gebäuden, die aus großen Felsblöcken gebaut waren.

Das Ganze war irrsinnig, um es mal milde auszudrücken. Es stand komplett allem entgegen, was sie jemals über die Erdgeschichte gelernt hatten. Die Mirage verblasste.

"Hast du's im Kasten?" fragte Trevor leise.

"Ja," sagte Chryséis im gleichen Ton und schaltete die kleine Kamera aus.

"Das zeigte ganz grob die Zeit um Geburt und Tod von Atlantis."

"Wann war *das* denn?" fragte Chryséis.

"Oh, vor etwa 40,000 Jahren in eurer Zeitrechnung."

Die Lady von Sydonia setzte sich und goss Minztee in schneckenförmige Tassen. Sie wartete eine zeit lang, damit die Kinder sich erholen konnten.

"40 Tausend? Das ist ja der Heuler!" platzte Chryséis heraus. "Wieso lernen wir so'n Kram eigentlich nicht?"

Die Lady wechselte die Miragestäbe. "Eure Wissenschaftler verdienen etwas mehr Anerkennung, Kinder. Sie versuchen die Fakten zu deuten, die ihnen zur Verfügung stehen. Viel

Land ist schon im Innern unseres Planeten verschwunden. Und damit auch alle Spuren der Zivilisationen."

"Wirklich? Gibt's denn Beweise dafür?" Trevor war skeptisch.

"Wie soll man beweisen, was nicht mehr existiert? Die Aufzeichnungen wurden nie erforscht und zu vieles wurde vergessen."

"Das kann natürlich sein," brummelte Chryséis.

"Wie wurden denn diese riesigen Mauern gebaut?" wollte Trevor wissen.

Die Lady von Sydonia lachte hell auf. "Das ist eine gute Frage. Die Titanen lernten von den 'Göttern', wie diese enormen Blöcke behauen und transportiert wurden. Das war nicht so schwierig, wenn man bedenkt, wie groß diese Menschen waren. Das Erweichen und Härten des Felsgesteins wurde durch bestimmte Schallwellen erreicht. Das nehmen wir jedenfalls an. Sie wurden dadurch genau aneinander angepasst. Viele der Weisen waren leider umgekommen und mit ihnen starb das Wissen. Unsere Wissenschaftler experimentieren noch damit."

Sie überlegte einen Moment lang.

"Was wir wissen ist, dass bestimmte Schallwellen auch eine Rolle dabei spielen, das Gewicht zu reduzieren. Ich habe Berichte von Gabari-Ingenieuren aus Ta Mery erhalten - das Land Ägypten zu eurer Zeit - die bahnbrechende Entdeckungen gemacht haben."

Ägypten? Pyramiden etwa? Konnte man das wirklich? Mit Schallwellen? Die Lady aktivierte die nächste Mirage. Sie war länger als die vorhergehenden Hologramme.

"Noch ein wenig Geographie. Dieser 'Film' wird euch unser schönes alesisches Land zeigen und die Kontinente von Patala und Puschkara."

Zunächst ging es mit der Mirage an der Westküste von Alesia entlang. Nach den jüngsten Erdbeben und Überflutungen war diese weitgehend unbewohnt.

Die Mirage zeigte das Ganze in atemberaubendem

Detail: ein Feuersturm fegte durchs Land und die Erde bebte lautlos. Häuser und eine Zitadelle fielen in sich zusammen. Schiffe, die im Hafen vor Anker lagen, sanken oder wurden von mächtigen Fluten ins Meer hinausgetragen. Die Kinder fuhren entsetzt zurück. Es fühlte sich alles so echt an.

Die Lady von Sydonia reagierte auf ihre Gedanken. "Die westlichen Provinzen waren die Juwelen in der Krone Alesias. Die Zerstörung verursachte den Menschen großen Kummer."

Sie hatten sich noch nicht so ganz an diese Gedankenleserei gewöhnt und schauten verblüfft drein.

Die Ansicht änderte sich, und sie bewegten sich durch die rauen Territorien im Norden. "Ein Gebirge bildet die natürliche Grenze zu Edfun. Das Klima ist in diesen Regionen kühler, aber die meisten Menschen leben in Lehmhütten. Ein paar Festungen sind auch von solchen Behausungen umgeben."

Die Mirage zeigte Inlandseen. Eine Nahaufnahme zeigte, dass einer der Seen zugefroren war. Dichte, dunkle Nadelwälder bedeckten den Großteil des hohen Nordens und Gletscher schmiegten sich an die Berghänge.

Nomadenzelte kauerten auf schneebedecktem Boden zusammen. Schlittenhunde lagen angebunden vor den Zelten, die für Gabariverhältnisse klein waren. Konnte es sein, dass an diesem eisigen Ort Indianer lebten?

Schwerfällige Tiere stampften durch einen Schneesturm. Sie sahen ganz wie Mammuts aus. Weiter südlich grasten ganze Büffelherden.

"In den Ebenen herrschte früher gemäßigtes Klima. Diese Gegend nennt man noch immer 'Das Tal der Götter'."

Die Mirage schwenkte nach rechts ab und die Ostküste wurde sichtbar. Das Land entlang der Küste war stark zerklüftet. Reißende Flüsse bahnten sich ihren Weg zum Meer zwischen hoch aufragenden Kliffs.

Die Lady von Sydonia nannte es das 'Saturnische Meer'.

Die südlichen Küstengebiete waren wärmer und mit hübschen Fischerdörfer übersät - das musste hier ganz in der Nähe sein. Am Strand waren Netze zwischen umgedrehten Fischerbooten zum Trocknen ausgelegt. Dann wurde die Wildnis subtropischer.

"Das ist die Halbinsel von Kalkan."

Waren Kheton und Lelani dort nicht in den Flitterwochen?

"Ja, sie befinden sich etwa hier." Die Lady zeigte auf eine Stelle im Hologramm. Ein paar größere Häfen erschienen. Schiffe und viele Menschen.

Dann ging es im Innern Alesias weiter, wo sich Farmen befanden. Davon hatten sie ja schon etwas gesehen. Hier gab es auch die meisten Städte.

Was für ein Unterschied zum trostlosen und kalten Edfun! Zitadellen erhoben sich auf Hügeln inmitten von Gebäuden und hochragenden Türmen, gepflegten Parks und gepflasterten Straßen mit Vimaanen. Genau wie hier in Sydonia.

"Es gibt fünf Großstädte, die wir die *Pentapolis* nennen. Fālia, Hawara, Eris, Bînah und Sydonia. Sydonia ist die Hauptstadt."

Die Lady von Sydonia deutete auf die Städte. "Wir nennen den Südlichen Kontinent Puschkara. Es gab hier sogar noch bedeutendere Städte. Jenseits der gewaltigen Regenwälder existierte eine wichtige Zivilisation."

Häuser und pyramidenartige Strukturen wurden sichtbar, manche mit kleineren Zitadellen obendrauf. Die Bewohner gingen auf gepflasterten Straßen zwischen rechteckigen, von Blumenbeeten eingerahmten Wasserbecken entlang.

Um die Pyramiden scharten sich ähnliche Geschäfte, wie die in Sydonia. Gigantische Gebäude gab es und gepflasterte Sportstadien.

Wasser rann an der Außenmauer einer der Pyramiden hinunter und wurde in einem großen Becken in der Mitte eines Platzes aufgefangen. Vielleicht zur Kühlung oder

Bewässerung. Sie starrten auf die Bilder. Weite Gebiete Südamerikas waren mittlerweile von dichtem Dschungel überwachsen!

Aber das war noch nicht alles. "Die Städte in Puschkara waren durch ein Straßensystem miteinander verbunden. Über- und unterirdisch und tausende von Meilen lang."

Die Mirage ging zu einer atemberaubenden Aufnahme aus der Vogelperspektive über. Ländliche Gebiete mit Straßen, Farmen, exotischen Wälder, Seen und Flüssen.

Ein Flugzeug war für einige Augenblicke zu sehen. Es sah anders aus als die Vimaane, die sie bisher gesehen hatten. Mehr wie ein elegantes Stealth-Kampfflugzeug, mit Platten in verschiedenen Blautönen auf den breiten Tragflächen.

Die einzelnen Platten änderten ihren Winkel. Es war fast so als würde es damit die Umgebung beobachten. Dann machte sich das Flugzeug mit Lichtgeschwindigkeit davon. Die Lady sagte nichts dazu.

Die Szene änderte sich und wieder dokumentierte die Mirage eine schreckliche Flutwelle. Dann begann der westliche Küstenstreifen abzusinken und sich wieder aufzutürmen. Den Kindern fielen fast die Augen aus dem Kopf. Es war etwas ganz anderes, es theoretisch zu hören und es direkt mitzuerleben.

Die Lady sprach jetzt von Rettungsaktionen in der 'Wiege der Schlangen'.

"In der einst glorreichen Stadt Tollùn sind Mediziner dabei, die Ausbreitung von Krankheiten einzudämmen. Die weisen Menschen werden hier von den Einheimischen 'Schlangen' genannt und die Mediziner heißen 'Schlangenröcke'. Das Symbol mit dem Stab und zwei eng umschlungenen Schlangen auf ihren Tuniken, hat zweifellos etwas damit zu tun."

"Das erklärt einiges," sagte Katherine.

Das Hologramm zeigte kurz die landwirtschaftliche Teststation von Tollùn, wo alesische Wissenschaftler arbeiteten. Ein Mann hielt eine kleine Kartoffel hoch und zeigte auf die Terrassenfelder hinter sich.

"Unsere Agrarexperten erforschen neue Anbaumethoden, um eine Hungersnot zu verhindern."

Katherine war noch dabei, eine Skizze des Flugzeugs zu zeichnen, als die Lady von Sydonia den vierten und letzten Stab in die Wanddose steckte. Sie sprach nun von den Völkern der Alesischen Epoche.

"Ich weiß, es ist anstrengend so viel auf einmal aufzunehmen - wenn ihr gerne eine Pause machen würdet..."

"Nein, lassen sie uns weitermachen!" rief Trevor mit glänzenden Augen, und Chryséis warf ihm einen besorgten Blick zu.

"Na gut. Was ihr hier seht, sind die *Wilden*. Gebirgsregionen werden noch immer von Wilden, auch *Konks* genannt, bewohnt," erklärte die Lady die ersten Bilder.

"Wie ihr seht, haben manche ein schwarzes Fell, gewölbte Köpfe und sind recht groß. Andere dagegen sind in langes, blondes Haar gehüllt und haben eher menschliche Züge. Wieder andere haben kurzes, rötliches Haar. Sie sind von Natur aus scheu und suchen nicht die Nähe von Menschen, sind aber meistens harmlos."

"Oh, meistens," witzelte Chryséis.

"Manche haben sogar einen Platz in unserer Gesellschaft gefunden. Sie passen sich sehr gut an die zivilisierte Lebensweise an."

Sie fragten sich ernsthaft, ob der Bigfoot wohl doch keine Erfindung war.

"Hier haben wir ein Beispiel der fliegenden Völker oder die *Nepeshai*. Sie sind auch sehr scheu und können sich wie die 'Schattenmenschen' beliebig unsichtbar machen."

Schattenmenschen? Ein eingebautes virtuelles Unsichtbarkeitsgerät! dachte Trevor.

"Die Nepeshai bevorzugen abgelegene Gebiete an den Grenzen zur Bekannten Welt. Dies hier ist Magnesia, ein Land, das an Soghdiana angrenzt. Das ist etwa in Eurasien in eurer Zeit. Nepeshai halten sich gern in der Nähe von Gewässern auf. Sie leben oft an den Ufern von Seen."

Das Bild änderte sich und die Lady zeigte auf kleine zierliche Kreaturen. "Wir haben auch Naturgeister, die sich oft in Lebewesen, wie Quellen, Bäume und Felsen aufhalten. Ja, sogar Felsen sind bei uns Lebewesen."

Genau aufs Stichwort flitzten sie in Bäume und Felsen hinein und wieder hinaus.

"Diese Völker sind mit Elfen und Feen verwandt. *Ruta Ynis*, eine Insel im Saturnischen Meer zwischen hier und Atland, wird von Elfen, Faunen und affenartigen Satyrn bewohnt."

Affenartig?

"Sie gleichen Affen, sind aber hochintelligente Wesen," sagte die Lady. Das Bild änderte sich. "Ihr habt ja schon die Bekanntschaft der Gabari-Riesen gemacht."

Die massiven Gestalten von Riesen erschienen vor einer Höhle, die von kolossalen Statuen bewacht wurde. Die Riesen waren viel größer als die Gabari, die sie schon kennengelernt hatten. Sie trugen irgendwelche Kisten.

Dann ging es auch schon mit dem nächsten Volk weiter, bevor sie dazu Fragen stellen konnten.

"Von den vielen *Seeborn*-Nationen, haben nur die *Ioannu* überlebt. Sie bevölkerten einst die warmen, seichten Ozeane. Man kann sie auch heute noch in Reservationen der Küstengewässer finden."

Das nächste Hologramm kam ihnen ein wenig bekannt vor. "Hier seht ihr Zwerge. *Dwendis*." Die Lady zeigte auf eine Gruppe kleiner Menschen. Dann ging die Mirage in eine Aufstellung über, die die Veränderung der Gestalt und des Aussehens von Menschen im Laufe der Zeit, darstellte. Es gab Menschen mit europäischem und afrikanischem Aussehen und Asiaten, die sich *Turanier* nannten.

Eine andere Karte der Alesischen Epoche erschien. Alle diese Rassen teilten sich offenbar das bewohnbare Land.

Die Afrikaner in Europa schienen gern in hölzernen Pfahlbauten in Seen zu leben. Natürlich gab es viele davon in Afrika und in Puschkara.

Es war ganz unmöglich, sich die Namen der verschiedenen Völker zu merken. "Und dies waren die wichtigsten Volksrassen unserer Bekannten Welt."

Die Mirage verblasste. War das wirklich schon das Ende der Lektion?

Eine Jungfer in weißer Tunika erschien an der Tür und flüsterte der Lady von Sydonia etwas ins Ohr. Sie trug einen rundlichen Gegenstand unter einem einfachen Seidentuch. Die Lady nickte. "Schukri Nolea. Danke. Bitte bewahre das hier sicher auf."

Dann sprach sie wieder mit ihren Besuchern.

"Es wird Zeit, dass ich mich um eine Angelegenheit kümmere, die nicht warten kann. Ich werde euch bald wieder rufen lassen, aber nun müsst ihr gehen. Schelanti, meine jungen Freunde."

**23** ZWISCHENSTATION
ZUKUNFT

"Mann, das war ja vielleicht wieder 'ne Geschichtsstunde!"
sagte Trevor. Als sie am Fuß der großen Treppe ankamen,
wirbelten ihm die Fakten noch immer durch den Kopf. Vor
40 000 Jahren? Eine Verschiebung der Erdkruste? Eine
wichtige Zivilisation in Südamerika?

"Erdgeschichtsstunde," verbesserte ihn Katherine.

"Meint ihr da is' was Wahres dran?" wollte Chryséis
wissen. Die Kinder gingen über den Zitadellplatz auf den
großen Springbrunnen zu. Túvar lief wie immer ein paar
Schritte hinter ihnen her.

"Was, die Filme, die sie uns gezeigt hat?" fragte Trevor
zerstreut.

"Ja, was denn sonst?"

"Keine Ahnung. Warum sollte das nicht stimmen?"

"Wer hat schon jemals was von versunkenen Kontinenten
gehört?" feixte Chryséis.

"Hey! Und was ist mit Atlantis?" meinte Katherine.

"OK, vielleicht noch Atlantis. Aber das ist 'ne
Ausnahme."

"Was, wieso 'ne Ausnahme?"

"Was wissen wir überhaupt von sowas? Pustekuchen!
Nichtmal in Pemberton wird einem sowas beigebracht!"
regte Trevor sich auf, was ihm neugierige Blicke von Túvar
einbrachte.

"Sie hat auch keinen Grund uns anzulügen," sagte
Katherine.

Sie kamen an einer kleinen Halle vorbei, die *Prytaneum*
hieß. Darin war in einem erhöhten Metallbecken die
'ewige Flamme der Zivilisation' untergebracht.

Die Vorderseite der Halle bestand aus Têrakhon-Fenstern. Zwei scheibenförmige Kalender waren an der Wand hinter dem Becken befestigt. Einer war golden und der andere aus Silber. Die leuchtenden Scheiben waren spiralförmig mit Hieroglyphen beschriftet.

Auf dem goldenen Kalender standen die Epochen der Menschheitsgeschichte, die *Yugas* hießen. Auf der Silberscheibe waren die wichtigsten Ereignisse seit dem Goldenen Zeitalter eingeprägt. Soviel wussten die Zeitreisenden schon. Aber das Prytaneum war auch wegen der 'ewigen Flamme' wichtig.

Wenn Alesier auswanderten, wurde eine Laterne mit der ewigen Flamme angezündet, die sie zu den neuen Kolonien mitnahmen. Die Lampen brannten tagein und tagaus und waren ein Trost-spendendes Symbol der Zivilisation, sogar in einer fernen Wildnis.

In der Halle standen Leute in respektvoller Stille um die Flamme herum. Einige knieten vor dem Becken und beteten zur Erdmutter, dass die Zivilisation erhalten bleiben möge. Kaum erstaunlich, wenn man die jüngsten Probleme mit Edfun bedachte.

"Wir sollten uns das mal genauer ansehen," schlug Chryséis vor.

Sie drehten sich zu Túvar um und zeigten auf die Halle.

"Wir gehen da hin," sagte Trevor in schlechtem Alesisch.

Túvar nickte.

Aber gerade als sie auf den Eingang zugingen, passierte etwas Seltsames. Da war ein Rauschen, das von überall herzukommen schien. Dieses Geräusch hatten sie schon mal gehört. In der Vortex des Zeitportals. Sie waren aber nicht in einer Vortex! Die Gebäude vor ihnen verblassten in immer dichterem Nebel und verschwanden Stück für Stück bis auf die Grundmauern.

Sie wollten weglaufen, schreien - und konnten sich nicht rühren.

Die Nebelschwaden hüllten bald den gesamten Hof ein.

Häuser und Springbrunnen waren nicht mehr zu sehen. Was war geschehen?

Die Schatten hoher Nadelbäume zuckten durch den weißen Nebel. Sie standen wie angewurzelt da und starrten auf einen blassen Gebirgssee, in dem sich ein blauer Himmel spiegelte. Genau da wo die Zitadellgärten gewesen waren. Dann wurde alles deutlicher. War das etwa wieder eine Mirage? Sie konnten die feuchte Kühle spüren, die von dem Wasser aufstieg. Das hier war bestimmt kein Hologramm!

Als ob das alles nicht schon schlimm genug war, bewegte sich was zwischen den Nadelbäumen. Die Kinder kauerten sich auf dem Boden zusammen. Ein riesiger Bär kam mit zwei knuddligen, braunen Jungen durchs Gebüsch geschossen. Die Bären wollten sich am reichlichen Fischbuffet im See gütlich tun. Aber da stimmte etwas nicht.

Das zottelige Muttertier blieb stockstill stehen und schnüffelte. Ihre lange Schnauze zitterte, als sie die Gefahr wahrnahm. Das Tier stellte sich auf seine kräftigen Hinterbeine und baute sich zur ganzen, furchterregenden Höhe auf. Sie ließ ein drohendes Knurren durch die gebleckten Zähne hören. Gekrümmte, schwarze Klauen rissen durch die Luft.

Die Kleinen quietschten aufgeregt und hoppelten ins Unterholz zurück. Die Kinder standen wie versteinert. Jemand stieß einen dumpfen Schrei aus. Die Bären waren nur Meter von ihnen entfernt.

Ein schrecklich großer Schmetterling erschien über dem See, dann noch einer. Sie schienen in der Luft stillzustehen und die Szene zu beobachten.

Die Kinder kniffen die Augen zusammen und blickten erstaunt auf die seltsamen Kreaturen. Waren das denn überhaupt Schmetterlinge? Wollten sie ihnen zur Hilfe kommen?

Der Bär riss mit lautem Brüllen ihre Aufmerksamkeit

wieder an sich. Sie schrien auf als die Bärenmutter sich zum Angriff bereitmachte. Sie stieß sich ab und flog auf sie zu.

Die Szene verblasste. Die Bärin, der Wald und der See wurden wieder zu nebligen Schatten. Es gab auch keine Spur mehr von den riesigen Schmetterlingen, als alles wieder in den wirbelnden Nebelschwaden verschwand.

Das pfeifende Rauschen wurde abwechselnd stärker und schwächer bis ihnen der Kopf schmerzte. Dann war auf einmal alles still und dunkel.

Vielleicht fühlt man sich so, wenn man stirbt, dachte Trevor und wurde bewusstlos.

Sie erwachten in einem Raum des 'Haus des Lebens' zu sanfter Musik und dem schwachen Duft von Lavendel. Ein Springbrunnen gluckste mitten im grün und lila gestrichenen Zimmer.

Eine Ärztin bewegte ein summendes Gerät über Trevor hin und her, um seine Lebensfunktionen zu stabilisieren. Er bewegte sich und stöhnte. Die Mädchen waren schon behandelt und lagen bewegungslos auf weichen Betten.

Katherine öffnete ihre Augen nur einen Spalt. Waren sie noch am Leben?

Chryséis stützte sich auf ihre Ellenbogen und sah die Lady von Sydonia, die geduldig bei den hohen Fenstern wartete. Katherine sah sanftblaues Licht über ihren Betten. Sie konnte die Lady nicht deutlich erkennen, weil das Sonnenlicht sie blendete.

"Was... was ist passiert? Wir wollten uns doch nur das Prytaneum..." Trevor versuchte sich aufzusetzen, aber die Ärztin drückte seine Schultern wieder sanft auf die Liege zurück.

"Meine jungen Freunde, seid wieder in Sydonia. Willkommen," sagte die Lady erleichtert und schritt auf die Betten zu. "Ihr seid durch das Raum-Zeit Kontinuum in die Zukunft gereist, Athenai. Spontane Dematerialisierung ist eine seltene Nebenwirkung des Zeitreisens, kann aber vorkommen. Der Erdmutter sei dank, dass ihr gesund zurück seid. Euer guter Freund Túvar hatte die Geistesgegenwart, sofort die Mediziner zu alarmieren."

Katherine war noch im Schock. "Der Bär... wo ist die Bärin? Sie war so zornig. Sie hat uns angesprungen."

"Beruhige dich Kind, es gibt hier keinen Bären. Ihr seid sicher und im 'Haus des Lebens'," sagte die Lady.

Die Ärztin verabreichte Katherine mehr Recutis und sie sank seufzend auf ihr Kissen.

"Eure elektromagnetischen Felder wurden gerade noch rechtzeitig stabilisiert. Die Mediziner erklärten denjenigen, die mitbekamen wie ihr ohnmächtig wurdet, dass euch die Hitze nicht bekommt."

Die Ärztin kam vom Fenster herüber und sagte etwas mit leiser Stimme zu ihr.

"Ihr solltet jetzt schlafen," übersetzte die Lady von Sydonia und verließ das Zimmer gemeinsam mit der Ärztin.

Chryséis hatte noch eine Frage wegen der großen Schmetterlinge, aber das war dann auf einmal nicht mehr so wichtig. Sie schloss die Augen und schlief ein.

▶▶▶24 DAS FRÜHJAHRSKONZERT

Sie erholten sich schnell und die Lady von Sydonia versicherte ihnen, dass es keine spontanen Destabilisierungen mehr geben würde. Alle drei saßen auf dem dunkelroten Rasen hinter dem Erholungszimmer und sprachen das erste Mal wieder so richtig über alles, seit die 'Sache' geschehen war.

"Ich weiß nicht was ich davon halten soll. Was ist wenn's trotzdem wieder passiert?" meinte Chryséis und zupfte an einer blauen Blume.

"Warum sollte das nochmal passieren? Sie hat uns doch gesagt, dass sie sich um das Problem gekümmert haben."

"Hätte echt heikel werden können, aber sie haben uns ja zurückgeholt. Und wir sind Ok," sagte Katherine. Sie hatte mittlerweile ein viel besseres Gefühl was ihr Aufenthalt in der Vergangenheit anging.

"Warum hatte sich keine Vortex geöffnet?" sagte Chryséis stirnrunzelnd.

"Weiß ich auch nicht. Vielleicht ist das eben so."

"Stellt euch vor, wir wären da mit ein paar Dinosauriern zusammengestoßen."

"Das wäre gefährlich geworden," sagte Trevor. Er hatte seine erste Zeitreise im Schulgarten von Pemberton noch nicht vergessen.

"Der Bär hat mir gereicht," brummte Chryséis.

"Keiner hat gesagt, dass es einfach ist. Jetzt wissen wir wenigstens was passieren kann. Nächstes Mal sind wir vorbereitet," sagte Trevor.

"Nächstes Mal?" Chryséis gab ein unbehagliches Lachen von sich. "Ich hoffe, das dauert noch 'ne Weile."

"Ja sorry, es wird ja nicht wieder passieren," sagte Trevor und fuhr sich mit der Hand durch die Haare. Warum musste sie so spitzfindig sein?

Jemand kam und stellte etwas zu essen auf den Tisch im Zimmer. "Kommt, ich habe 'nen Bärenhunger," sagte Katherine und stand auf.

Am nächsten Tag durften sie schon wieder in die Schule. Die anderen Kinder stellten aufgeregt Fragen, aber sie taten so als könnten sie nichts verstehen.

So eine Sache konnte man nicht einfach jedem erzählen und Alun und Túvar wussten ja schon Bescheid. Nach dem morgendlichen Unterricht ging es zum Sport in einen der vielen Parks, und bald war alles so wie vorher.

Die Sache mit der spontanen Zeitreise hatte eine ziemlich bemerkenswerte Sache verdrängt. Ihre Zähne waren nach ein paar Behandlungen komplett nachgewachsen. Genau, wie die Lady es ihnen versprochen hatte. Die Füllungen waren einfach herausgefallen. Das juckende Gefühl war ein kleiner Preis dafür gewesen.

Ihre Gesundheit hatte sich auch verbessert, und Katherine war bei weitem nicht mehr so ängstlich. Beide Mädchen spazierten gerne in der Nachbarschaft herum und rannten sogar um das Sportfeld bei der Zitalle um die Wette.

Trevor wollte lieber 'Schweineschnauze' zu spielen. Ein beliebter Teamsport, der mit einem weichen Têrakhonball und schaufelförmigen Schlägern gespielt wurde. Sein Arm fühlte sich schon viel besser an, als er zum ersten Mal bei einem zwanglosen Spiel teilnahm.

Die Mädchen hatten sich zur gleichen Zeit so etwas Ähnliches wie Tai Chi ausgesucht. Die Jungfer Oruwen demonstrierte einer Gruppe von Schülern wie man sich in Pose stellte.

"Das gefällt mir," flüsterte Chryséis aufgeregt. Sie vermisste Yoga, aber Katherine fiel es schwer auf nur einem Bein zu stehen.

"Ja, nicht zu schlecht," sagte sie und versuchte sich aufzurichten.

Die Jungfer änderte ganz langsam die Pose. Katherine streckte sich und fiel zu Boden. Niemand lachte und eines der Mädchen half ihr wieder auf die Beine.

Unterdessen kam nebenan ein 'Schweineschnauze'-Spiel in Gang. Das Tor war eine hohe Wand mit zwei Löchern darin, die etwa 3 Meter auseinanderlagen. Das sah wie die Schnauze von einem Schwein aus. Daher der lustige Name.

Die Spieler mussten sich den Ball mit Schlägern zuwerfen und dann das Tor treffen. Der Trick dabei war, ihn ins Tor des eigenen Teams zu schießen und nicht in das andere. Das war gar nicht so einfach.

Es dauerte eine Weile, bis Trevor die Regeln begriffen hatte und er musste ein paarmal nachfragen. Das Spielfeld war in etwa ein Halbkreis und auf dem gepflasterten Boden waren farbige Linien aufgemalt, die den Schwierigkeitsgrad anzeigten.

Je weiter der Torschütze von der Wand entfernt war, desto mehr Punkte erhielt sein Team. Die weiße Linie war der Wand am nächsten. Die blaue Linie war einige Meter weiter davon entfernt. Eine rote Linie war etwa 12 Meter von den Toren weg. Nur die erfahrensten Spieler zielten von hier aufs Tor.

Trevor tat sein Bestes. Am Anfang war er etwas durcheinander und schoss fast ins Tor des gegnerischen Teams. Er schürfte seine Knie auf, als er versuchte die Gegner wie beim Fußball abzuwehren und zweimal dabei hinfiel. Das war nicht die alesische Art zu spielen. Die Mitspieler waren sehr geduldig mit ihm. Sie erklärten immer wieder wie es ging und er lernte es auch besser zu zielen.

Nach und nach wurde aus Trevor ein ganz passabler 'Schweineschnauze'-Spieler und er machte oft mit. Katherine und Chryséis zogen Tai Chi vor.

Die Zeit verging schnell mit Lernen und Sport. Bald würden sie das sichere Alesia verlassen und die Bekannte Welt erforschen.

Die Kinder lernten so viel wie möglich von der alesischen Sprache - sogar ein wenig Gabari und andere akkadische Dialekte, denen sie auf ihren Reisen begegnen würden. Sie erfuhren auch, dass man mit kleinen scheibenförmigen Objekten bezahlte. Das Material und die Schönheit bestimmten den Wert.

Die kleinen Scheiben hatten ein Loch in der Mitte. Die Leute trugen sie an Schnüren aufgefädelt um den Hals oder an Gürteln befestigt oder in Beuteln. Obwohl das Material sich von Region zu Region unterschied, bestand es oft aus Perlmutter und Kauri-Muscheln.

Die Schulkinder hatten seit Wochen fleißig geübt und das Frühlingskonzert wurde am Abend im Amphitheater abgehalten. Sie gingen mit Alun und Túvar hin. Musikstücke mit Titeln wie 'Der Flug des Bienenfressers' oder 'Der Wind pustet die Wolken über den Himmel' wurden auf seltsamen Saiten und Windinstrumenten gespielt.

'Ein plätschernder Bach im goldenen Licht des Nachmittags' wurde noch geprobt und das Zitadellgelände war mit Gesang erfüllt. Das Konzert war ein musikalisches Spektakel. Ein schöner Abschied aus Sydonia.

Was als Nächstes passierte, überfiel sie hinterrücks. Etwas, das all ihre Pläne umwerfen sollte.

Am Nachmittag vertrieben sie sich die Zeit mit einem Spaziergang im Kräutergarten. Schule fiel wegen des Konzerts aus. Zwischen Reihen duftender Rosmarinbüsche stand eine Holzbank, die von zwei Gingko-Bäumen bewacht wurde. Sie setzten sich und schwatzten bis es anfing dunkel zu werden.

Túvar saß derweil geduldig auf einer anderen Bank und passte auf.

Trevor schnitzte mit seinem Schweizermesser an einer

Holzfigur herum und sagte 'Ja' oder 'Nein' an strategischen Momenten. Ab und zu tauchte eine dunkelgrüne Tunika mit dem gelben Sonnen-Mond Symbol auf. Die Lady hatte ihr Wort gehalten. Das Gelände wimmelte zu ihrem Schutz nur so von Zitadellwachen.

Die Luft war angenehm mild. Verborgene Lampen erleuchteten die runde Bühne in der Mitte. Gepolsterte Têrakhonbänke waren schon gepackt voll als sie mit Túvar und Alun ankamen. Familien und ältere Leute saßen näher an der Bühne.

Junge Leute saßen weiter oben. Mädchen hatten sich kleine Käfige aus Gras ins Haar gebunden, in denen Glühwürmchen leuchteten. Einige trugen sie als Armband ums Handgelenk oder hatten sie sich an die Kleidung gesteckt. Das sah man oft bei Festlichkeiten.

Die Musik begann zu spielen. Magische Melodien kamen von zwei ziemlich großen Harfen, die den Gesang begleiteten. Die Harfen waren im Hintergrund der Bühne und der Chor der Kinder stand im Halbkreis davor. Als das Konzert mit einer überraschenden Note endete, machten sich alle gutgelaunt auf den Weg.

Die Nacht war hereingebrochen und sie mussten in der Dunkelheit den schlecht beleuchteten Weg zum Zitadellplatz zurückfinden.

Chryséis meinte zu Túvar, dass das Konzert ganz wunderbar gewesen war - und zwar auf Alesisch. Der Riesenprinz war beeindruckt. Er antwortete etwas, aber weder Chryséis noch Katherine verstanden was er sagte. Sie lächelten aber trotzdem und Katherine überlegte, was sie noch sagen könnte. Langsam fielen alle drei zurück.

Zissssschhhh!

Alun und Trevor kamen gerade beim Hof an, als Túvar, Chryséis und Katherine auf einmal in einem hellen Lichtstrahl verschwanden. Eine Frau schrie auf und ärgerliche Stimmen kamen näher. Die beiden Jungs glotzten auf den leeren Platz - keine Spur von den dreien!

Aufgebrachtes Gemurmel stieg an.

"Obeah!" Das konnte nur schwarze Magie bedeuten - das was Alesier am meisten fürchteten.

"Obeah!"

"Das ist doch nicht möglich. Das würden sie nicht wagen," stieß Alun hervor.

"Was war das... für ein Ding?" Trevor war wie betäubt.

"Wir müssen die Lady verständigen - und zwar sofort!" Alun wurde zornig und es sprudelte aus ihm heraus. "Unmöglich! Von hier, vom Gelände der Zitadelle! Gäste im Haushalt meines Vaters... und Túvar."

Trevor versuchte zu verstehen. "Wer denn? Was wollen sie von Túvar?"

Sie musste etwas unternehmen.

"Alun, du musst die Lady verständigen - sofort!" drängte Trevor seinen sydonischen Freund. "Hörst du was ich sage? Wir dürfen keine Zeit verlieren. Rufe um Hilfe!" Er begann Aluns Schultern zu schütteln. Trevor traute seinen eigenen telepathischen Fähigkeiten noch nicht so ganz.

"Du hast Recht, Freund. Ich muss Hilfe herbeirufen," stammelte Alun.

Endlich! Alun schloss seine Augen und konzentrierte sich. Er rief zweifellos telepathisch um Hilfe. Nicht mal eine Minute später erschienen zwei Wachen mit Fackeln gemeinsam mit einer der persönlichen Jungfern der Lady. Eine beherzte Frau mit grauen Haaren, die in einem lockeren Knoten gezähmt waren.

"Schelanti!" Die Jungfer Gundel schrie sie fast an und musste sich zusammenreißen. "Ein Leitstrahl bei der Zitadelle und bei hellem Mondschein!"

Erneutes Gemurmel wurde laut. Was war passiert? Eine Straftat?

"Ihr guten Leute! Ich bitte Euch." Die stämmige Jungfer tat ihr bestes, die Menge zu besänftigen. "Lasst uns bitte unsere Pflicht tun. Ihr werdet morgen früh mehr darüber erfahren.Geht nun bitte nach Hause. Schelanti, Schelanti."

Gundel lotste die zwei Jungs zum 'Haus der Weisheit' vor sich her, in Begleitung eines Wachmanns. Andere Wachen suchten den Platz ab, wo die Kinder verschwunden waren.

Sie hielten spuckende Fackeln hoch und versuchten Anhaltspunkte zu finden. Die Jungs wurden derweil in den beleuchteten Audienzsaal geführt. Er sah verändert aus. Trevor war dort nicht nach Einbruch der Dunkelheit gewesen.

Die Lady von Sydonia, die normalerweise so gelassen wirkte, schien nervös zu sein. Sie begann ihnen Fragen zu stellen, sobald sie eingetreten waren. Die Antworten schienen ihren Verdacht zu bekräftigen.

Sie hob ihre Hand und sagte, "Genau was ich dachte. Die Edfunier. Daran besteht keinerlei Zweifel. Die edfunischen Kriegsherren zetteln eine Verschwörung gegen Alesia an und gegen unsere rechtschaffenen Gabari Mitbürger. Der Hohepriester wird versuchen Túvar für sich und gegen seine eigenen Leute einzunehmen. Den Erben der alten Linie. Wir konnten sie nicht aufhalten." Sie liess sich in ihren Stuhl fallen.

"Was sie mit den beiden Mädchen wollen, kann ich nicht sagen. Sie haben jetzt zwei unbeschützte Unschuldige in ihrer Macht. Die Erdmutter allein weiß, was mit ihnen geschehen wird." Die Lady hielt die Hand vor den Augen.

Dann hatte sie ihre Fassung wiedererlangt. "Wir können nicht länger mit Túvar kommunizieren. Sein Schutzamulett wurde abgenommen. Die Halskette mit der Scheibe. Selbst die Mädchen lassen sich nicht auffinden."

Alun konnte sich erinnern, dass ein Gabari sich während des Konzerts zu ihnen hinüber gelehnt und Freude an der Musik geheuchelt hatte. Er war bald von seinem Sitz aufgestanden und gegangen.

Alun machte sich Vorwürfe, dass es ihm nicht gleich aufgefallen war, dass der Mann Túvars Halskette gestohlen hatte.

"Alun, es ist nicht deine Schuld. Es war unmöglich das zu wissen," sagte die Lady von Sydonia besänftigend.

"Wir werden um göttliche Fügung beten, Lady," sagte die Jungfer Gundel. "Der Anführer der Gabari Ranef wurde benachrichtigt. Er wird sich bald einfinden." Sie starrte traurig zu Boden und wartete auf weitere Anweisungen.

"Du hast recht. Sage allen, sie sollen beten. Ich werde mich mit Ranef beraten."

Trevor konnte es kaum glauben. Diese schrecklichen Edfunier versuchten einen Umsturz in Alesia! Und sie befanden sich mittendrin.

Dieses sichere Utopia in prähistorischen Zeiten, eine Zuflucht des Friedens und der Zivilisation wurde bedroht.

Ein Zauberer hatte sich den guten alten Túvar gegriffen, weil er so 'ne Art Erbe einer alten Linie war. Ein blöder Riesenzauberer hatte sich als größte Bedrohung ihrer Sicherheit herausgestellt. Nicht Erdbeben oder eine Monsterflutwelle. Jetzt waren Katherine und Chryséis in seiner Macht.

Was war, wenn er die beiden nie wiedersah?

25 IN DEN HÖHLEN VON SCHURUK

"Oh Mann - nicht schon wieder!" Chryséis saß noch ganz benommen auf dem harten Felsboden. Die Luft roch modrig. Das hier war mit Sicherheit nicht die Zitadelle von Sydonia!

"Desintegrieren wir etwa schon wieder?" murmelte Katherine vor sich hin.

"Glaub' ich nicht." Chryséis sah sich um. "Guck dir das an, wir sind in einer Höhle! Und Trevor ist nicht hier." Was sollte das schon wieder?

Es gab kein Rauschen. Auch keine Nebel. Nur ein plötzlicher Lichtstrahl und jetzt waren sie in einer geräumigen Höhle. Man konnte sehen, wie dunkelblau der Himmel war genau wie eben. Ein paar blinkende Sterne hier und da und ein abnehmender Mond. Sie konnten unten auch die dunklen Baumwipfel eines Nadelwalds erkennen. Das hieß, sie waren irgendwo weiter oben.

Nur wo waren sie bloß gelandet?

Aus dem Wald knurrte und röhrte es hinauf. Donnerndes Stampfen erschütterte die Höhle, dann das laute Knacken von Holz.

"Da draußen sind sicher wilde Tiere. Hört sich richtig unheimlich an."

Die Mädchen krochen näher zum Höhleneingang hin. Sie konnten gerade noch Treppenstufen erkennen, die grob in die dunkle Felswand gehauen waren — und weiter unten ragten lange Hälse über großen schuppigen Körpern.

"Dinosaurier?" meinte Katherine.

"Hier gibts Dinosaurier?" Chryséis schnellte vom Eingang zurück. Vielleicht hatten sie nicht genau hingesehen. Es war ziemlich dunkel und schon fast Neumond.

"Was sollen wir machen?" stammelte Katherine. "Und wo ist überhaupt Trevor?"

Ein langgezogenes Brüllen stieg aus dem Wald empor. Die Mädchen erstarrten vor Schreck. In den Wald hinunterklettern kam nicht in Frage. Die Riesenviecher konnten gefährlich werden und bei Dunkelheit an der Felswand herumzuklettern war wahrscheinlich auch keine gute Idee.

Also was sollten sie tun?

Zum Glück waren an den schroffen Wänden Fackeln befestigt, die etwas Licht in die Höhle warfen. Jemand musste sie angezündet haben! Sie standen auf. Ein unangenehmes Kribbeln ging ihnen durch die Beine.

"Meinst du wir sind noch weiter in die Vergangenheit gereist? In die Steinzeit vielleicht?" Katherine rieb sich heftig ihre linke Wade, dann die rechte.

"Hoffentlich nicht. Wo sind nur Trevor und die anderen? Ich verstehe das einfach nicht. Den einen Moment reden wir noch mit Túvar und dann landen wir hier. Allein."

"Die Lady sagte ja auch, dass es nicht wieder passieren würde. Muss also was anderes sein," sagte Katherine.

"Also, irgendwohin müssen wir ja gereist sein. Das hier ist bestimmt nicht Sydonia!"

Katherine hörte schwache Stimmen, die aus dem Inneren der Höhle kamen. Ihr Gesicht leuchtete auf. Sie waren nicht allein! Chryséis hörte es auch als die Stimmen lauter wurden.

"Oh, hier kommen sie!" Katherine wollte weiter in die Höhle hineinlaufen.

"Warte," flüsterte Chryséis heftig und hielt sie zurück.

Die Stimmen kamen hinter einer Wand im hinteren Teil der Höhle hervor. Die Mädchen dachten geschwind nach.

"Komm', wir machen uns unsichtbar. Das ist sicherer,"

flüsterte Katherine zurück. "Gute Idee." Sie drückten auf die Knöpfe an ihren Haarreifen.

"Chris, es funktioniert noch, gib' mir die Hand!" Ihre Hände umklammerten sich.

"OK, was jetzt?" fragte Chryséis leise. Sie waren keinen Moment zu früh unsichtbar geworden. Eine Gruppe übel aussehender Riesen kam aus einer versteckten Öffnung hervor.

Die grobschlächtigen Gestalten eilten kräftig ausschreitend auf den Höhleneingang zu. Schwarze Capes flatterten um breite Schultern. Ihre Haare waren lang und ungekämmt und sie rochen nicht besonders gut.

Katherine zog Chryséis gerade noch rechtzeitig aus dem Weg und sie drückten sich gegen die Wand.

Einer der Riesen fluchte in einer fremden Sprache ärgerlich vor sich hin. Irgendwas stimmte nicht. Der Wortschwall war mit Sicherheit nicht Alesisch. Der riesige Mann war wohl sehr aufgeregt, wie er so mit den Armen herumfuchtelte.

Er blieb abrupt stehen und sah misstrauisch in die Richtung, wo Katherine und Chryséis sich an die raue Wand schmiegten.

Seine Augen pressten sich zu Schlitzen zusammen, als er nach Bewegung Ausschau hielt. Die Mädchen hielten den Atem an. Die anderen Riesen sagten etwas und schienen weitergehen zu wollen.

Er zögerte einen Augenblick. Dann beschloss er, dass er sich geirrt haben musste und stolzierte davon. Die anderen Gabari folgten ihm. Draußen begannen die Riesen erstaunlich geschwind die Treppe hinauf zu klettern.

Waren diese Männer etwa Edfunier? Das hieß doch, sie mussten irgendwo in Edfun sein. Aber warum? Und wo? Sie trauten sich eine Weile nicht sich zu rühren.

Erst als die hämmernden Schritte verklungen waren, lösten sich Chryséis und Katherine von der Wand. Endlich konnten sie wieder normal atmen. Das war alles andere als witzig! Diesen schrecklichen Riesen aus der Höhle nach draußen zu folgen war unmöglich. Unsichtbar oder nicht.

"Sonst bekommen sie das Opfer an ihren Gott auf einem silbernen Tablett serviert," meinte Chryséis sarkastisch.

"Nicht, wenn ich was damit zu tun habe."

"Natürlich nicht!"

Sie flogen herum, als sie eine krächzende Stimme hörten, die aus dem hinteren Teil der Höhle kam. Es war noch jemand hier! Sie schlichen sich an der kalten, zerklüfteten Wand entlang und passten auf, nicht an die Fackeln zu stoßen. *Was war bloß dieser weiße Flaum an der Höhlenwand?* Dachte Katherine flüchtig.

Die Mädchen spähten vorsichtig um die Wand herum in die nächste Höhle hinein. Da war ja Túvar!

Er saß in einer Nische auf dem Boden und lehnte leblos gegen die raue Wand. Sein Gesicht war ausdruckslos. War er etwa tot?

Aber Túvar war noch am Leben. Man hatte ihn demobilisiert, da es einfacher war, Gefangene so unter Kontrolle zu halten. Zudem war die Kerkerhöhle gegen Gedankenübertragungen geschützt. Unwürdige Alesier könnten ja versuchen den Jungen zu retten. Nicht wenn der Hohepriester es verhindern konnte! Die Wachen passten auf - man könnte sagen, von Natur aus. Ein Entkommen war unmöglich.

Hier in den Höhlen von Schuruk wurden Gefangene bestraft, wenn sie gegen geltendes edfunisches Gesetz verstoßen hatten. Es kam schon mal vor, dass diese Gefangene in den Tiefen der Höhlenflucht vergessen wurden, bis ein grausamer Tod sie erlöste.

Chryséis und Katherine waren aus Versehen in der Höhle gelandet. Die edfunischen Kriegsherren hatten sie nicht bemerkt, als Túvar auf dem Leitstrahl unterhalb der Hochburg von Schuruk eintraf.

Diesmal waren sie hinter Túvar her, dem wahren

Gabariprinzen. Er war sofort betäubt worden, dann hatten sie ihn in die hintere Höhle geschleppt. Hätten sie die beiden Mädchen in der Ecke gesehen, wäre der Jubel noch größer gewesen.

Endlich war der Thronfolger der Königslinie in edfunischer Gewalt! Túvar wurde gebraucht, um ihren Plan auszuführen. Der Sieg gehörte ihnen! Andere würden ihm folgen, wenn man Túvar dazu brachte einzuwilligen. Und es gab keinerlei Zweifel daran, dass er einwilligen würde. Edfun konnte dann den verachtungswürdigen Weibsbildern die Macht in Alesia entreißen und sie für immer verstoßen. Lange hatten sie auf diesen Moment gewartet. Lange genug!

Katherine und Chryséis starrten auf die Szene. Das Gesicht des Riesen, der krächzend vor Túvar in die Nische stand, konnte man nicht sehen. Er hielt eine silberne Halskette und ließ den Anhänger einer Mondscheibe in der Hand baumeln.

Sein Anblick war furchterregend, selbst wenn er ihnen den Rücken zukehrte. Er schien im mittleren Alter zu sein und trug eine lange schwarze Tunika unter einem dunklen Lederharnisch.

Dieser Gabari sah nicht so wuchtig aus wie die anderen, die gerade aus der Höhle geeilt waren. Sein Rücken war gekrümmt und es umgab ihn aber eine Aura von Macht und Boshaftigkeit. Seine Haare waren so sehr mit Opferblut verklebt, dass sie eine unnatürliche rotbraune Farbe hatten. Der Geruch von Fäulnis war ekelerregend. Sein Anblick gab Katherine eine Gänsehaut.

"Scheußlich," atmete sie und schloss die unsichtbaren Augen.

Der Mann drehte sich etwas um und Katherine klammerte sich fester an Chryséis' Hand. Auf der breiten Stirn des Riesen war eine schwarze Spinne eintätowiert. Die Tätowierungen an seinen Armen waren halbwegs von den Ärmeln der Tunika bedeckt. Seine Züge waren zu einem schrecklichen Grinsen erstarrt, wie er so einer ziemlich großen Spinne zusah, die ein weißes Netz um die Nische spann.

Katherine holte entsetzt Atem. Die enorme Spinne spann unermüdlich an dem weißen Vorhang.

Der Hohepriester drehte sich noch weiter um und besah sich eingehend die Höhlenwand. Konnte er sie sehen? Spürte er, dass sie da waren, wie der andere zornige Riese auch? Aber trotz dieser Röntgenaugen, konnte er es anscheinend nicht. Oh, warum stand Túvar nicht einfach auf und rannte davon? Das Spinnennetz wurde immer dichter.

"Hier sind wir nun also," krächzte der Hohepriester von Schuruk. "Wie nett von dir, nach so langer Abwesenheit deinem Klan mal wieder einen Besuch abzustatten. Wir haben dich vermisst. Oh ja, sehr sogar."

Er spielte mit der Halskette in seiner Hand.

"Schade um deine Eltern. Sich gegen Edfun derart aufzulehnen," meinte er boshaft. "Sie hätten es besser wissen müssen. Wo sie doch hier bei ihren netten Verwandten es so gut haben könnten." Die silberne Mondscheibe baumelte an der Kette.

In Túvars Augen stand Verzweiflung. Weiter nichts. Wenn sie wenigstens verstehen könnten, was diese abscheuliche Kreatur zu ihrem Freund sagte.

"Oh mein junger Stammesbruder, du wirst doch sicher jetzt nicht unsere Gastfreundschaft ablehnen, oder?" Der Mann in Schwarz schien sein kleines Spiel mit dem hilflosen Túvar unterhaltsam zu finden. Dass er kein Angehöriger von Túvar war, wussten beide Riesen natürlich.

"Auf dich wartet ein bedeutsamer Thron, mein Junge. Macht! Die natürlich geteilt werden muss... sobald du Vernunft angenommen hast. Falls nicht, tja... unsere Wachen hier müssen ja irgendwann mal wieder was zu fressen bekommen." Er lachte auf eine trockene, hackende Art.

Túvar wollte nur fort, fort aus dieser grässlichen Höhle und fort von diesem furchterregenden Mann. Aber er konnte noch immer keine Faser seines Körpers bewegen, konnte nicht richtig denken. Wie sollte er nur Hilfe herbeirufen? Wie?

"Ich werde mich jetzt in meine Unterkunft zurückziehen, mein lieber Verwandter. Es wird spät. Wir werden uns morgen weiter unterhalten. Die Wache hier braucht noch ein wenig Zeit zum Fertigspinnen. Eine angenehme Nacht wünsche ich dir."

Der Zauberer heuchelte falsche Anteilnahme und grinste mit einer Reihe schlechter Zähne. Was auch sonst?

Die Mädchen pressten sich in eine Nische hinein. Der Hohepriester drehte sich um und schritt hochmütig auf den Höhlenausgang zu. Sie konnten jetzt sein ganzes Gesicht sehen.

Das linke Auge war halb verdeckt. Eine hässliche Narbe lief quer über die ledrige Haut. Eine Verletzung, die er sich zugezogen hatte, als der alte Hohepriester ihn abwehrte. Als dessen Lehrling hatte er ihm treu gedient.

Bis zu der Nacht, in der er beschloss, die Macht als Hohepriester von Schuruk an sich zu reißen. Am Ende war der jüngere Mann erfolgreich gewesen und hatte seinen Dolch in den Hals des älteren Riesen gesenkt. Seit jener Nacht war er der Herrscher von Edfun. Seine Narbe war eine Erinnerung an jene Nacht.

Die Mädchen warteten ab und die schweren Schritte hallten bald auf der Treppe vor der Höhle wider. Als der Riese außer Hörweite war, gingen sie auf Túvar zu. In sicherer Distanz zu der ekligen Spinne. Katherine stolperte - über ein Bündel Gebeine.

Sie waren in etwas gewickelt, das wie eine weiße Mohairdecke aussah.

Der Anblick war verwirrend. Sie sahen, dass noch andere solcher Bündel auf dem Boden herumlagen. An die Wände gestapelt und beim gähnend schwarzen Eingang. Oje. Aber für sowas hatten sie jetzt keine Zeit.

"Túvar! Wir sind hier," sagte Chryséis in ihrem besten Alesisch. Túvars Augen weiteten sich. Es war niemand da.

War seine Zeit gekommen? Riefen ihn die Vorfahren zu sich? Dann hörte er die Stimme wieder, in einer Sprache, die er nicht verstand.

"Du kannst jetzt aufhören, deine Fingernägel in meine Hand zu bohren," sagte Chryséis leise. Katherine lockerte den Griff.

"Sorry!"

Sie versuchten nicht über die gespannte Spinnenseide zu fallen, die am Boden befestigt war.

"Wie ätzend. Ich hasse Spinnen!" jammerte Katherine.

Túvars Erstaunen wuchs, als er die bekannten Stimmen hörte. Wurde er etwa verrückt? Er dachte, es könnten die Stimmen von Chryséis und Kassín sein, aber die Mädchen waren nirgends zu sehen. Wenn er sich doch wenigstens bewegen könnte, dann wäre es möglich aus dem Spinnennetz wegzukriechen und zu fliehen.

"Hast du mehr Angst vor der doofen Spinne als dem ekligen Riesen?" fragte Chryséis plötzlich.

"Ehrlich gesagt ja!" Bei der Vorstellung allein bekam Katherine eine Gänsehaut.

"Dann dreh' dich jetzt besser nicht um."

"Was, wieso nicht?" Katherine sah natürlich trotzdem über ihre Schulter und wäre fast in Ohnmacht gefallen.

"Können Spinnen einen sehen, wenn man unsichtbar ist?" fragte Chryséis in einem sachlichen Ton.

"Was? Woher soll ich das wissen? Ich kann jetzt nicht an sowas denken!" jammerte Katherine.

Eine weitere etwa kniehohe Spinne krabbelte langsam auf die beiden zu. Ihr rundlicher, haariger Körper hatte etwa die Größe eines Suppentellers.

Das Tier hielt an und dribbelte mit haarigen Beinen auf der Stelle. Kein Zweifel, sie betrachtete ihre Opfer. Als die Spinne weiter in ihre Richtung kroch, stieg ein lautloser Schrei in Katherine hoch und - sie unterdrückte ihn gerade noch im letzten Moment. Die Riesen könnten sie ja hören und zurückkommen. Sie schaffte es gerade noch soweit zu denken.

"Tu was, tu was," heulte sie los.

"OK, wir sollten was tun," meinte Chryséis tapfer und zog an Katherines Hand.

Sie versuchten sich von dem krabbelnden Spinnentier fortzubewegen. Da gab es nur ein klitzekleines Problem. Auf der einen Seite war das Spinnennetz und auf der anderen Seite die Wand zur äußeren Höhle.

Sie wählten die äussere Höhle! Die Spinne folgte ihren Bewegungen mit acht Augen wie schwarze Murmeln, dann fing sie an ihre zitternden Vorderbeine zu putzen.

Chryséis strauchelte in etwas Weichem, Weißen. Ihnen wurde mit einem Schlag klar, was diese komischen weißen Bündel waren. Oh nein!

Die Monsterspinne starrte sie hungrig an.

"Hör mal Katie. Ich will versuchen telepathisch um Hilfe zu rufen." Chryséis schüttelte ihre unsichtbare Freundin. "Hörst du?"

"Ja..."

Sie waren jetzt wieder in der Eingangshöhle angelangt und somit außerhalb der abgeschirmten Stelle.

Das wussten die beiden nicht, aber sie konnten ziemlich sicher sein, dass Túvar im Augenblick nichts weiter zustoßen würde als eingesponnen zu werden. Chryséis schloss die Augen und konzentrierte sich. *Ruhig bleiben!* Dachte sie. *Ganz ruhig!*

Katherines Augen waren auf die Spinne fixiert. Sie erinnerte ich mit einem Schlag daran, dass sie das Pfefferspray in der Hüfttasche hatte. Einer der älteren Schüler in Pemberton hatte es für sie vor dem Schulausflug ins Carter-Tal besorgt.

Sie hatte keine Ahnung, ob das Spray bei einem so großen Spinnentier wirkte, aber sie musste es versuchen.

Es gelang ihr mit zitternden Fingern langsam den Reißverschluß der Hüfttasche aufzufummeln. Sollten sie nicht doch lieber zum Höhleneingang laufen? Aber dann fand sie die kleine Sprühflasche.

Chryséis schenkte ihr keine Aufmerksamkeit.

Die schwarze Spinne bewegte sich wieder. Langsam, gespenstisch langsam, setzte sie ein Bein vor das andere. Sie sah nicht viel, aber empfindliche Wärmesensoren entdeckten die warmen Körper. Fünf Zentimeter lange Giftzähne kamen in Gang, in Erwartung einer saftigen Mahlzeit. Katherine konnte kaum noch atmen, während sie versuchte die Spinne mit eisigen Blicken im Zaum zu halten.

Die Tarantel krabbelte jetzt schneller. Kam näher und näher. Es war einfach zuviel. Katherine schrie vor Angst auf. Sie stürzte sich nach vorne und sprühte dem Monster direkt in die schwarzen Murmelaugen. Das überraschte Spinnentier dribbelte zurück. Die Beute wehrte sich!

Aber das Pfefferspray reichte nicht aus, um sie zurückzuhalten. Futter war so nahe, so gut!

Chryséis öffnete die Augen und dann geschah alles sehr schnell. Ein Laserstrahl verdampfte das Tier in Sekundenschnelle und die andere Tarantel und ihr kunstvolles Seidennetz wurden zu heißer Luft.

Einer der riesigen Zitadellwächter half Túvar auf die Beine und zog ihn aus seiner 'Gefängniszelle'.

"Könnt ihr laufen, Lord?" fragte er.

Aber Túvar konnte kaum stehen, und schon gar nicht sprechen. Katherine und Chryséis deaktivierten ihre Virtuellen Unsichtbarkeitsumhänge.

Die Zitadellwachen waren sehr erstaunt, als die fremden Mädchen auf einmal vor ihnen erschienen, aber sie erholten sich sofort wieder.

"Schnell kommt!" rief der andere Wächter. Sie liefen hinter ihnen her auf den Höhleneingang zu. Aus dem Augenwinkel sah Katherine, wie noch mehr Spinnen auf sie zukrochen.

Und zwar eine ganze Menge Spinnen!

Sie schloss ergeben die Augen. Bevor sie noch wussten,

wie ihnen geschah, hatte der Leitstrahl sie in Sicherheit gebeamt. Zurück nach Sydonia.

Das Letzte, an das sich Chryséis erinnern konnte waren donnernde Fußtritte, die die Steintreppen hinuntergestürzt kamen.

Die edfunischen Kriegsherren hatten den Gedankenaustausch in der Höhle aufgefangen. Wie hatte der Junge es bloß geschafft...?

Aber sie kamen zu spät. Die Riesen sahen weder den Blitz noch die alesischen Wachen, wie sie mit den Geretteten auf Nimmerwiedersehen verschwanden.

Dann hatten sie andere Sorgen, denn die krabbelnden Spinnen ließen sich nicht mehr aufhalten.

 **26** GRENZKRIEGE

Obwohl die Mediziner sich sehr um die Kinder bemühten, wurde Chryséis die Erinnerung an die Höhlen von Schuruk einfach nicht los. Aber sie hielt es für das Beste, es für sich zu behalten. Túvar blieb länger im 'Haus des Lebens', da man nicht sicher sein konnte, was die Edfunier mit ihrem Gefangenen angestellt hatten.

Die Lady von Sydonia besuchte sie im Erholungszimmer. "Athenai, das scheint ja euer beliebtester Ort in Sydonia zu werden," scherzte sie.

"Oh Lady, es war furchtbar. Ich hatte noch nie vorher solche großen Spinnen gesehen." Katherine schloss die Augen und schüttelte sich.

Später kamen Alun und Trevor und brachten sie nach Hause. Trevor konnte gar nicht wieder aufhören seine Freunde zu umarmen. Das war ziemlich ungewöhnlich für ihn, aber unter den Umständen war es ihm egal was die Leute dachten.

Die Mädchen mussten natürlich dem ganzen Klan mitteilen, was ihnen zugestoßen war, und zwar in gebrochenem Alesisch. Alun versuchte zu helfen so gut es ging und die Familie hing an jedem Wort.

Es war bekannt, dass Schuruk die Hochburg schrecklicher Kriegsherren war, aber ein Kerker unterhalb der Festung — und riesige Taranteln als Wachen!

"Kein Wunder, dass nie jemand entkam, um davon zu berichten," sagte Aluns Vater.

Alle waren froh, dass die fremden Kinder und Túvar relativ unbeschadet entkommen waren. Ihnen wurde versichert, dass sie ab jetzt sicher sein würden. Nur das hatten die Zeitreisenden schon öfter gehört. Túvar war ja schließlich ihr Bewacher gewesen, oder?

Nach einer Weile entschuldigten sie sich und gingen die Straße hinunter zum kleinen Park. Die alesischen Gabari hatten ihre Zeremonie dort erst vor zwei Wochen abgehalten.

"Ich wäre fast ohne euch beide wieder abgereist," sagte Trevor als sie unter einem Jacarandabaum saßen.

"Oh vielen Dank für deine Geduld." Katherine tat so als sei sie böse auf ihn.

"Mach' ja nur Spaß."

"Vielleicht sollten wir genau das tun - fortgehen," sagte Chryséis ernsthaft.

"Wieso können wir nicht noch hierbleiben?" Trevor verstand nicht was auf einmal mit ihr los war. Chryséis war doch nie ängstlich und alles war glatt gegangen.

"Ich habe Angst, Ok?!" platzte sie heraus. "Ich habe wirklich Angst, dass sowas nochmal passiert. Wenn du dabei gewesen wärst, Trev. Diese Riesen...die Spinnen..." Chryséis suchte nach Worten, um zu erklären, was sie fühlte. "Ich... ich fand's einfach scheußlich!"

Sie wollte Dampf ablassen. Aber wie? Herumschreien und durch den Park rennen, bis sie nicht mehr konnte? Das ganze Experiment war ein Riesenfehler!

"Ich hab's einfach satt!" stöhnte sie.

Trevor und Katherine sahen sich an.

"Aber Chris, du hast doch gehört, was die Lady von Sydonia gesagt hat. Die kriegen die Edfunier wieder unter Kontrolle. Sie hat's versprochen," sagte Trevor.

"Edfunier... was geh'n mich diese Edfunier an? Erst die Sache beim Markt, dann der Kerker. Ich habe einfach genug!"

"Chris, wenn die Lady sagt, dass sie uns beschützen wird, dann—" begann Katherine.

"Ja ich weiß, dass sie's versprochen hat. Warum ist es dann trotzdem passiert?" wütete Chryséis weiter. "Das hätte total schiefgehen können!"

"Chris!"

"Was?"

"Krieg' dich wieder ein, du bist doch sicher jetzt," meinte Trevor und Chryséis starrte ihn wütend an. Anscheinend hatte er nicht das Richtige gesagt.

"Oh ja? Und was ist mit dem Kriegszustand? Wir hätten nicht mal das Haus verlassen dürfen. Hat uns jemand dran gehindert? Kommt, lasst uns geh'n, bevor die Endfunier angreifen! Wir müssen noch packen–." Sie sprang auf.

Nach Hause zurückkehren - der Gedanke war verlockend. Aber Katherine war diesmal auf Trevors Seite.

"Wir müssen den Kopf behalten," unterbrach sie Chryséis ' Wortschwall. "Wir haben die Entscheidung gemeinsam getroffen und ich glaube nicht, dass wir jetzt davonlaufen sollten. Gib' dem Ganzen noch 'ne Chance."

Chryséis ' Augen blitzten und Katherine fühlte sich unbehaglich. "Begreifst du's nicht?" rief sie. "Es ist einfach zu gefährlich. Wir müssen zurück und wir werden jetzt unsere Sachen packen, OK?! Wenn wir uns 'ranhalten, können wir noch vor der Dunkelheit oben auf dem Hügel sein."

Chryséis fühlte sich in die Enge getrieben. Nichtmal ihre besten Freunde schienen zu begreifen.

"Weißt du, das ist keine gute Idee. Hier in der Stadt sind wir sicherer."

"Nein, wir gehen!"

"Dann musst du allein gehen, Chris," meinte Trevor ruhig.

"Oh ja? Weißt du was - Ihr könnt mich alle mal kreuzweise!"Chryséis war schon ganz rot im Gesicht. "Oh, ihr seid doch total bescheuert!" Sie trat wütend nach einem Stein.

Sie standen jetzt alle unter dem Jacarandabaum.

Chryséis drehte sich einfach um und stampfte davon. Katherine wollte ihr hinterherlaufen, aber Trevor hielt sie zurück.

Sie stritten sich nicht oft, aber diese Zeitreise hatte ihre

Nerven ganz schön strapaziert. Vor zwei Wochen war Chryséis einfach nachts spazieren gegangen und Katherine war diejenige, die wütend gewesen war.

"Sie muss sich abregen," sagte Trevor. "Reine Nervensache. Und überhaupt, ich dachte immer, dass *du* Angst vor Spinnen hast und nicht Chris."

"Habe ich auch. Nur irgendwie... Ach ich weiß auch nicht. Es macht mir nicht mehr so viel aus wie früher." Vielleicht hatte es ja die Behandlung im 'Haus des Lebens' zu tun. Oder vielleicht war sie einfach so mutiger geworden.

Sie sahen, wie Chryséis' jadegrüner Rücken hinter der beschnittenen Hecke an der Straße verschwand. Was würde sie jetzt tun? Ohne sie gehen? Katherine machte sich Sorgen. "Das ist übel, ganz übel... das können wir uns nicht leisten. So zu streiten. Wir müssen zusammenhalten. Wir..." stotterte sie.

"Reiß' dich zusammen, Katie. Sie wird schon nichts Blödes tun."

"Popelig," seufzte Katherine und kickte ein paar Kiesel aus dem Weg. Eine orangefarbene Eidechse huschte von Stein zu Stein den Weg entlang. Sie wartete jedes Mal, um zu sehen, ob es sicher war um weiter zu hüpfen.

Ein blaurot-gepunkteter Schmetterling landete auf einer gesprenkelten Ringelblume und flatterte ein wenig. Es war einfach schön hier. Sie saßen auf dem Gras und sahen still zu - und fühlten sich wie Barbaren. Alesier schienen sich nie anzuschreien. Zum Glück war niemand in der Nähe und hatte den Streit mitangehört.

Als sie zum Haus zurückgingen, waren die Straßen wie ausgestorben. Die Leute hielten sich an die Empfehlung der Zitadelle und bleiben in den Häusern.

Tepi sprang lebhaft über den Hof, um sie zu begrüßen. Das gelbe Hündchen wurde langsam größer. Katherine streichelte ihr seidiges Fell und der Hund legte sich auf den Rücken, um sich am Bauch kratzen zu lassen.

Katherine würde Tepi vermissen, wenn sie nach Aztlan reisten. Der kleine Hund hatte sich einen Platz in ihrem Herzen erobert.

Chryséis lag auf dem Bett im Gästezimmer und starrte an die Decke. Sie hatte ein kühles Bad genommen und heiße Tränen geweint. Zum ersten Mal wurde ihr klar, dass sie ihre Familie ganz schrecklich vermisste. Mom hätte gewusst was zu tun sei. Wie immer.

Aber Mom war nicht hier. Sie lebte in der Zukunft. So weit weg. Die Zukunft fühlte sich an wie ein Stein, der um Chryséis' Hals hing. Katherine öffnete die Tür.

"Chris, bist du in Ordnung?" fragte sie sanft.

"Ja, ich glaub' schon."

"Wir sollten uns nicht so streiten."

"Ich weiß." Chryséis setzte sich auf. "Sorry, dass ich so explodiert bin." Ihre Augen waren rotgerändert, aber sie schien sich gefangen zu haben. Katherine winkte Trevor herein.

"Wenn ich an die Edfunier denke, wird mir ganz anders..." Sie schüttelte sich beim bloßen Gedanken. "Aber dann... wer hat gesagt, dass Zeitreisen einfach ist?" Sie versuchte zu lächeln. Trevor und Katherine wechselten einen Blick. Chryséis hatte es sich anders überlegt!

"Also gehen wir nach Plan?" Trevor fragte ein wenig zu schnell und Katherine schoss ihm einen frostigen Blick zu. Nicht so voreilig, flehten ihre Augen.

"Man kann so'n Experiment nicht einfach aufgeben - so wie man einfach aus einem schlechten Film rausgeht."

Chryséis holte tief Atem. "Wenn wieder sowas schlimmes passiert, dann gehen wir aber zurück - Ok?"

"Na ja... ich denke schon..." stammelte Trevor.

Katherine nickte. Dann nickte Trevor auch etwas zögernder.

"Abgemacht?!"

"Warum nicht—"

"Ich hoffe ich bereue das nicht," meinte Chryséis. Ihre

Mutter hätte das gesagt.

Chryséis ging nochmal zur Behandlung ins 'Haus des Lebens' und am Abend war sie wieder so gut wie neu.

Chryséis hatte beim 'Haus des Lebens' Túvar gesehen. Er bedankte sich überschwinglich bei Chryséis für ihre Hilfe. Sie war tapfer gewesen und hatte die Zitadellwachen herbeigerufen und ihnen dadurch das Leben gerettet, als er hilflos im Kerker lag.

Die Bewohner von Sydonia erfuhren von dem, was in Schuruk geschehen war erst später. Gerade jetzt herrschte ja Krieg zwischen Alesia und Edfun!

*

Die drei Zeitreisenden wären wahrscheinlich nicht so ruhig geblieben, hätten sie gewusst, was sich im Norden Alesias abspielte.

Sobald sich der Prinz der Gabari und die zwei Schutzbefohlenen der Lady wieder auf sydonischem Boden befanden, gingen entlang der ganzen Grenze alesische Schutzschilde hoch. Schuruk bewegte eine große Anzahl Truppen nach Süden. Früher hatte Edfun derartige Auseinandersetzungen jedes Mal verloren, aber trotzdem wurde Alesia in Alarmbereitschaft versetzt.

Die Lady von Sydonia ernannte, wie immer in Kriegszeiten, schleunigst alesische Kriegsherren. Sie waren schon dabei, die Lager des edfunischen Kontingents zu orten, die in den Bergen versteckt auf eine Gelegenheit zum Angriff warteten.

Zitadellen im ganzen Land hatten Delegierte nach Sydonia gesandt, die sich zur Besprechung im 'Haus der Weisheit' einfanden.

Ladys der Zitadellen und vorübergehende Kriegsherren berieten sich hinter geschlossenen Türen mit dem 'Ersten Sprecher' der Kriegsherren und Anführern der Gabari. Die Delegierten waren in weiße Tuniken gekleidet, als Zeichen der Reinheit ihrer Absichten.

Sie saßen um den großen ringförmigen Tisch in der

Kammer der Lady herum. Eine Zitadelljungfer nahm einen sanft leuchtenden Stein vom Konferenztisch. Sie wickelte ihn sorgfältig ein und legte ihn auf einen Ecktisch.

Sehnsüchtige Blicke folgten ihr von der anderen Seite des Raumes hinweg. Zwei kräftige Gabariwachen postierten sich zu beiden Seiten des Gegenstands.

Sie waren außer Hörweite und die Sitzung konnte beginnen. Alle waren einer Meinung. Die Situation bedeutete eine ernsthafte Bedrohung für den mühsam erlangten Frieden der alesischen Bevölkerung.

"Sollte Edfun siegen, wird die ganze 'Bekannte Welt' den Preis zu zahlen haben. Ein Übergriff durch die Edfunier muss verhindert werden," wandte sich die Lady von Bînah inständig an die Mitglieder der Versammlung.

"Die edfunischen Spione in Sydonia sind gut getarnt. Wir haben allerdings schon eine Anzahl von ihnen überall im Land aufgegriffen," berichtete Manu, der 'Erste Sprecher' der Kriegsherren.

"Der Hohepriester von Schuruk benutzt schwarze Magie und Gedankenkontrolle um seinen Willen durchzusetzen. Rechtschaffene Bürger haben unter dem Einfluss seines bösen Blickes Verbrechen begangen."

Der sehnige Armee-Veteran sah müde aus. Dies war seine letzte Einberufung als Kriegsherr. Er wäre lieber auf dem Lande, auf seiner Schneehuhnfarm. Stattdessen mussten sie hinter abtrünnigen edfunischen Spionen herjagen. Aber diese ernsthafte Situation verlangte, dass man persönliche Opfer brachte.

"Zwei Wissenschaftler, einer davon ein wahrer Gabari, sind auf mysteriöse Weise verschwunden. Geheimwissen wurde ihnen unter Zwang abgenötigt."

"Daher war Edfun wieder in der Lage Unsichtbarkeitsgeräte, Leitstrahllaufwerke und Gedanken- schilde in so kurzer Zeit nachzubauen. Das alles kann es jedoch noch nicht mit unserer eigenen Ausrüstung aufnehmen," fügte Ranef, der Anführer der Sydonischen

Gabari, hinzu. Es entstand erleichtertes Gemurmel.

"Danke, Lord Manu und Lord Ranef," dankte die Lady ihren Ratgebern. "Ich freue mich, dass die efunischen Kriegsherren nur so wenig vom 'Geheimen Wissen der Großartigen' ergattern konnten."

Sie fuhr nach einer kurzen Pause fort. "Wir dachten, wir hätten mehr Zeit uns darauf vorzubereiten. Aber der Hohepriester ist genauso gerissen wie gefährlich. Er hatte uns hinterrücks erwischt."

"Tja beinahe. Stellen wir uns der Herausforderung mit Weisheit und innerer Stärke," meinte Ranef.

Kurz darauf wurden ausgefeilte Schlachtpläne abgefangen. Sie schienen derart fantastisch, dass Sydonia einen Trick vermutete um Alesia von der richtigen Spur abzubringen. Edfunische Kriegsherren waren für ihre trickreichen Ablenkungsmanöver bekannt.

Die Kriegsherren unter dem Kommando der Lady begannen kodierte Befehle zu erteilen. Laserkanonen wurden in Position gebracht. Allerdings waren sie nicht auf menschliche Ziele in Edfun gerichtet.

"Der Missbrauch elektromagnetischer Einrichtungen zum Zwecke der Unterwerfung Alesia muss sofort gestoppt werden," ordnete die Lady von Sydonia an. "Wir dürfen die Wirksamkeit unserer Schutzschilde nicht gefährden."

The Delegierten murmelten zustimmend. Einige klopften mit den Fäusten auf den Tisch. Es war klar, wovon sie sprach.

"Es ist also entschieden. Wir werden die bedrohlichen Instrumente in Edfun orten und sie dann zum richtigen Zeitpunkt zerstören." Es gab noch mehr Zustimmung von den Delegierten. Die Lady wandte sich wieder an den 'Ersten Sprecher' der alesischen Kriegsherren. "Ich nehme an, dass die Verteidigungstruppen sich wie geplant an der Grenze befinden." Lord Manu nickte beipflichtend.

"Wir warten ab, bis die andere Seite angreift. Der Schaden aller Lebensformen muss vermieden werden solange wir die

Wahl haben. Die Erdmutter stehe uns bei."

"Ihr Befehl wird sofort weitergeleitet, Lady," antwortete der 'Erste Sprecher' entschlossen und empfahl sich aus der Runde. Die Konferenz dauerte bis in die grauen Morgenstunden hinein, dann begannen die edfunischen Truppen aus heiterem Himmel damit, die alesische Grenze an mehreren Stellen anzugreifen.

Laserkanonen schossen Löcher in die Schutzschilde und die Schirme begannen sich aufzulösen. Ein Blutvergießen ließ sich nicht länger vermeiden.

In der Annahme, dass die alesische Grenze ausreichend geschwächt sei, marschierten massive Krieger Reihe um Reihe voran. Als die Riesen versuchten, die unsichtbare Barriere mit schierer Körperkraft zu durchbrechen, wurden sie jedoch zurückgeworfen.

Sie hackten und hieben mit ihren breiten Schwertern und Speeren auf den Schutzschirm ein.

Einige erinnerten sich noch an die glorreichen Tage des letzten Versuchs Alesia unter Kontrolle zu bringen. Die guten Krieger hatten tapfer gegen die feigen alesischen Soldaten und deren Verbündete gekämpft, bevor die edfunische Armee überwältigt worden war. Zumindest war es das woran sie sich erinnerten.

Die Schäden an den Schutzschirmen wurden rasch behoben. Die Edfunier, die es über die Grenze schafften, wurden sofort außer Gefecht gesetzt. Weitere folgten.

Sie zählten darauf, dass ihre große Anzahl genügend Stärke aufbot. Sie bemühten sich beharrlich, auf das Kommando ihrer Kriegsherren - und wurden wieder und wieder gewaltsam zurückgeschlagen.

Die Schutzschirme hielten dem Ansturm stand.

Es war nicht gerade glorreich, von elektromagnetischen Schutzschilden zurück geworfen zu werden. Die schrecklichen Kriegsherren waren außer sich vor Wut. In den letzten Spionageberichten aus Sydonia war von verbessertem Grenzschutz nicht die Rede gewesen.

Die Gemüter erhitzten sich. Glücklose Soldaten, die zufällig in der Nähe standen, bekamen ihren Ärger am meisten zu spüren. Mehr Laserkanonen, die in Alesia im Schutze der Unsichtbarkeit gestohlen worden waren, wurden in Stellung gebracht. Sie würden diese Schutzschirme zerstören!

Aber was war das? Jede einzelne Laserkanone zerbrach mit einem lauten Knall und fiel in tausend Stücke zu Boden. Das war ja die reinste Magie. Und schwarze Magie noch dazu! Ein elektromagnetisches Instrument nach dem anderen wurde von den Alesiern entdeckt und sorgfältig zerstört.

Als sie sich der jetzt nutzlosen Technologie gegenüber sahen, gaben die Kriegsherren den Befehl, die lebenden Kriegsmaschinen herbeizubringen.

Die Saurier hatten die Gröe afrikanischer Elefanten. Genauso grau, aber sie hatten statt Rüsseln lange schuppige Hälse. Schwänze schnalzten gefährlich hin und her und die Kriegsmaschinen drängten unaufhaltsam vorwärts, immerzu giftigen Schleim spuckend. Sie waren dazu trainiert vor nichts halt zu machen. Aber so furchtlos und tödlich wie sie waren, nicht einmal diese großen Bestien konnten die verstärkten Schutzschilde durchbrechen.

Ihr vermeintlicher Vorteil wurde ihnen rasch zum Verhängnis. Eines nach dem anderen wurden die riesigen Tiere zurückgeschleudert.

Wildes Stampfen und ohrenbetäubendes Gebrüll wurde zu Raserei. Mehr und mehr der mörderischen Donnerechsen drängten nach vorne, ihre langen Hälse wild in alle Richtungen peitschend. Sie mühten sich damit ab, an Bergen zuckender Körper vorbeizukommen. Ihre winzigen Gehirne unfähig zu begreifen, was dieses Hindernis bedeutete.

Die mächtigen Kriegsmaschinen Edfuns wurden vor den Augen der Kriegsherren vernichtet.

Es folgte ungeheures Chaos, als die Saurier in den dunklen Wäldern von Schuruk die furchtbaren Schreie ihrer sterbenden Genossen wiedergaben. Die Felsenhöhlen, auf denen die Festung von Schuruk gebaut war, wurde vom nervösem Gestampfe riesiger Pranken und dem grölenden Gebrüll der gewaltigen Tiere erschüttert.

Als die Laserkanonen und Leistrahlstationen oberhalb der Kerker zu explodieren begannen, fielen diese in sich zusammen. Viele der Spinnenwachen entkamen, von ihren hilflosen Betreuern unbeachtet, auf Nimmerwiedersehn.

Edfunier im ganzen Land drängten sich in naheliegende Verstecke. Ihre stolze Armee war geschlagen. Verzweiflung griff um sich.

Das war aber noch lange nicht das Ende.

Der Hohepriester hatte einen weiteren Trumpf parat. An der östlichen Küste warteten edfunische Kriegsschiffe. Sie hielten sich in zerklüfteten Fjorden versteckt.

Während einer Attacke im Schutze der Nacht sollten die Schiffe die weniger geschützte alesische Küste durchbrechen. Dann sollten die Krieger siegreich nach Sydonia vordringen. Eine verhängnisvolle Entscheidung.

Seismische Instrumente in Aztlan hatten ein Beben vor der Küste, im Nordwesten der 'Saturnischen See', registriert. Das Seebeben konnte man in Sydonia nicht spüren und es richtete an der nördlichen Küste Alesias nur wenig Schaden an.

In dieser Nacht waren die Flutwellen höher als sonst und das Seewasser ergoss sich über die Veranden in alesischen Städtchen und Fischerdörfern. Geschirr fiel zu Boden und feine Linien erschienen in Häuserwänden.

Zwei Fischerboote rissen sich im kleinen Hafen von Harrah los und wurden aufs offene Meer hinausgetragen. Es gab keine Verluste. Sie stellten ein würdiges Opfer an Nereus und seine Töchter dar. Dafür, dass sie die Leben der Menschen verschont hatten.

Auf edfunischem Gebiet war das eine andere Sache.

Das Seebeben hatte dort weit schlimmere Verwüstungen

angerichtet. Nördlich des spärlich besiedelten Snowfall Creek, wurden die Fischer und ihre Familien von der ungestümen Flut im Schlaf überrascht. Am nächsten Tag war von ihnen und ihren Lehmhütten keine Spur mehr zu finden.

Viele der waghalsigen Krieger an Bord der Kriegsschiffe kamen in den kalten, wirbelnden Fluten ums Leben. Die schweren Schiffe hievten und krachten und wurden gegen scharfe Felsen gewuchtet, gerade als sie in die Dunkelheit hinausfuhren.

Triumphierende Kriegsschreie wandelten sich in Schreie des Schreckens und der Verzweiflung.

Als das Meer ein- und ausatmete brachen schwere Planken auseinander. Die Schiffe sanken geschwind und gesellten sich zu den Monstern in der dunklen Tiefe.

An einem Tag war über die Hälfte der mächtigen Armee vernichtet worden. Edfun musste sich wohl oder übel geschlagen geben.

Der Hohepriester lag in den Trümmern seiner Festung und stieß einen qualvollen Schrei der Verzweiflung aus. Seine hochfliegenden Pläne der Vorherrschaft in der ‚Bekannten Welt' waren endgültig zerstört. Xipe Xolotle hatte ihn verlassen!

In dieser Nacht verschwand der Zauberer und wurde nie wieder in Edfun gesehen.

Alesia wiegte sich wieder in Sicherheit.

 **27**   TÚVARS GESCHENK

Die Zeremonie im Amphitheater der Zitadelle musste gleich beginnen. Es konnte jetzt nicht mehr lange dauern.

"Alesia, wir jubeln dir zu! Einen Sieg über das Böse haben wir gewonnen. Einen Sieg für die Freiheit!"

Ganz Sydonia schien sich heute auf den Weg zur Zitadelle gemacht zu haben. Seit der 'Pentapolis Schweineschnauzen-Meisterschaft' letzten Winter hatten die Sydonier nicht mehr so viel Spaß gehabt.

Fans aus allen fünf Städten waren damals in die Hauptstadt gekommen, um das Endspiel der Mannschaften von Fālia und Eris anzusehen. Nach einem aufregenden Spiel hatte Fālia knapp gewonnen.

Heute trug jeder seine besten Kleider und alle waren in festlicher Stimmung. Die Jungfern hatten besondere Leckereien für diese Feier der Siegesfreude zubereitet und mit dem Wahrzeichen Alesias verziert.

Man schlenderte hin und her und grüßte sich gegenseitig. Kinder mit Bändern im Haar grapschten leckere kleine Kuchen von den Tischen. Auf Hymnen folgten Lieder und noch mehr Hymnen, die vom Zitadell-Chor inbrünstig vorgetragen wurden, bevor die Reden begannen. Mithilfe von stimmgewaltigen Zuschauer, natürlich.

Bunte Fahnen flatterten fröhlich in der Brise. Wahrscheinlich standen darauf Sprüche wie: 'Nieder mit dem Bösen' und 'Gemeinsam Werden Wir es Schaffen'. Oder so ähnlich. Zumindest hatte Chryséis das gesagt.

Der Schaden in Cydonia war sehr begrenzt gewesen. Der Erdmutter sei Dank. Zwei Gebäude in der Innenstadt waren vor der Verstärkung der Schutzschirme getroffen worden.

Der Hügel unter dem sich der kleine Park im Sydonia-Tal befand, dort wo die Gabari ihre Mondzeremonie abgehalten hatten, war jetzt auch ein wenig flacher. Ein Laserstrahl hatte sich verirrt und die Kuppe verdampft.

Als es für den formellen Teil der Veranstaltung Zeit wurde, versammelte man sich im Amphitheater. Ausgelassene Kinder wurden angehalten still zu sein. Einer nach dem anderen priesen die Sprecher auf der hölzernen Bühne unten, allesamt ehrenwerte Bürger, die Vorteile einer zivilisierten Gesellschaft.

Trevor, Katherine und Chryséis waren irgendwie zwischen den Würdenträgern der Gabari oberhalb der Sitzreihen gelandet. Sie fühlten sich wie Schösslinge unter hohen Fichten. Die Riesen gingen aber sanft mit ihnen um, damit sie die Kinder nicht aus Versehen erdrückten. Endlich kam die Lady von Sydonia, von ihren Beratern flankiert, und sprach ganz wundervoll.

Die Rede war kurz und knapp wie immer. "Liebe alesische Mitbürger. Wieder einmal haben wir die Kräfte des Bösen besiegt." Donnernder Applaus.

"Wir dürfen nie vergessen, dass ständige Wachsamkeit der Preis für die Freiheit ist. Dieser Krieg war so schnell vorbei wie er begonnen hatte. Aufgrund all eurer wundervollen Beiträge wurde wieder ein Sieg im Namen der Zivilisation errungen." Ihre kräftige Stimme erreichte mühelos die obersten Sitzreihen. "Ganz besonders möchte ich mich bedanken, bei..."

Sie las nacheinander die Namen der Ehrenträger vor. Alesische Grenzsoldaten stellten sich feierlich in die Reihe, um Lob und Lohn zu empfangen. Gefolgt von Wissenschaftlern, Zitadell-wachen und Kriegsherren. Kleine Mädchen, ganz in Rosa gekleidet, überreichten der Lady vergoldete Lorbeer-blätter, die an jede stolze Brust geheftet wurden.

"Schaut mal da drüben!" Katherine hatte Alun in einer

Reihe weiter unten entdeckt und winkte ihm aufgeregt zu. Er saß neben seinen Eltern und Mitgliedern der Familie. Túvar war auch dabei. Sie winkten zurück und Alun drehte sich wieder um, um nichts von der Zeremonie zu verpassen.

Die Ehrung der alesischen Kriegsherren kam an die Reihe. Mit viel Pomp und Gloria wurden die strammen Männer in ihren Uniform-Tuniken formell von der zeitweiligen Pflicht ihrem Land gegenüber entbunden.

Manu, der 'Erste Sprecher' der Kriegsherren, strahlte vor Stolz. Jeder erhielt für seine Mühe ein Stück guten Landes an der Grenze. So wollte es die Tradition. Ihr Erfolg wurde an der Zitadellmauer verewigt sowie auf der Silberscheibe im Prytaneum. Damit zukünftige Generationen am Ruhm teilhaben sollten.

Die Zeremonie bedurfte kaum einer Erklärung, und die Kinder verstanden schon meist die kurzen Sätze auf Alesisch. Lehrer Adami hatte mit einem erneuten Schnellkurs wahre Wunder bewirkt. Sie konnten sich nun schon ganz passabel unterhalten. Trotzdem verstand Chryséis nicht gleich, als ihr Name ausgerufen wurde.

"Chryséis von Essitschvie!" Chryséis sah sich um und erwartete, dass jemand anderes nach vorn ging.

Der Herold rief erneut: "Chryséis von Essitschvie!"

Das war kein Missverständnis. Die Gabari machten Platz und schoben das Mädchen sanft nach vorne. Sie schritt die Stufen widerstrebend nach unten und blickte zu ihren Freunden zurück.

"Was hat das zu bedeuten?" fragte sie. Katherine und Trevor zuckten bloß die Schultern und schüttelten den Kopf. "Werden wir ja gleich 'rausfinden," sagte Trevor.

Chryséis ging den Gang zwischen den Sitzen hinunter zur Plattform. Es war ihr bald nicht mehr peinlich und sie genoss die Aufmerksamkeit.

"Typisch Chris," meinte Trevor.

Bald fand sie sich vor der Lady von Sydonia wieder

und sah zu der hochgewachsenen, würdevollen Frau auf.

"Chryséis von Essitschvie. Du wirst hierbei für deine Rolle bei der Rettung des jungen Lords Túvar von Sydonia geehrt. Sohn des geschätzten Lords Hâkan und der Lady Verüni von Bînah, die ihr Leben gaben für das Wohl und die Freiheit ihres Volkes. Chryséis von Essitschvie, du hast der alesischen Nation einen großen Dienst erwiesen. Ich ernenne dich hiermit zur Ehrenbürgerin unserer Hauptstadt Sydonia." Die Menge jubelte.

Letztes Jahr hatte Chryséis im Finale der Mathematik-Olympiade gegen Holly Benson gewonnen. Aber das hier war so viel besser!

Die Lady von Sydonia befestigte drei goldene Lorbeerblätter mit einer breiten goldenen Schleife am Ausschnitt ihrer jadefarbenen Tunika. Irgendwoher kam Musik. Chryséis hatte das Gefühl auf Wolken zu wandeln.

"Schukri, ehrenwerte Lady," sagte sie in einwandfreiem Alesisch.

Ihr Gesicht war ganz gerötet als sie schließlich zu heftigem Applaus von der Bühne stieg. Welche Rolle hatte sie gespielt? Sie konnte sich nicht erinnern. Vielleicht... Ah ja, genau. Die Lady hatte wahrscheinlich gemeint, weil sie im Kerker von Schuruk telepathisch um Hilfe gerufen hatte. Richtig.

Katherine und Trevor empfingen Chryséis. Sie fiel ihnen fast in die Arme vor Aufregung. Dann schloss sich eine Phalanx von Gabaris schützend um die fremden Kinder.

*

Gestern waren Kheton und Lelani aus den Flitterwochen in Kalkan zurückgekehrt. Sie hatten das ganze Kriegstreiben verpasst und erzählten dem versammelten Klan stattdessen lustige Geschichten. Von diebischen Affen, die Essen vom Fenstersims geklaut hatten und von Flugechsen, die vor Sonnenaufgang nervtötend gekreischt hatten. Die Zeitreisenden hatten mittlerweile viele der kleinen fliegenden

Reptilien gesehen. Irritierende Dinger.

Obwohl viel gestikuliert wurde, konnten die Kinder Khetons nächster Geschichte nur halb folgen. Es ging um ein süßes Äffchen, das auf Lelanis Kopf gesessen und versuchte hatte dort Läuse zu finden. Sie lachten an den falschen Stellen, aber das schien niemanden zu stören.

Die Flutwelle war nur bis an den Fuß der Hochebene gekommen, auf der das Kalkan-Camp lag und der kurzlebige Alarm hatte das junge Paar nicht wirklich gestört. Zumindest behaupteten sie das. Als Alesier hatten sie ohnehin nicht daran gezweifelt, dass das Gute am Ende siegen würde.

Bevor sich alle nach dem Abendessen zurückzogen, wollte Kheton noch ein Wort mit den Besuchern wechseln. Lelani saß neben ihm auf dem einem Sofa und warf ihrem frischgebackenen Ehemann stolze Blicke zu. Der hielt die meiste Zeit über ihre Hand. Es könnte einem vom Zusehen fast schlecht werden - zumindest wenn man ein Teenager war.

Kheton versicherte ihnen, dass Lelani und er sich während der bevorstehenden Reise gut um sie kümmern würden. Die Lady von Sydonia hatte ihm noch vor der Siegesfeier die Reisepapiere überreicht.

'Ehrenwerter Jungrichter,' hatte sie gesagt. 'Es entspricht meinem Wunsch, dass die Kinder sich jederzeit in Sicherheit befinden und Hilfe erhalten, wo immer dies nötig sein mag. Ich erwarte regelmäßige Berichte.'

Ihr erster Aufenthalt war in D'ântilla, wo Kheton mit einer offiziellen Mission ein paar Tage lang beschäftigt war. Dann wollten sie eine Anzahl von Inseln besuchen und letztlich Algiras, der Hauptstadt Atalas, anlaufen.

"Wir reisen übermorgen ab. Ihr solltet euch rechtzeitig bereitmachen, junge Freunde. Die Lady möchte euch vor unserer Abreise noch einmal sehen. Wir werden euch morgen nach den Feierlichkeiten zu ihren Gemächern begleiten."

"Wir verstehen und... werden dies sehr gerne tun,

ehrenwerter Kheton," sagte Chryséis höflich.

Kheton und Lelani schien es zu gefallen, wie die Kinder sich bemühten sich zivilisiert zu benehmen. Alles war damit geklärt. Übermorgen war der große Tag. Endlich ging es auf zur Seereise.

Das war erst gestern gewesen.

*

Die Festlichkeiten waren noch in vollem Gange, als Túvar sich einen Weg durch die tanzende Masse bahnte. Kheton, Lelani und die drei fremden Kinder aus der Zukunft folgten ihm dicht auf den Fersen. Die Lady hatte sich die Zeit genommen, um sich von ihren ungewöhnlichen Gästen zu verabschieden. Zu guter Letzt erreichten sie das 'Haus der Weisheit' durch den hinteren Garten.

Das war's dann wohl. Sie würden die Lady für-wie-lange nicht wiedersehen. Die Zeitreisenden wollten es sich nicht so recht eingestehen, aber Sydonia war für sie eine Art zweite Heimat geworden.

"Wir werden uns mit Sicherheit wiedersehen."

Die Lady hielt einen Moment lang Katherines Hand. Ihr Iguana schien sie von seinem Ast im Terrarium zu betrachten.

"Ihr werdet nach eurer Reise in diese Stadt zurückkehren. Im Namen aller Alesier wünsche ich euch bis dahin eine gute Reise. Passt auf euch auf und vergesst den Rat nicht, den ich euch gegeben habe."

Die Lady meinte damit, dass sie ihre wahre Herkunft nicht jedem preisgeben sollten, und falls nötig bei den Zitadellen um Hilfe zu bitten. Sie gab ihnen einen prall gefüllten Beutel aus Saurierleder. Das Leder fühlte sich zäh und haltbar an.

"Es ist genauso zäh wie ihr es seid, meine lieben Freunde. Ihr werdet dies auf euren Reisen brauchen."

Sie verstanden nicht ganz, warum der kleine Beutel für ihre Reisen von Bedeutung war, aber sie bedankten sich trotzdem bei der Lady.

"Ich glaube, euer königlicher Freund Túvar hat noch eine Überraschung für euch." Sie sprach wieder auf Englisch.

"Eine Überraschung? Was denn für eine Überraschung?" Aber die Lady von Sydonia wollte es ihnen nicht verraten und zwinkerte nur mit den Augen.

Sie kannten den Weg zur Farmstation noch ganz gut. Diesmal steuerte Túvar den Vimaan. Die Pflanzen links und rechts der Straße waren ziemlich gewachsen. Obwohl es noch nicht mal Sommer war, hingen einige Bäume an der Straßenseite voller Früchte. Das warme Klima und der fruchtbare Boden sorgten für zwei Ernten im Jahr.

Wieder zwitscherten die Bienenfresser auf den Hecken und flogen auf, als der Vimaan vorbeikam.

Die Kinder staunten nicht mehr Bauklötze über die Saurier auf den Farmen, auch wenn sie noch genauso eigenartig aussahen wie beim letzten Mal.

Eine Herde grasender Saurier hatte Streifen auf dem Rücken. Fast wie bei Zebras. Andere trugen Fächer aus roten Federn auf dem Kopf und dazu grüne Schuppen.

Da es Feiertag war, wurde bei der Versuchstation kaum gearbeitet. Ein paar Arbeiter schnitten große Salat- und Kohlköpfe auf den Feldern. Sie sahen auf, und grüßten Túvar voller Respekt. Der junge Prinz schritt um das Hauptgebäude herum zum Gehege der Pferde und die Kinder konnten kaum mithalten.

"Hoffentlich will er nicht, dass ich die Harpies streichle..." sagte Katherine ganz außer Atem. Aber sie blieben beim Pferdegehege stehen.

Gobän kam zum Zaun galoppiert. Sie konnten diesmal das freundliche, bärtige Gesicht des Zentauren genauer sehen. Er schien sich von seinen Verletzungen erholt zu haben, die er abbekommen hatte, als vor kurzem ein kostbarer Hengst von Edfuniern gestohlen worden war.

Der Pferdepfleger erzählte traurig, dass man das Tier nicht wiedergefunden hatte. Nur die Erdmutter allein wisse, was mit ihm geschehen war. Zwei weitere Zentauren bleiben bei den Pferden zurück und trennten vier von ihnen von der Herde.

"Seid ihr bereit, Lord? Sollen wir weitermachen?" fragte der Zentaur. Túvar nickte. Die Zentauren führten die stattlichen, weißen Tiere zum Zaun.

"Warum sind wir hier, Túvar? Bereit wofür?" fragte Trevor stirnrunzelnd.

"Athenai," sagte der Gabari zu ihnen. "Wir werden heute auf den Pferden ausreiten. Den 'Rössern der Götter'. Ich möchte euch damit meine Dankbarkeit für die Rettung aus den Klauen des Hohepriesters von Schuruk zeigen."

Diese Alesier wussten ganz gut, wie man sich dankbar zeigte! Eines der Pferde schubste Túvars Arm mit der Schnauze. Er lachte und streichelte die Mähne der Stute, "Ja doch, Prïnda. Gleich."

Er zeigte mit einer ausholenden Handbewegung auf die etwa dreißig Tiere. "Diese Herde ist einmalig. Die letzten ihrer Art. Sie wurden aus dem 'Tal der Götter' gerettet, als mein Volk nach Alesia flüchten musste."

Die Zeitreisenden starrten die Pferde an. Wahnsinn.

"Gobän und seine Brüder waren untröstlich als unser Cintli von den Edfuniern gestohlen wurde. Zentauren sind schon seit vielen Generation die Pferdebetreuer der königlichen Gabari." Die Stute hob den Kopf und begann wie wild mit den Hufen zu scharren.

"Ja, Prïnda, wir waren alle sehr traurig," sagte er zu dem Pferd. "Lasst uns jetzt gemeinsam ausreiten."

Túvar hob sich geschickt auf den Rücken der großen, schneeweißen Prïnda. Bevor sie noch wussten wie ihnen geschah, saßen die drei Kinder auf den Rücken drei weiterer genauso umwerfender Tiere.

Im Nu waren sie auf dem Weg zur anderen Seite des Geheges. Sie ritten mühelos durch das hintere Tor aufs offene Feld hinaus. Hätten diese weißen Pferde lange, gedrehte Hörner auf der Stirn gehabt, wären die

Zeitreisenden kein bisschen überrascht gewesen.

Der neue Silbermondanhänger um Túvars Hals hüpfte auf und ab, als sein Pferd immer schneller wurde und dann schienen die Pferde wie durch Zauber über dem Boden zu fliegen.

So muss sich totale Freiheit anfühlen, dachte Trevor. Sie liefen derart schnell, dass sie schon fast die Ausläufer der Hügel erreicht hatten, als die Kinder ihren nächsten Atemzug taten.

Gobän galoppierte nun auch, um mit ihnen Schritt zu halten. Sie schwebten durch die Luft und hielten sich nur an den Nacken und seidigen Mähnen fest.

Was für ein Abschiedsgeschenk!

Es war klar, dass Túvar nicht viele vor ihnen so beschenkt hatte. Niemals würden sie diesen letzten Tag in Sydonia vergessen.

 **28** **DER SEEHAFEN VON AZTLAN**

Der Ausblick auf die Bucht war atemraubend schön. Die Morgensonne schien auf die Stadt an der Küste vor ihnen. Dahinter erstreckte sich bis zum fernen Horizont ein sehr blaues Meer.

Der Vimaan stieg bergauf über die Hügel, dann ging es plötzlich steil zur Küste hinab, was ihnen Schmetterlinge im Magen verursachte.

Ihr Gefährt flog über die Köpfe von Fußgängern hinweg und über Karawanen. Lasttiere trugen große Körbe, die mit breiten Gurten auf beiden Seiten des Rückens befestigt waren. Einige der friedlich anmutenden Tiere waren Saurier von der gestreiften Art.

Ab und zu hoben sie ihre plumpen Häupter und muhten den vorbeifliegenden Vimaan von unten her an.

Am frühen Morgen hatten sie sich von ihrer alesischen Familie verabschiedet. Katherine drückte ein paar Tränen hinunter.

Sie hatte Aluns Mutter ein buntes Zuluarmband aus Glasperlen, das sie zufällig dabei hatte, als Abschiedsgeschenk überreicht. Hoffentlich tauchte es nicht 12 000 Jahre später wieder in irgendeinem Museum auf.

Trevor hatte Alun einen Holzgegenstand in die Hand gedrückt. Es war ein Bürocomputer, komplett mit Tastatur, Bildschirm und Maus und alles aus einem Stück geschnitzt.

Alun wusste nicht so recht was er da in der Hand hielt, aber es musste etwas sein, das Trevor am Herzen lag. Alun hatte sich bei seinem fremden Freund bedankt und mit einer brüderlichen Umarmung von ihm Abschied genommen.

Als sie in Aztlan ankamen, badete das Land schon in warmen Sonnenstrahlen. Aztlan breitete sich an der Meeresküste vor ihnen aus. Es war zwar nicht so groß wie Sydonia, aber keinesfalls eine Kleinstadt.

In der Hafengegend, dem sogenannten *Barbican*, mit Läden, Warenhäusern und breiten Kais, wimmelte es nur so von lauter Betriebsamkeit. Eine Hafenmauer schützte den Barbican und das umliegende Land. Schiffe segelten durch die Hafeneinfahrt und Fischerboote wiegten sich auf den Wellen im Küstengewässer.

Kheton steuerte den Vimaan auf ein großes, weißes Haus am Hügel zu. Hier wuchsen alle möglichen Palmen und Blumen. Auf einer Plattform weiter oben am Hügel überblickte die Akropolis von Aztlan die Bucht. Man konnte auch ein Amphitheater und andere Gebäude ringsum erkennen. Die Lady der Zitadelle war von ihrer Ankunft informiert worden und sandte Grüße, es gab aber keine Pläne für eine Audienz.

Die Kinder staunten nicht schlecht, als sie die prachtvollen Bauten und parkartigen Gärten unten im Stadtviertel der Kaufleute sahen. Es gab dort Nischen in den Gartenmauern, die mit Gemälden und Statuen der bekannten Götter des Meeres dekoriert waren. Kleine Gaben, die eine glückliche Reise verschaffen sollten, lagen vor den Bildern und mit Blumen gefüllte Têrakhonvasen.

Seit Generationen schon hatten sich die Bewohner von Aztlan, dank des gütigen Gottes Nereus und seiner Töchter, des Wohlstands erfreut.

Bald erreichten sie das Haus von Khetons Tante Mellea. Der Vimaan flog um die kreisförmige Auffahrt mit einem Wasser-spuckenden Springbrunnen in der Mitte herum. Sie sanken langsam auf das Pflaster herab.

Weiße Säulen trugen den Dachgiebel über der überdachten vorderen Veranda.

Auf dem dreieckigen Giebel war ein Fries mit Segelschiffen und geblähten Segeln eingemeißelt. Seemonster sahen zwischen rollenden Wellen hervor und alesische Schriftzeichen beschrieben das Unglück, dem das Schiff knapp entkommen war.

Chryséis las es vor und Kheton war davon beeindruckt. "Der Kaufmann Azaes erweist dem gnädigen Gott Nereus seinen Dank für die sichere Wiederkunft der Mannschaft in Aztlan," las sie vor. "... oder so ähnlich."

Eine Brise strich durch die hohen Palmen und das Wasser im Springbrunnen sprühte leicht auf sie. Wie angenehm! Es war warm in Aztlan, aber nicht ganz so heiß wie in Sydonia.

Der Boden der gesamten vorderen Veranda war mit Mosaiks bedeckt. Vor allem gelbe Fische die vor dem weißen Hintergrund herumtollten und türkise Mäander und vor dem Eingang grüßte ein Spruch in Goldbuchstaben die Besucher.

Die Eingangshalle war nicht weniger beeindruckt. Kleine Wasserfälle waren in die Mosaik-bedeckten Wänden auf beiden Seiten der Halle eingelassen.

Eine Têrakhonkuppel liess Licht in den inneren Hof und sie sahen noch einen plätschernden Springbrunnen mit Fischfiguren. Die Bodenmosaike sahen aus wie Steinteppiche. Hohe Pflanzen mit breiten Blättern in großen blau glasierten Töpfen rahmten den Innenhof ein und verbargen fast die Räume im ersten Stockwerk.

Um den Springbrunnen waren gepolsterte Sofas angeordnet und weiter hinten stand eine ovale Tafel, an der gut zwanzig Leute Platz hatten.

"Das Haus ist ja schrecklich vornehm! Fast wie ein Palast," flüsterte Katherine Chryséis ins Ohr.

"Ja, wie ein Palast oder ein Hotel. Diese Tante muss steinreich sein."

Wie auf Befehl kam Khetons Tante Mellea geschäftig in die Halle gelaufen. Zwei große Gabari stampften hinter ihr her. Die dralle Frau sah ihrer großen, dunkelhaarigen Schwester in Sydonia kein bisschen ähnlich, war aber genauso mütterlich.

Sie war ganz die wohlhabende Kaufmannsfrau, auf eine korpulente Art, mit ihrem frisierten roten Haar. Sogar in ihrem Alter war sie schon eine würdevolle Matrone, die geschickt den großen Haushalt und eine wachsende Brut von Kindern herumkommandierte.

Tante Mellea grüßte ihre Gäste mit einem Schwall aufgeregter Worte im Aztlaner Akzent, während sie ein erstaunt drein-blickendes Kleinkind an ihre beachtliche Oberweite drückte.

"Schelanti an Alle. Kheton... Willkommen! Sei willkommen mit deiner jungen Braut," sprudelte sie hervor und umarmte die Jungverheirateten. Dann die fremden Kinder. Lelani war genauso überwältigt wie die Zeitreisenden. Tante Mellea hatte manchmal diese Wirkung auf Leute. Lelani griff nach Khetons Hand und lächelte strahlend. Die Zeitreisenden konnten nur benommen nicken.

Sie tätschelte freundlich ihre Köpfe und redete ununterbrochen. Da sie zur Hochzeitszeremonie in Sydonia gewesen war, versicherte sie Kheton und Lelani, nie bei einer schöneren Hochzeit gewesen zu sein. Ihre eigene natürlich ausgenommen.

"Das Essen war ausgezeichnet, die Worte der Jungfer so passend. Ja und wie geht es den Eltern? Sicher ungeheuer stolz auf euch. Und dieses Jungvolk hier war auch dabei." Sie sah die Kinder an.

Die stammelten etwas Höfliches durcheinander und sprachen Mellea mit 'ehrenwerte Tante' an, wie es sich gehörte. Tante Mellea war entzückt.

"Wie reizend sie doch sind, diese jungen Leute, Kheton! Schade nur wegen der Eltern - ach, willkommen, willkommen Athenai!"

Sie setzte das Kleinkind ab, das sofort zu brüllen

begann. Sie ignorierte den Ausbruch gnädig und einer der Gabari nahm den Kleinen hoch.

"Kommt nun mit ihr Lieben, das Essen wartet schon."

Die kurze Stille auf dem Weg zur Tafel war fast zu still. Sie setzten sich an die Tafel und der Wortschwall begann von neuem.

Nach dem herzhaften Mittagessen konnten Katherine, Trevor und Chryséis sich endlich ein wenig ausruhen und an ihrem Logbuch weiterschreiben. Trevor tippte draußen auf der Terrasse im Schatten eines Seegrasdaches.

"So sehr wie mir Sydonia und das alles gefällt - hier am Meer ist das doch der totale Heuler," fand Chryséis. Sie lag mit Händen hinter dem Kopf gefaltet, auf dem weichen Bett und sah sich die bemalte Zimmerdecke an. *Mehr* Fischmotive und Seemonster.

Die drei ZPF-Geräte lagen auf dem Tisch. Die Lady von Sydonia hatte sie ihnen ein paar Tage vor dem schicksalhaften Frühlingskonzert zurückgegeben. Die ZPFs sahen jetzt anders aus. Die schnittigen neuen Gehäuse waren aus dunklem Têrakhon und mit weichen Tasten versehen, aber die Knöpfe sahen noch genauso aus wie vorher. Nur der Ort ihrer Ankunft in der Vergangenheit war jetzt auch darin gespeichert. 'Hirtenhügel' stand auf Englisch unter dem zweiten roten Knopf.

"Fühlt sich an wie'n Luxushotel an der Riviera," sagte Katherine verträumt und nahm die Kopfhörer ab. "Das Essen war klasse. Ich glaub' ich kann für 'ne Woche nichts mehr essen."

"Mhm."

"Hoffentlich haben wir nichts mehr mit diesen freakigen Edfuniern zu tun. Alles was die können, ist Leute kidnappen und Kriege anfangen und solche Sachen."

"Mhmmm."

"Hey Chris, hörst du überhaupt zu?"

Aber Chryséis war schon eingeschlafen und schnarchte ein wenig. Katherine ging nach draußen auf die Terrasse.

Von hier oben sah Aztlan wie ein großer Park mit Häusern aus und das Meer war so riesig. Zwei Echsen landeten auf dem Grasdach und machten Randale. Trevor verscheuchte sie und tippte weiter.

"Fühlt sich an wie'n Luxushotel an der Riviera," wiederholte Katherine.

Trevor blickte auf. "Dann weiß ich ja endlich wie sich das anfühlt, wenn man reich ist. Aber hier kann ich's umsonst haben."

Er sah Katherines Gesicht. "Sorry, war nicht so gemeint," entschuldigte er sich und beendete seinen Eintrag in das Logbuch.

Gegen Abend wurden die Gäste formell von Onkel Azaes willkommen geheißen, als er von seiner Arbeit im Barbican zurückkehrte.

Onkel Azaes war ein beleibter Mann um die Vierzig und passte gut zu seiner lebhaften Frau. Er war gut gelaunt und großzügig und nahm sich nie etwas lange zu Herzen. Wie bei so vielen anderen alesischen Klans, hatte seine Familie sich vor langer Zeit auf dem Kontinent niedergelassen. Der Kaufmann Azaes hatte gelernt die Dinge zu nehmen, wie sie kamen.

Ohne lange Umschweife begann er über seine Geschäfte zu reden. Chryséis war solche Gespräche von zuhause gewöhnt. Ihr Vater war ja Mitglied in der Handelskammer von Etheridgeville. Aber Trevor und Katherine konnten kaum folgen.

Onkel Azaes war in die Fußstapfen der Generationen von Kaufleuten vor ihm getreten und machte mit dem Seehandel weiterhin ein Vermögen. Ihm gehörten drei Warenhäuser in der Hafengegend von Aztlan. Und das war nur der Anfang. Zwei weitere waren auf D'ântilla, eins auf Daitya - und Maligasima war keine schlechte Wahl für zukünftigen Handel.

Er hatte auch ein Auge auf das neuerdings befahrbare Nila-Flussdelta im Lande Ta Mery geworfen. Nila hieß 'blau', aber im Delta war das Wasser nicht gerade sehr blau.

Das Delta in der Kem Provinz war für seine undurch-dringlichen Sümpfe und wilden Tiere bekannt, hatte aber Potential. Die Kinder wussten, dass Ta Mery so etwa in Ägypten lag, aber das war auch schon alles.

Azaes von Aztlan hielt sich nicht für besonders wohlhabend, nur damit betraut, seiner Gemeinde zu dienen. Es gab da andere, die hatten ganze Flotten von Handelsschiffen auf jedem Ozean der Bekannten Welt.

"Und die haben Warenhäuser in solch entfernten Orten wie Algiras auf Atala, Haithabu in Lyonesse und Branam in Prydhain," schwärmte Onkel Azaes.

Er hatte vor kurzem begonnen mit Tollùn auf dem südlichen Puschkara-Kontinent Handel zu treiben.

Seine Angestellten waren dabei alte, unterirdische Gänge im Tawantinsuyo zu erforschen. So hieß das Gebiet der vier Regionen, im zauberhaften Südwesten des Kontinents. Chryséis fiel dabei das Mirage von Puschkara ein, das die Lady ihnen gezeigt hatte.

"Die Gänge sind bestimmt für den Warentransport geeignet. Ein Vorteil gegenüber den gefährlicheren, traditionellen Handelsrouten."

"Über der Erde lauern Gefahren," erklärte er beim Abendessen. "Am schlimmsten ist es, wenn meine Karawanen auf Herden gefährlicher Saurier stoßen. Von denen suchen noch einige die uralten Regenwälder heim. Aber ein wahrer Händler kann ja sogar Geschäfte mit Edfun machen." Er lachte schallend.

"So daherzureden," schalt ihn Tante Mellea. "Du langweilst unsere Gäste noch zu Tode mit deinen Geschichten, alter Mann."

Onkel Azaes lachte daraufhin noch mehr und wischte sich die Hände an seiner bestickten Seidentunika ab.

Sie redeten noch eine Weile über den hiesigen Klatsch. *Damit* kannte sich Tante Mellea aus. Dann kehrte er wieder zu seinem Lieblingsthema - dem Handelsgeschäft -

zurück.

Chryséis hörte Onkel Azaes' Geschichten mit offenem Mund zu.

Er hätte ein moderner Geschäftsmann sein können, genau wie die Unternehmer, mit denen Dad in der Handelskammer immer zu tun hatte.

Manche Dinge änderten sich anscheinend nicht mit der Zeit. Auch, wenn es bei den modernen Erzählungen nicht gerade um angreifende Saurier und unterirdische Handelswege ging.

▷▷▶ **29** DAS VOLK DER SEEBORN

Onkel Azaes hatte einen jüngeren Bruder, der Rangan hieß. Eine jüngere, glatzköpfigere Ausgabe von ihm selbst. Es war Onkel Rangans Aufgabe, einen schmalen Küstenstreifen südlich von Aztlan zu beaufsichtigen.

Hier auf dem Felsvorsprung, der ins Meer hinausragte, hatte das Volk der Seeborn in Alesia Zuflucht gefunden. Es gab auch andere Reservationen in Helubis und Xaipán in der 'See von Ǧulátû', aber die Seeborn-Bevölkerung in Aztlan war bei weitem die größte.

Das Volk der Seeborn war entfernt mit der Menschengattung verwandt und hatte im 'Goldenen Zeitalter' zufrieden in den seichten, warmen Ozeanen gelebt. Das einst so bedeutende Volk war nun vom Aussterben bedroht und musste geschützt werden.

Es waren in der ganzen Bekannten Welt nur noch nicht einmal fünfzig solcher Familien übrig. Die Bürger von Aztlan waren sehr stolz auf ihre vierzehn *Ioannu* Familien, wie sich das 'Seeborn Volk' selbst nannte.

Auf dem Felsvorsprung wohnten die Ioannu in abgelegenen Siedlungen in kleinen Höhlen und in aus Zweigen und Seetang gebauten Hütten über flachen Gruben.

Besucher in der Reservation spazierten auf hölzernen Laufstegen um die Landzunge herum. Sie versuchten einen Blick von den seltenen Kreaturen zu erhaschen, wenn die Ioannu sich unter den Laufstegen oder auf Sandstränden ausruhten.

Manche Touristen hatten Glück und hörten, wie sie traurige Lieder über das verlorengegangene 'Goldene

Zeitalter' sangen.

Tümmler und Seevögel teilten sich die reichen Fischgründe mit den Ioannu. Seltsam anmutende *Dugong* grasten oft an den Seepflanzen nahe am Ufer. Diese friedfertigen Seekühe zogen viel Aufmerksamkeit auf sich, wenn die Ioannu sich mal nicht blicken ließen.

Nahe am Eingang zur Reservation war das *Delphinarium*. Ein großer, künstlicher Felspool inmitten eines Amphitheaters, das oft bis zum letzten Platz besetzt war.

Staunende Zuschauer sahen den halsbrecherischen Kunststücken junger Ioannu-Athleten und Meeressäugern in dem klaren Wasser zu. Die Ioannu hatten schon vor langer Zeit Tümmler und Delphine gezähmt. Delphine wurde auch dazu trainiert, schiffbrüchige Seefahrer zu retten und Schiffe auf dem Meer zu begleiten.

Gegenüber dem Delphinarium gab es einen massiven 10 Meter langen *Sarcosuchus* in einem gesicherten Gehege zu sehen. Ein außergewöhnliches Relikt von einem Reptil und eine beliebte Attraktion. Fischer hatten das monströse Krokodiltier vor vielen Jahren in den Sümpfen der 'See von Ǧulátû' entdeckt und seitdem lebte er in Aztlan.

Wenn der Sarcosuchus einmal nicht schlief, trottete er schwerfällig in seinem geräumigen Gefängnis herum und schlug mit dem gezackten Schwanz lässig in alle Richtungen aus. Manchmal glitt er ins Wasserbecken, schnappte mit mächtigen Kiefern nach dem Publikum oder er spritzte Wasser auf die kreischenden Zuschauer.

Aber meist döste er in der warmen Sonne, während Vögel seine gefährlich scharfen Zähnen in den enormen Kiefern reinigten.

Am Morgen wehte eine angenehme Brise von der See her und die Morgennebel lösten sich schnell auf. Die Gäste aus Sydonia begaben sich zu einem Spaziergang an die Uferpromenade.

Sie schafften es nicht den ganzen Weg herumzugehen,

das hätte fast den ganzen Tag gedauert.

Onkel Azaes kaufte als Imbiss große Langusten an einem der Stände auf der Plattform. Danach mussten die Brüder wieder zu ihrer Arbeit zurück. Onkel Rangan zur Zitadelle und Onkel Azaes zu seinem Warenhaus im Barbican.

Eine Ladung Orichalcum-Kupfer wurde jeden Moment im Hafen erwartet. Der Käufer war ein Vergolder aus Harrah und hatte seinen Besuch im Büro um die Mittagszeit angekündigt.

Das Metall wurde gebraucht, um Kuppeldächer im ganzen Land zu beschichten und er würde gesuchte alesische Waren für das Orichalcum eintauschen.

Kheton, Lelani und die drei Kinder blieben im Delphinarium in der Obhut eines ruhigen Gabari zurück. Die nächste Vorstellung wurde schon vorbereitet. Das Konzept für Marine-Shows schien es schon recht lange zu geben, nur dass Ioannu mit Schwanzflossen die Trainer in Tauchanzügen ersetzten.

Katherine, Chryséis und Trevor waren von dem Meeresvolk völlig fasziniert. Sie waren überrascht, dass sie nicht schuppig-grüne Fischschwänze hatten, wie die Nixen in Walt Disneyfilmen. Die Frauen trugen kurze dunkle Tops, die mit Seemuscheln und großen Glasperlen verziert waren.

"Wahnsinn," staunte Katherine. "Wer hätte gedacht, dass Märchen über Wassernixen was mit der Wahrheit zu tun haben? Das wird uns keiner glauben!"

"Dann brauchen wir eben Beweise." Trevor begann Fotos mit der winzigen Digitalkamera aufzunehmen. Eines davon zeigte die beiden Ioannu Frauen, wie sie in die Luft schnellten und die zwei Delphine zwischen ihnen kurz nacheinander ins Wasser zurücksprangen.

Die Nixen lobten die schnatternden Delphine und belohnten sie mit kleinen Fischen.

"Die Delphine sind ein bisschen unscharf," meinte er.

"Aber sonst ist es nicht schlecht."

"Wird uns trotzdem keiner abnehmen," meinte Chryséis. "Die denken, dass sie nur verkleidet sind." Trevor zuckte mit den Schultern. Dann uuhten und aahten sie wie die anderen Zuschauer über die unglaublichen Kunststücke.

Die Ioannu Zuschauer konnten natürlich nicht stehen, sondern saßen aufrecht in der vorderen Reihe. Da waren Männer und Frauen, die ihr Haar in Pferdeschwänzen und langen Zöpfen trugen. Sie hielten kleine Kinder auf dem, was man ihren Schoss nennen könnte.

Eines der kleinen Mädchen hatte tiefrote Haare, die in eine Menge Rattenschwänze geflochten waren.

Das Meeresvolk beobachtete ernsthaft die Show ihrer jungen Verwandten, den Cousinen Ula O Tiamat und Malindi. Schöne junge Frauen mit langen kastanienbraunen Haaren. Sie gaben den lebhaften Delphinen unmerklich Anweisungen wie sie ihre Kunststücke vorführen sollten.

Ula O Tiamat, der 'Juwel der See', schwamm bis zum Beckenrand direkt vor die Zeitreisenden hin und nickte ihnen zu. Sie sagte etwas in gebrochenem Alesisch und machte quietschende Geräusche dazu. Das machte es nicht gerade leicht das Gesagte zu verstehen.

"Wir treffen euch dort drüben nach der Vorstellung," quietschte sie und zeigte auf einen Fleck hinter einer Felswand nicht weit vom Becken entfernt. Wie aufregend! Was könnte die Nixe bloß mit ihnen besprechen wollen?

Ula O Tiamat warf sich ins Wasser zurück und beendete die Vorstellung, indem sie auf dem Rücken eines Delphins um das Becken herum ritt.

Danach schlugen Kheton und Lelani vor, beim Reptiliengehege zu warten. Eigentlich waren sie froh, mal Zeit für sich allein zu haben. Das gab Chryséis , Katherine und Trevor die Gelegenheit, sich eine Weile mit den beiden Ioannu zu treffen.

Ihr Gabari Bodyguard folgte in respektvoller Distanz. Das

machte ihnen nichts aus. Eigentlich war es schon fast schmeichelhaft wieder einen Bodyguard zu haben. Die drei Freunde setzten sich auf den Felsvorsprung, der als Sprungbrett in die Bucht zu dienen schien, und warteten.

Plötzlich kamen zwei glänzende Köpfe durch die Wasseroberfläche nach oben und die Nixen kletterten geschickt auf den Felsen.

Sie sahen sich um, um sicher zu gehen, dass niemand sonst in der Nähe war und erzählten gleich, dass sie von der ungewöhnlichen Herkunft der Kinder wussten.

Das kam als eine ziemliche Überraschung! Dann sprach Malindi von einer telepathischen Botschaft, die die Ioannu von der Lady von Sydonia erhalten hatten.

"Unsere gute Lady bat um Schutz für die Besucher aus der Zukunft. Die Ioannu werden euch, Athenai, beim Wasserreich zur Seite stehen."

Das erklärte natürlich das Treffen.

Die Botschaft war ausgerichtet und Ula und Malindi unterhielten sich noch mit ihnen, obwohl sie manchmal ein wenig außer Atem gerieten. Das Volk der Seeborn war nicht gerade daran gewöhnt wie die Landbewohner zu sprechen. Sie zogen es vor, sich telepathisch zu verständigen. Im Wasser wie auf dem Lande.

"Wir sind keine Fische und atmen mit Lungen," erklärte Malindi, in Erwartung der Frage. "Wenn wir tauchen werden unsere Lungen durch den Druck des Wassers zusammengepresst. Wir können eine ganze Zeit unter Wasser bleiben ohne zu atmen."

Ignorante Landratten hielten sie oft für eine Art Fisch. Die Nixen kreischten bei dem Gedanken vor Lachen. Die Kinder demonstrierten ihr allmähliches Beherrschen der Telepathie. Naja, Chryséis zumindest.

Ula O Tiamat und Malindi waren hocherfreut und quietschten vergnügt. Sie schafften es die bemerkenswerten Stimmen mit dem Diskman aufzunehmen, aber hinterher hörten sie sich irgendwie verworren an.

Neugierige Ioannu-Kinder begannen lachend und kreischend im Wasser herumzutollen. Ula O Tiamat sagte ihnen, dass sie woanders spielen sollten und als die Kleinen sich unter die Wasseroberfläche zurückzogen, wurde Katherine ganz naß gespritzt. Sie rollte ihre Hosenbeine hoch und hängte die Füße ins warme Wasser.

Malindi sprach nun vom 'Goldenen Zeitalter', als die Seeborn-Völker Seite an Seite mit den 'Göttern', in den jungen Ozeanen des Planeten, gearbeitet hatten. Sie erzählte von fantastischen Palästen unter der See, die damals nahe der Ufer lagen.

Durchsichtige Kugel-Fahrzeuge hatten es den 'Göttern' gestattet, sich über und unter dem Wasser fortzubewegen, um das Leben in den Meeren zu beobachten. Aber diese glücklichen Zeiten waren für immer vorbei. Der Mutterplanet wurde rastlos.

Nach der letzten großen Flut waren die 'Götter' dann fortgegangen und man erinnerte sich ihrer nur noch in Legenden. Hatten die jungen Besucher die 'Götter' denn in der Zukunft getroffen?

Die erstaunten Zeitreisenden schüttelten die Köpfe.

"Tja, da kann man nichts machen," quietschte Malindi.

Dann brachte Ula ihnen bei, wie man auf eine bestimmte Art pfiff, um Delphine herbei zu rufen oder um sie einfach nur zu grüßen.

Drei Delphine steckten sofort ihre Köpfe durch die spiegelnde Wasseroberfläche und schnatterten fröhlich drauflos.

"Hier, jetzt versuch du es mal," ermunterte sie Katherine. Sie wechselten sich ab und die Delphine tanzten auf ihren Schwänzen bevor sie davontauchten.

Die Zeit war schnell vergangen. Kheton und Lelani warteten wahrscheinlich schon. Die Kinder dankten den Nixen für das Angebot, sie zu schützen und die Lektion im Pfeifen. Dann machte Trevor noch ein Selfie von allen. Sie würden sich Märchenfilme nie wieder mit gleichen Augen ansehen.

Bei der Villa war ein Festmahl für die ganze Familie, zu Ehren der Gäste aus Sydonia, vorbereitet worden.

Onkel Rangan grüßte sie und freute sich, dass ihnen der Ausflug gefallen hatte - die Ioannu schafften es immer, Besucher zu beeindrucken. "Wir bemühen uns, ihnen ein sicheres und glückliches Leben zu ermöglichen. Sie sind eine bedrohte Art, müsst ihr wissen."

"Malindi hat uns von ihren Vorfahren erzählt, und wie sie damals mit den 'Göttern' arbeiteten," sagte Trevor.

"Das stimmt. Leider ist das 'Goldene Zeitalter' schon sehr lange vorbei."

"Wo sind die 'Götter' denn jetzt?"

"Sie sind fortgegangen," meinte Onkel Rangan. Die Nixen hatten ihnen dieselbe Antwort gegeben.

Bald waren alle um den großen Tisch herum versammelt. Da waren vier robuste Kinder und noch mehr Onkel, Tanten und Cousins. In der Halle wurden Kerzen angezündet und eine Harfenspielerin trug auf dem oberen Stockwerk sanfte Hintergrundmusik vor. Vor dem Essen sagte Onkel Azaes einen traditionellen Spruch auf:

"Spart euren Wein nicht auf für morgen,
Bringt das Essen herein, wenn Gäste kommen.
Legt was ihr habt in ihre Mitte,
Mit Freundschaft gesegnet sollt ihr sein."

Jeder klatschte als er ein wenig aus seinem Kelch zur Ehre der Erdmutter auf dem Boden verschüttete.

Die Tafel bog sich unter den unglaublichsten Speisen alesischer Küche, die das Meer zu bieten hatte. Soùmi-Brot wurde in die köstlichsten Soßen gestippt und der Fisch verschwand zusehends.

Haufen zarter Fischsteaks, leckeren Oktopus und Krustentieren fanden ihren Weg in hungrige Mägen.

Es wurde lebhaft gesungen und gelacht, wie man es von einem alesischen Beisammensein erwarten konnte.

Diese gastfreundlichen Alesier ergriffen jede Gelegenheit zu feiern. Tante Mellea beklagte sich mit gespieltem Ernst über den viel zu kurzen Besuch ihrer Gäste. Und, dass sie sich zudem überhaupt nie in ihrem bescheidenen Heim sehen ließen.

"Ich würde ja zu gerne meinen Neffen, seine Braut und diese liebenswerten Waisenkinder den anderen Kaufmannsfrauen vorführen."

"Leider müssen wir morgen an Bord der 'Navis Arion' gehen," entschuldigte sich Kheton. "Wir werden die unvergleichliche Gastfreundschaft der lieben Tante für langweilige, offizielle Geschäfte in D'ântilla eintauschen müssen."

Seine Tante fühlte sich geschmeichelt.

"Das Schiff wird sie direkt zur Hauptstadt Kamûk bringen," kam ihr Ehemann ihm zur Hilfe. "Meine Liebe, du darfst nicht vergessen, dass Kheton bald der alesische 'Ehrenhafte Jungdelegierte' in Algiras sein wird. Er kann seine Reise nicht hinauszögern."

Tante Mellea sah ihren Neffen bewundernd an. "Dir sei dann vergeben, Sohn meiner Schwester. Aber ihr werdet uns besuchen und euren Nachwuchs vorstellen, wenn ihr wieder an diese Ufer zurückkehrt."

Lelani wurde ganz rot und alle lachten gutgelaunt.

Dann begann Onkel Azaes fesselnde Geschichten über D'ântilla zu erzählen. Tante Mellea kannte sie schon alle auswendig. Ihr Mann hatte als junger Seemann viele interessante Orte der Bekannten Welt besucht.

D'ântilla war ein großer, tropischer Inselstaat und vor allem – in sicherer Entfernung zu Edfun. Der jüngste Krieg wurde diskutiert, aber niemand hatte Lust, sich lange mit unangenehmen Themen abzugeben.

Nach einer Weile spann Rangan sein Seemannsgarn, aber konnte man ihm Glauben schenken? Die Zeitreisenden waren sich da nicht so sicher. Vielleicht hatten sie ihn auch nicht richtig verstanden.

Gab es wirklich Seemonster in der 'Saturnischen See'? Wo war nochmal die 'Saturnische See'? Ach ja nordöstlich von der Küste.

Rangan sagte, er sei auf irgendeiner Insel Elfen und Faunen begegnet. Die kleinen Lümmel hatten dem Kapitän seines Schiffes die Hälfte der Ladung an Têrakhonscheiben abgeluchst. Onkel Rangan hatte dann heldenhaft die Kontrolle über das Schiff übernommen, als der Kapitän sich weigerte nach einer Woche des Feierns mit der Königin, die Insel wieder zu verlassen. Der Kapitän wurde nie wieder gesehen.

Also bitte! Das konnte ja wohl nicht wahr sein. Die Kinder sahen sich skeptisch an und hatten so ihre Zweifel. Trotzdem war die 'Saturnische See' mit ihren Monstern glücklicherweise recht weit von Aztlan und D'ântilla entfernt... Was sollte denn jetzt noch schiefgehen?

In der Nacht schliefen sie friedlich unter weichen Daunendecken und hörten nicht mal, wie ein stürmischer Wind am Seeufer aufkam.

Am Morgen war der Wind wieder in eine sanfte Brise übergegangen. Ihre Abenteuer waren aber noch lange nicht zu Ende.

▷▷▷ **30** ABSCHIED VON ALESIA

Als sie im Hafen von Aztlan ankamen, wurde das schnelle Handelsschiff 'Navis Arion' gerade ausgeladen und Kheton musste zur Hafenbehörde, um dort Geschäftliches zu erledigen. Aztlan war ein wichtiger Handelsort und es gab ziemlich viel Schiffsverkehr aus allen Himmelsrichtungen.

Kheton hatte sich am Morgen formell bei Tante Mellea und Onkel Azaes für ihre Gastfreundschaft mit einem Abschiedsgeschenk bedankt.

"Schukri, Chachi Mellea," sagte er zu der erfreuten Matrone und überreichte ihr feingearbeitete Kästchen aus Sandelholz, die genau ineinander passten. Katherine suchte noch schnell eine wippende Schmetterlings-Haarnadel für Tante Mellea aus.

"Oh, das ist aber wunderhübsch, Kind. Ich werde diese Haarnadel beim Nereus-Ball tragen." Tante Mellea hatte sie dann heftig und wiederholt umarmt.

Ein Gabari-Wächter, dem Onkel Azaes eingeschärft hatte, gut auf sie aufzupassen, folgte ihnen auf Schritt und Tritt.

Kleinere Segelboote mit Segeln, die wie Fischflossen aussahen, schipperten vor der Hafenmauer herum. Nachdem sie eine Weile den Schiffen im Hafen zugeschaut hatten, machten sich Lelani mit den Kindern zu einem Spaziergang im Barbican auf.

Sie erzählte ihnen, dass die 'Navis Arion', ein mittelgroßer Schoner, nach einem berühmten historischen Barden benannt war.

Arion hatte sich nach einem Musikwettbewerb auf den

Heimweg begeben und entkam dem Ertrinken nur mithilfe eines Delphins. Die betrügerische Mannschaft des Schiffes mit dem er reiste, war hinter dem Preis her gewesen den er gewonnen hatte und hatte ihn herzlos über Bord geworfen.

Als Junge, hatte Arion den Delphin gesundgepflegt. Das Tier hatte es nicht vergessen und Arion nun seine Dankbarkeit erwiesen. Ein Name und eine Geschichte, ganz nach alesischem Geschmack.

Navis-Schiffe waren fortschrittlich, für die Hochsee gebaut und wurden für den Transport von Frachtgut und Passagieren benutzt. Gewaltige Stürme, Seemonster und versteckte Felsen waren für die Seefahrt ziemlich gefährlich.

Deshalb waren die meisten dieser Navis, die hier im Hafenbecken vertäut lagen, mit hochmodernen Radar- und Antriebssystemen ausgestattet. Und seit die ewigen Eiskappen damit begonnen hatten sich zurückzuziehen, waren die alten Seekarten mithilfe von besonders hochfliegenden Vimaanen auf den neuesten Stand gebracht worden.

Der Barbican war recht unterhaltsam. Die Kinder sahen einen Haufen Läden und seltsame Menschen, als sie so an der Uferpromenade entlanggingen. Manche glichen mehr Humanoiden aus Science Fiction Serien. Das war viel interessanter als Sydonia! Die drei Freunde versuchten nicht die Leute mit ungeheuer vielen Haaren anzustarren. Die hatten sie nicht nur auf dem Kopf. Sie hatten richtiges Fell am ganzen Körper.

Das waren zweifellos *Konks*, von denen die Lady von Sydonia ihnen so einiges während einer ihrer Lektionen beigebracht hatte. Sie hatte gesagt, dass Konks manchmal von zivilisierten Familien adoptiert wurden. Deshalb trugen manche dieser Wilden wohl Kleidung. Sie waren als grundehrlich bekannt, und die Kaufleute konnten ihnen vertrauen. Karawanen, die von Konks geleitet wurden, schienen um einiges glatter über die Bühne zu gehen als andere.

Ein besonders gut gekleidetes Wildmann-Paar mit einem kleinen Baby, das in den Armen der Frau schlief, fiel ihnen besonders auf.

Niemand sah die Familie komisch an, aber die Kinder konnten nicht anders als im Geheimen hin zu glotzen.

Sie hüpften zur Seite, als eine feine Dame mit blassgrüner Haut geschwind in einer offenen Sänfte zum Kai hinuntergetragen wurde. Sie erhaschten noch einen Blick auf den breiten Hut und den durchsichtigen lila Schleier, der ihre zarte grüne Haut vor der Sonne schützte.

Grüne Haut war im uralten Land des Regenwalds im Süden nicht ungewöhnlich. Die kluge Frau spezialisierte sich auf Kräutermedizin und exotisches Holz, die in Übersee sehr gefragt waren.

Zuhause befand sich ihr geräumiges Haus in der Krone eines Baums direkt am Rande eines Wasserlaufs. Obwohl das Geschäft mit Alesia gut ging, sehnte sie sich nach dem Halbschatten und feuchten Dschungelklima.

Seemöwen kreischten über ihr und es roch stark nach Salz und Seetang und fauligem Fisch.

Die Frau aus dem Dschungel seufzte. Leider musste sie ihre Agenten daran erinnern, wer sie mit der besten Qualität zu den besten Preisen belieferte, sonst wäre sie schon am Morgen abgereist.

Die Zeitreisenden wollten nicht so offen hinsehen - aber grüne Haut? Trevor sah der Sänfte völlig verdutzt hinterher.

"Wow! Ich habe noch nie jemanden mit grüner Haut gesehen."

"Weshalb glaubt ihr, gibt es bei uns in der Zukunft keine grünen Menschen mehr?"

Katherine und Trevor konnten keine plausible Antwort finden. "Vielleicht wurden sie ja als Trophäen gejagt—" schlug Katherine vor.

"Igitt."

"Oder vielleicht sind sie einfach nur ausgestorben,"

sagte Trevor.

"Ja... schaut mal da drüben." Chryséis zeigte mit ihrem Kinn auf eine Gruppe recht großer Kaufleute mit asiatischen Zügen, die am Kai entlang schlenderten. Turanier. Sie trugen ihr schwarzes Haar in hohen Haarknoten und ihre schwarzen Hosen wurden von langen Brokathemden fast bedeckt. Die Kaufleute waren gerade angekommen und wollten sich ein wenig die Beine vertreten.

Es war eine lange Reise gewesen, mit Zwischenstationen auf diversen Inseln. Die Fahrt zurück nach Maligasima würde aber nur zwei Tage dauern. Schiffe machten sich gern die starke ringförmige Meeresströmung um den Atland-Archipelago zunutze, die als 'das Rad' bekannt war. Gen Osten war die Strömung schneller.

Die Männer handelten mit zartgrünem Jade aus ihrer Heimat Maligasima und der Handel ging ganz ausgezeichnet. Aus der Jade wurden kleine *Obole* geschnitzt, die bei ordentlichen Begräbnissen gebraucht wurden. Wenn jemand den schmalen Korridor des Todes erreicht hatte, wurde ihm der Obol auf die Zunge gelegt. So war es überall in der Bekannten Welt der Brauch. Viele trugen einen persönlichen Obol sogar an einer Schnur um den Hals. Man konnte ja nie wissen, wann er gebraucht wurde.

Es gab einen plötzlichen Windstoß und Seewasser schwappte aus dem Hafenbecken über die Promenade. Die Männer aus Maligasima schrien auf und lachten und wären fast mit dem Gabari-Bodyguard zusammen-gestoßen.

Ein anderer imposanter Kaufmann stolzierte mit seinen Wachen genau an ihnen vorbei. Nach dem Aussehen zu urteilen stammten sie aus Afrika. Tatsächlich aber kam der Kaufmann aus Zilapán an der 'See von Ğulátû'.

Das lag noch weiter südlich als die 'Wiege der Schlangen' auf Puschkara. Er hatte Geschäfte in Punt auf dem afrikanischen Kontinent gemacht und wollte bald mit dem Schiff nach Puschkara zurückfahren.

Seine Wachen trugen schwarz-weiß-gemusterte Tuniken. Enge Lederkappen waren mit Riemen unter ihrem kräftigen Kinn festgezurrt.

Die violette Tunika des Kaufmanns war elegant mit Gold und Perlen bestickt und Schnüre mit aufgereihten rosa Perlen zierten seine breite Brust. Sein Turban war aus dem gleichen Material gefertigt und direkt darunter hingen birnenförmige Perlenohrringe von fleischigen Ohrläppchen.

Die Wachen erinnerten Trevor an etwas. Vielleicht war es ein Bild oder eine Statue, die er irgendwo mal gesehen hatte? Es gab aber so viele faszinierende Dinge zu sehen, als sie weitergingen, dass er die Wachen schnell vergessen hatte.

Drei Frauen mit dicht-gefältelten weinroten Röcken trugen schweren Silberschmuck, der wie Kettenhemden über ihren schwarzen Jacken hing. Ihre langgezogenen Ohrläppchen waren mit vielen großen Silberringen durchstochen und viele silberne Armreifen rasselten lustig an ihren Armen.

Die dunklen Haare waren streng nach hinten zurückgekämmt und schwarze Hüte saßen wie schwankende Schornsteine auf ihren Pferdeschwänzen.

Die Frauen kamen auch aus Maligasima. Aus dem Norden der Insel. Sie waren mit dem gleichen Schiff angekommen wie die Jadehändler. Sie waren aber Delegierte, die an einer interkontinentalen Konferenz teilnahmen.

Die Anzahl der Riesensaurier hatte in gewissen Teilen der Bekannten Welt übermäßig zugenommen. Sie stellten in bevölkerten Gegenden eine Gefahr dar. Es mussten dringend Schritte unternommen werden, um das Problem unter Kontrolle zu bringen und das wurde auf der Konferenz besprochen.

Chryséis stupste Trevor mit dem Ellenbogen an, als sie

drei Mädchen in weit geschnittenen Kleidern aus dünnem, hellblauem Stoff entdeckte.

Ihr locker gebundenes, blondes Haar flatterte in der Brise und war mit wertvollen grünen Quetzalfedern geschmückt. Die magischen Geschöpfe schienen mehr über der Straße zu schweben als zu laufen.

"Vielleicht sind sie ja Feen," flüsterte Chryséis aufgeregt.

"Ja, die sehen wirklich wie Feen aus."

Hatte Onkel Rangan dann etwa doch die Wahrheit gesagt, als er davon erzählte wie er Feen begegnet war?

Lelani schlug eine Seitenstraße ein und Chryséis zog den gaffenden Trevor am Arm mit sich. Lelani schien sich im Barbican ganz gut auszukennen.

Konk-Arbeiter in blauen Anzügen warfen Stoffballen und schwere Körbe auf die Ladefläche eines kastenförmigen Vimaans. Fischverkäuferinnen in dunklen Arbeitsanzügen säuberten Fische und Schalentiere gleich am Kai. Sie verkauften den frischen Fang aus langen bis oben hin gefüllten Trögen an feilschende Hausfrauen und Köche.

Kleine Scheiben, mit denen sie bezahlten, wurden von den Fischweibern genau untersucht und akzeptiert, bevor der Fisch den Besitzer wechselte. Eine Schar Seevögel stritt lautstark um einen Haufen weggeworfener Fischköpfe. Was für ein Lärm das war!

Auf der anderen Seite gab es Imbissbuden mit großen Rosten auf trommelartigen Grills.

Dort wurde gebratener Oktopus feilgeboten. Eine kleine, dicke Frau, hob zwei Exemplare, mit acht Armen und allem drum und dran, auf den Rost. Sie trug einen indigofarbenen Anzug und ein gemustertes Tuch, unter dem sich ihre Haare verbargen. Die Fischfrau hatte alle Hände voll mit einem ziemlich langen, schlaffen Oktopus, von dem Zitronenmarinade auf den Boden tropfte.

Wenn die Kraken fertig waren, wurden sie in Stücke geschnitten und in Blättertüten serviert. An einer anderen

Imbissbude griffen Hände gierig nach großzügigen Krebspuffer-Portionen.

"Krebse, Krebse, Krebse, Krebspuffer. Frisch, heiß und köstlich—" Der Gabari-Verkäufer pries seine Waren in monotone Singsang an.

Er sah ein wenig seltsam aus, mit seinem blonden Schopf, der zu einem hohen Pferdeschwanz hochgebunden war. Er rief die hervorragende Qualität seiner Krebspuffer mit erstaunlicher Ausdauer aus.

Seine Frau packte die Einkaufsnetze und Körbe der eifrigen Kunden voll. Lelani eilte an den beiden vorbei.

Am Kiesstrand waren Fischer dabei, ein großes Meerestier auszuweiden. Man hätte es für einen Blauwal halten können, hätte es nicht diesen langen Hals und ruderartige Flossen gehabt. Die Haut der Kreatur hatte ringförmige Wunden, die vom Kampf mit einer Riesenkrake stammten. Die Männer hievten Schichten des Wabbelspecks ordentlich mit Hakenstangen aufeinander.

Lelani schenkte auch den Fischern keine Beachtung. Sie war mit einer bestimmten Absicht in diesen Teil des Marktes gekommen.

Ihr Bewacher folgte dicht dahinter, um sicherzugehen, dass sich niemand zwischen ihn und die ihm anvertrauten sydonischen Besucher drängte.

Endlich hielt Lelani vor einem großen Têrakhonfenster an. Eine kleine Touristengruppe bewunderte schon die geschickten Juweliere. Sie schliffen wunderschöne Gegenstände aus Jade, wobei die Passanten ihnen von außen zusehen konnten. Die Kinder und der Bodyguard warteten draußen und Lelani ging in den Laden hinein.

Drei Marktaufseher, in grasgrüner Tunika mit einer aufgestickten roten Feder auf der Brust, schienen etwas zu suchen. Die rote Feder war das Symbol des Zitadellgerichts.

Die Wachen sahen angestrengt den Leuten ins Gesicht, als sie an ihnen vorbeigingen. Komisch, auf der Promenade hatten sie Marktaufseher gesehen, die genau das gleiche getan hatten.

"Ich frag' mich, was die wohl suchen," sagte Katherine, aber dann erschien auch schon Lelani, die ihre Einkäufe in einem kleinen Paket trug. Sie schien es jetzt weniger eilig zu haben.

Die Holzbänke neben einem Küchenladen luden zum Ausruhen ein, und Lelani entschied, dass sie sich eine Weile setzen sollten.

Sie aßen marinierten Baby-Oktopus in Blattschüsseln, und betrachteten die Menge. Trevor fand, dass die Gewürze nach Curry schmeckten. Der Küchenladen war um diese Tageszeit recht voll und zog Kunden mit seinen Meeresfrüchten nach Maligasima-Art an.

Ein 'Öffentliches Haus' gleich daneben verkaufte Bier. Das dicke, säuerliche Gebräu war aus gerösteter Gerste und wurde in billigen Tassen verkauft. Das Getränk schien Lelani und dem Gabari-Bodyguard gut zu schmecken, aber die Zeitreisenden lehnten höflich ab. Lelani bestellte Gurkenwasser, was um einiges besser war.

Neben dem 'Öffentlichen Haus', unterhielten sich von der Straße versteckt zwei Riesen, die in dunkle Mäntel gehüllt waren. Einer von ihnen sah sich vorsichtig um, als sie um die Ecke in eine schmale Gasse gingen.

Der Kleinere von ihnen ging leicht gebückt. Er trug eine dunkle Mütze auf dem kahlgeschorenen Kopf, die er tief in die breite Stirn gezogen hatte - ganz so als wolle er etwas verbergen. Der andere Riese zog den wuscheligen Kopf zwischen die Schultern.

"Hast du ihn?" zischelte der Kahlköpfige ungeduldig.

"Ja, Lord." Der Größere sah den 'Lord' unterwürfig an. "Er wurde entwendet, ganz wie Sie es wünschten. Ihrem treuen Diener dürfen Sie vertrauen, Lord." Der Mann grinste und zeigte dabei seine krummen Zähne.

Er nahm etwas aus seiner Tasche. Der Gegenstand war fest in unauffällige Seide gewickelt. Ein polierter, weißer Stein glänzte kurz auf, als er das Tuch etwas anhob. Es war ein wertvoller Mondstein, der wie ein großes Hühnerei geformt war.

Der *Sprechende Stein* war eine Leihgabe an die Lady von Sydonia gewesen und einmalig. Der ungeheuer wertvolle Stein hatte zu diesem Zweck einen langen Weg aus dem Lande Lyonesse zurückgelegt.

Wie es ihm aufgetragen worden war, hatte der riesige Dieb den 'Sprechenden Stein' aus der Sydonischen Zitadelle gestohlen und ihn versteckt nach Aztlan geschafft.

Das Tuch rutschte und zeigte mehr von dem leuchtenden Objekt. Der Gabari zog schnell das Tuch wieder über den Stein und wartete mit gesenktem Haupt.

"Sehr gut. Sehr gut. Du sollst heute Abend deinen Lohn erhalten." Der 'Lord' war anscheinend mit dem Ausgang des Unternehmens sehr zufrieden. Er nahm das Päckchen und stopfte es in eine Schultertasche.

"Schukri." Der Dieb verbeugte sich tief und zog dabei die Schultern weiter hoch. Der Handel war vollzogen und die beiden Riesen gingen in entgegengesetzte Richtungen auseinander.

*

Nach dem Imbiss spazierten die Touristen aus Sydonia die Straße hinunter zu einem anderen Markt. Zwischen den einzelnen Ständen waren helle Tücher gespannt, die sie vor der Sonne schützten.

"Ein Flohmarkt!" rief Katherine erfreut.

Die Verkäufer boten hier Kleidung feil, billigen Goldschmuck und dergleichen. Von Kunden wurde erwartet, dass sie um die Waren feilschten, weil es mehr Spaß machte.

Katherine kaufte ein paar nützliche Dinge. Es war wichtig, Gastgebern zum Abschied ein Geschenk zu geben, und sie hatte nicht viel bei sich. Sie erstand noch einen weichen Korb, der sich klein falten ließ.

Dafür bezahlte sie mit einer kleinen Perlmuttmünze aus dem Saurierlederbeutel. Die Scheibe reichte auch für ein

Paar bestickter Leinenschuhe in grellem Pink, denen Chryséis nicht widerstehen konnte.

Beide Mädchen fanden, dass sich dünne Seidenschals großartig zum Schutz gegen die Sonne auf dem Schiff eigneten. Trevor fühlte sich dagegen zu einem Stand mit Schleudern und Messern hingezogen. Er kaufte ein scharfes Messer zum Zerlegen von Fischen und eine Schleuder. Die Sachen würden sich als nützlich erweisen, genau wie das Schweizer Messer, das er mitgebracht hatte. Das scharfe Messer kam mit einer Hülle aus weichem Harpieleder. Es war besser vorbereitet zu sein - man konnte nie wissen.

Sie sahen fasziniert zu, wie ein großer Lasten-Vimaan lautlos am Himmel entlang glitt, dann wandten sie sich wieder dem Markt zu.

Neben ihnen mühten sich zwei sehr kleine Frauen ab, an die Schleier hinten auf dem Tisch heranzukommen. Katherine half ihnen höflich und sie bedankten sich mit einem breiten Lächeln. Die Frauen waren *Dwendis* aus Atala, die ihre hiesigen Zwergen-Cousins besuchten.

Lelani setze sich noch einmal Mal an einen plätschernden Springbrunnen und sie waren dankbar für die kurze Ruhepause. Khetons und Lelanis Gepäck war schon morgens aufs Schiff gebracht worden.

Die Kinder hatten jedoch darauf bestanden, ihre Daypacks selbst zu tragen. Jetzt wurde ihnen die Last immer schwerer, aber es war sicherer, die ZPS Geräte dabei zu haben. Also mussten sie diese wohl oder übel tragen.

Beim Springbrunnen spielten Musiker auf viersaitigen Gitarren aus Armadillopanzern, auf Trommeln und Panflöten. Zwei Mädchen in kniekurzen roten Kleidern, die bei jeder Bewegung Glöckchen zum Bimmeln brachten, tanzten dazu herum und klackten mit Zimbeln in fuchtelnden Händen. Chryséis fiel plötzlich eine Frage ein. "Lelani, wirst du deine Mutter sehr vermissen?"

"Oh ja, sehr sogar," gab die junge Frau zu. "Aber ich

spreche oft mit ihr." Telepathisch natürlich. Chryséis wünschte, sie könnte das auch tun.

"Ich kann es kaum abwarten, nach Algiras zu ziehen," sagte Lelani. "Ich höre, es soll aufregender sein als Sydonia und Atzlan zusammen – "

Lelani hob den Kopf und schien zu lauschen. "Es ist Kheton. Er meint das Schiff sei fertig und wir können bald an Bord gehen."

Auf dem Rückweg zur Anlegestelle schritten Marktwachen schnell an ihnen vorbei und zielstrebig auf den Kai und die vor Anker liegenden Schiffe zu.

"Vielleicht haben sie endlich das gefunden, wonach sie die ganze Zeit gesucht haben," meinte Katherine.

Etwas später stand die kleine Gruppe am Anlegeplatz und wartete darauf an Bord ihres Schiffes gelassen zu werden.

Trevor lehnte sich gegen einen Pfosten und beobachtete die Schiffe. Lelani unterhielt sich mit den Mädchen über D'ântilla und sprach von der Sternwarte, die sie sich unbedingt ansehen mussten.

Die neue Weltraum-Abwehrkanone höre sich sensationell an. Sie hatte auch erfahren, dass es auf der Insel Daitya schöne, gestrickte Pullover gab. So ein gemusterter Pullover wäre ein tolles Geschenk für Kheton.

Trevor bekam auf einmal einen heftigen Stoß in die Rippen, der ihm die Luft nahm.

Er stolperte über ein Tau und fiel. Alles was er sah, war etwas Dunkles, das an ihm vorbeiflatterte - dann prallte er mit dem Wasser zusammen. Der Bodyguard sprang sofort hinterher und drehte den nach Luft schnappenden Trevor auf den Rücken. Der Gabari paddelte zur Anlegestelle zurück und hob den tropfnassen Jungen nach oben in die hilfreichen Hände zweier Matrosen von der 'Navis Arion'.

Trevor hustete und spuckte. Seine Hand suchte nach dem neuen Messer in der Lederhülle. Es war noch da.

Zum Glück hatte er seinen Daypack kurz vorher abgenommen und ihn zu den anderen gestellt. Sein elektromagnetisches Gerät war in Sicherheit.

"Trevor, du liebe Güte, was war das denn?" kicherte Katherine. "Einen Moment stehst du hier auf dem Kai und dann springst du ins Wasser!"

"Ich bin nicht gesprungen, OK?! Jemand hat mich rein gestoßen," sagte Trevor ärgerlich. Chryséis machte eine nicht sehr schmeichelhafte Bemerkung und Trevor wurde jetzt erst recht wütend.

"Ach wie lustig!" Er wischte sich die nassen Haare heftig aus den Augen und starrte vor sich hin. "Der Kerl hatte ein schwarzes Cape an –" Er schüttelte den Kopf, dass die Tropfen nur so flogen.

Katherine und Chryséis wussten nicht so recht, ob sie lachen oder sich Sorgen machen sollten. Warum passte Trevor nicht besser auf? Jetzt war er total nass - ausgerechnet als sie an Bord gehen wollten.

Was sie nicht wussten war, dass Trevors Sturz ein Ablenkungsmanöver gewesen war. Ein eiförmiger, in alesische Seide gewickelter Gegenstand war geschwind in eines der Daypacks auf dem Kai verschwunden. Genauer gesagt, in Chryséis' Rucksack.

Die Marktwachen waren den Verdächtigen auf den Fersen gewesen, als es passierte. Die Diebe durften es aber nicht wagen, sich mit einem 'Sprechenden Stein' erwischen zu lassen, denn darauf standen schwere Strafen. Ihr Plan würde entdeckt und nie vollendet werden. Den 'Sprechenden Stein' würden sie sich später aus der Tasche wiederholen, wenn die Umstände es zuließen.

Die Gabari wurden festgenommen und durchsucht, aber die Marktwachen fanden nichts an den düster dreinblickenden Riesen. Die beiden Gabari in ihren schwarzen Capes machten daraufhin eine ziemliche Szene, wie sie von den verdutzten Wachen angeblich belästigt wurden.

Das Gedankenmuster der Gabari war eindeutig gewesen. Und nun hatten sie nichts bei sich. Solch eine Enttäuschung! Den Wachen fiel es nicht auf, dass der Junge, der ins

Wasser gefallen war, irgendetwas mit dem 'Sprechenden Stein' zu tun haben könnte. Es blieb ihnen nichts anderes übrig, als die Riesen gehen zu lassen.

Das Wasser um die 'Navis Arion' wimmelte plötzlich nur so von besorgten Ioannu. "Ist der junge Mann verletzt?" schnatterten sie sichtlich betroffen. "Wie konnte so etwas nur passieren?" Quietsch.

Sie mussten aus dem Weg schwimmen, als andere Schiffe an der 'Navis Arion' vorbeiglitten. Ein peinlich berührter Trevor stand tropfnass in einer wachsenden Pfütze und versuchte zu erklären, wie ihn ein Schwarzgekleideter geschubst hatte.

"Vielleicht hat ein Arbeiter den jungen Mann aus Versehen gestoßen, als er seine Ladung trug," schlug einer der Ioannu Männer vor.

"Solch ein Pech!" meckerte Malindi.

"Ja, aber es ist nicht so schlimm," meinte Trevor beharrlich. "Der Bodyguard hat mich gleich rausgezogen."

Lelani unterbrach die Konferenz mit den Ioannu und bat Trevor an Deck zu kommen, um trockene Kleidung von Kheton anzuziehen. Sie half dem Jungen die Gangway hinauf und übergab ihn an ihren Ehemann.

"So ein Klotz von einem Arbeiter, quietsch, warum konnte er mit so einem wichtigen jungen Mann nicht besser aufpassen?"

Die Ioannu verabschiedeten sich und schwammen davon, nachdem sie den Mädchen versichert hatten, dass das Meeresvolk die fremden Besucher beschützen würde.

Als er wieder aus der Kabine auftauchte, hatte sich Trevor beruhigt. Khetons Sachen waren zu groß für ihn, aber wenigstens waren sie trocken. Es ging, wenn er die Ärmel und Hosenbeine hochkrempelte. Seine eigenen Klamotten flatterten an einem gespannten Seil an Deck.

Aber Trevor wurde das Gefühl nicht los, dass der schnelle Stoß in seine Rippen beabsichtigt gewesen war. Nur so ein Gefühl. Hätte er gewusst, wie die arglosen

Zeitreisenden benutzt wurden, um einen wertvollen Mondstein zu verstecken, wäre der 'Sprechende Stein von Caradoc' nicht aus Alesia geschmuggelt worden und alles hätte sich anders entwickelt.

Ein blasser Halbmond stand unbemerkt am Himmel und sah zu, wie das Schiff ablegte. Kapitän Thëlamôn, der aus D'ântilla stammte, war ein erfahrener Seemann. Er wusste, dass die Reise nach Kamûk reibungslos über die Bühne gehen würde. Nur eine leichte Brise in der Luft und das Meer war so glatt wie eine Têrakhonscheibe. Die frische Seeluft roch für Kapitän Thëlamôn wie Parfüm. Das Steuern von Schiffen lag ihm im Blut. Der Skipper konnte es regelrecht riechen, wenn schlechtes Wetter bevorstand. Die einzige Fracht auf der 'Navis Arion' war eine Herde blökender Schafe und ein paar Ballen guten alesischen Seidenstoffs. Sie waren sicher in ihren jeweiligen Abteilen unter Deck verstaut.

Alles war in bester Ordnung. Genau, wie Thëlamôn es am liebsten hatte. Er fühlte sich geehrt, heute wichtige Passagiere an Bord zu haben. Ein sydonischer Abgesandter mit seiner jungen Frau und drei fremde Waisenkinder. Offenbar auch wichtig. Die Passierbriefe der Lady von Sydonia ließen keinen Zweifel daran.

Das Schiff steuerte langsam aus dem Hafen hinaus und folgte dem Lotsenboot durch die breite Öffnung zwischen den massiven Hafenmauern hindurch. Die 'Navis Arion' war schon etliche Male an diesen Mauern vorbeigesegelt.

Eine handvoll Angler winkten von oben herab und die Kinder winkten zurück. Möwen und Vögel mit seltsam großen Hauben schwatzten wild durcheinander, wie sie so um die Angler herum ins Wasser tauchten und wieder herausflitzten. Bevor es den Zeitreisenden richtig klar wurde, befanden sie sich auch schon auf offenem Meer. Einem prähistorischen Meer.

Ende des Ersten Buches

DIE AUTORIN

Evadeen Brickwood wuchs in Deutschland in einer Familie mit zwei Schwestern auf und studierte dort Sprachen und Kulturwissenschaften. Als junge Frau unternahm sie ausgiebige Reisen ins Ausland und viele ihrer Bücher basieren auf Erfahrungen, die sie bei dieser Gelegenheit sammelte. Die Autorin zog 1988 nach Afrika, mit einer Ausbildung zur Übersetzerin und einer ordentlichen Portion Abenteuerlust im Gepäck, arbeitete zwei Jahre in Botswana als Sekretärin und Sprachlehrerin, wollte danach wieder nach Europa zurückzukehren, beschloss aber sich in Südafrika niederzulassen.

In Johannesburg traf sie ihren deutschen Mann, heiratete und bekam zwei Töchter. Evadeen Brickwood studierte auch Informatik und Training-Management, arbeitete als freiberuflicher Software-Trainerin und Beraterin für Firmen, als Übersetzerin und Referentin an der WITS-Universität.

Im Jahr 2003 begann sie mit dem Schreiben von Romanen. Zunächst Jugendromane in der Serie „Erinnerung an die Zukunft", bei der es um Abenteuer in der Vorzeit geht, dann auch Romane, die sich in fremden Ländern abspielen. Sie wurde 2006 Mitglied bei PEN Südafrika. „Children of the Moon" wurde in Südafrika von zwei Verlagen veröffentlicht und gewann 2017 den Book Talk Radio Club Preis in England als bestes Science Fiction Buch.

Wie Dieses Jugendbuch Entstanden Ist...

Ich habe mich immer schon gern mit faszinierenden Fakten und Mythologien aus der ganzen Welt beschäftigt, wie zum Beispiel der Legende von Atlantis. Ich hatte stoßweise Material gesammelt und beschloss irgendwann Bücher für Kinder über Abenteuer in der Vorgeschichte zu schreiben.

Zeitreisen war das logische Mittel um dorthin zu gelangen und so erfand ich meine eigene Methode. Ob Zeitreisen eines Tages möglich sein wird, lässt sich nur vermuten, aber ich finde allein die Idee aufregend.

'Children of the Moon' wurde zum ersten Mal in Südafrika im Jahr 2005 veröffentlicht. Gleich nach der zweiten Ausgabe im Jahr 2007, brach die Buchindustrie zusammen und mein Verlag musste schließen. Ich schrieb jedoch weiter Bücher für die Serie, die ich 'Erinnerung an die Zukunft' nannte. Das zweite Buch 'The Speaking Stone of Caradoc' kam gerade heraus und 'Children of the Moon' wurde ins Deutsche übersetzt.

Jedem dieser Bücher liegt ein Thema wie Erde, Wasser, Luft und Feuer zugrunde und ich lasse die Zeitreisenden Dinge lernen, die in unserer Zukunft von Nutzen sein könnten.

Wo immer es hineinpasst, benutze ich Begriffe aus uralten Sprachen, wie z. B. das Sanskrit Wort 'Vimaana', was in etwa mit Flugzeug übersetzt werden kann und das im Buch zu 'Vimaan' wurde, oder 'Schelanti', eine Begrüßung aus dem Alt-Irischen, die genau die gleiche Bedeutung hat wie im Buch.

Evadeen Brickwood

Bald im Handel

Das zweite Buch

Das dritte Buch

Dieses Buch ist in jedem guten Buchgeschäft erhältlich

Das E-Buch gibt es bei den meisten Online-Stores, wie u.a.
Smashwords, Kobo, Tolino, Neobooks, Kindle, Apple i-Store

Die Webseiten der Autorin:

http://www.evadeen.wixsite.com/youngbooks
http://www.evadeen.wixsite.com/novels
http://www.evadeen.wixsite.com/charlieproudfoot